中國語言文字研究輯刊

四 編

許 錟 輝 主編

第12冊

大廣益會玉篇音系研究（上）

楊 素 姿 著

花木蘭文化出版社

國家圖書館出版品預行編目資料

大廣益會玉篇音系研究（上）／楊素姿 著 — 初版 — 新北市：
花木蘭文化出版社，2013〔民 102〕
序 2+ 目 4+182 面；21×29.7 公分
（中國語言文字研究輯刊　四編：第 12 冊）
ISBN：978-986-322-221-7（精裝）
1. 玉篇　2. 研究考訂

802.08　　　　　　　　　　　　　　　102002767

ISBN-978-986-322-221-7

9 789863 222217

中國語言文字研究輯刊
四　編　　第十二冊　　　　　ISBN：978-986-322-221-7

大廣益會玉篇音系研究（上）

作　　者　楊素姿
主　　編　許錟輝
總 編 輯　杜潔祥
出　　版　花木蘭文化出版社
發 行 所　花木蘭文化出版社
發 行 人　高小娟
聯絡地址　235 新北市中和區中安街七二號十三樓
　　　　　電話：02-2923-1455／傳眞：02-2923-1452
網　　址　http://www.huamulan.tw 信箱 sut81518@gmail.com
印　　刷　普羅文化出版廣告事業
初　　版　2013 年 3 月
定　　價　四編 14 冊（精裝）新台幣 32,000 元

大廣益會玉篇音系研究（上）

楊素姿　著

作者簡介

楊素姿，國立中山大學文學博士。曾任私立文藻外學院應用華語系助理教授，現任國立臺南大學國語文學系助理教授。講授聲韻學、詞彙學、國音學、漢語言與文化專題等課程。專長以漢語音韻研究爲主，近年來尤其關注字書俗字及俗字與漢語音韻之關聯，著有〈《龍龕手鑑》正俗體字聲符替換所反映之音韻現象〉等多篇論文。

提　要

　　《大廣益會玉篇》是當今流傳於世最完整的的《玉篇》本子。顧野王《玉篇》是在許慎《說文解字》的基礎上，增加收字及改變體例的一本字書，字數增加了七千多字，體例上的變動有：收字對象改以楷書爲主、部首系統的改革、注音改以反切爲主，間用直音、詞義之詮釋重於字形之分析等。是繼《說文》之後，又一本相當重要之字書。《大廣益會玉篇》在體例上基本上繼承顧氏《玉篇》，唯其收字更多出 5,603 字，釋義則刪略許多，然由於其中收字更爲豐富，並且切語數量也多所經過增加及更動，因此當中 24,500 多個切語和直音，是相當值得進行系統之研究的。本論文是以張士俊澤存堂本《大廣益會玉篇》的內容，作爲研究對象，共分五章論述：

　　第一章爲「緒論」，主要論述《大廣益會玉篇》（行文中皆稱之「今本《玉篇》」）成書之相關問題。首先從原本《玉篇》之作者及成書動機談起，以至於後來版本增損及流傳的情況，目的在溯其源流。其次，針對《大廣益會玉篇》之性質進行細密之考索，取版本刻工名錄對照，證明《大廣益會玉篇》之書名及版本最早出於南宋。復次，就大中祥符六年之牒文及題記，重新思索，得到《大廣益會玉篇》的內容，其實就是宋人根據唐孫強增字減注本《玉篇》，加以勘正字體之後的結果，其本質如同朱彝尊所云，爲一「宋槧上元本」。最後論及該書的收字體例及音切體例，以及切語之來源，並對於馬伯樂、高本漢等人所謂當中音切曾依《廣韻》修改過的說法，提出討論。再與前面所肯定「宋槧上元本」的說法，相互印證，確認此《大廣益會玉篇》之音切，所代表的可能就是唐音，作爲本文往後研究之基調。

　　第二章「音節表」。本文進行初始，已將澤存堂本《大廣益會玉篇》中，所見約 24,500 個音切（含直音 860 例），鍵入資料庫中，並從中篩選出同音節字，各音節中又有各種切語用字不一的情形，爲儉省篇幅，本音節表僅從切語用字一致的例子中，選其一爲代表，取意同《廣韻》之「小韻」。最後依橫聲縱韻的排列方式，每一音節只錄小韻及其反語。各表的排列順序依果、假、遇、蟹、止、效、流、咸、深、山、臻、梗、曾、宕、江、通等十六攝，果攝至流攝屬陰聲韻、咸攝至通攝屬陽聲韻及入聲韻，各攝之內的次序爲先開後合。此外，本章亦同時進行校勘工作，包括和音韻有關的錯誤，以及聲韻配合與常例不符的小韻。

　　第三章「聲類討論」。本章共分「聲類之系聯」及「聲類之討論及擬測」兩個部分。系聯方法是依據陳澧系聯《廣韻》反切上字之法，即同用、互用、遞用等條例。此外，今本《玉篇》也存在不少「一字重切」的情形，這種形義相同，而於書中分置兩處的情形，與《廣韻》之互

注切語相似，故遇有切語上字以兩兩互用，而不得系聯者，即依陳澧補充條例定之。再其次，有兩兩互用，且無相當之「互注切語」可循者，又依陳新雄先生所作之「切語上字補充條例補例」定之。系聯討論的最後結果，共得三十六聲類。討論中，並逐一爲之進行音值構擬。

第四章「韻類討論」。本章包括「韻類之系聯」及「韻類討論及擬音」兩個部分。系聯方法是依據陳澧系聯《廣韻》反切下字之法，即同用、互用、遞用等條例。遇有兩兩互用而不得系聯，然實同類的情形時，亦觀察「一字重切」的情況定之。韻部最終之分類結果，基本上是依切語下字之系聯與否而定。但是某些訛誤導致的本爲兩類之韻，系聯爲一類的情形，則仍進一步視其內部證據而定。討論順序，一依本文第二章音節表，並逐一討論各韻類之音值。最後得到 177 韻，比《切韻》的 193 韻及《廣韻》的 206 韻爲少，主要是因爲當中一些開合韻併爲一類，如《廣韻》中嚴凡、刪山等韻，以及有些二等韻及三等韻的合併，如《廣韻》中的眞臻欣併爲一韻等複雜原因所致，也可見今本《玉篇》音系，並不同於《廣韻》音系。此外，如李榮等人所主張《切韻》韻系中有重紐 A、B 兩類的對立，在今本《玉篇》中則不存在這種對立性，因爲我們在系聯韻類的過程中，經常發現此 A、B 兩類併爲一類，或者當中的某類併入他韻的情形。

第五章「結論」。第一節「今本《玉篇》之音韻系統」，總結三、四二章的討論結果，列舉今本《玉篇》之音韻系統，包括「聲類表」及「韻類表」，並附帶論及今本《玉篇》共有平、上、去、入四個聲調，與《切韻》系統無甚差別。第二節「今本《玉篇》的語料性質」，認爲今本《玉篇》是：1、一部唐代語料，乃今日可見最早、收字最多的一部字書全帙。2、在南朝雅音及唐代雅音的基礎上，雜揉西北方音成份的新語料。第三節「本文之研究價值」在於：1、確立《大廣益會玉篇》的時代性，利於說明歷代文字觀念遞變的軌跡。2、所呈現之音韻現象完整，可與前人有關唐代語料之研究相互參證。

自 序

　　顧野王《玉篇》是繼許慎《說文》以來，又一重要字書。其成書基礎構建在《說文》，仿其體例，然究其實質，則又有所創新。除了改以楷書形式書寫之外，並且在《說文》主形的內容成份上，轉以音義爲重，先反切注音，之後釋義、引證之外，並以異體字附後，注明另見。尤其經過歷代增損，所收字數已多達今日所見《大廣益會玉篇》中的二萬二千多字，這份語料不僅在量的層面豐富了字書，並且在形音義三方面擴展了可資研究利用的層次。可惜的是，《玉篇》在輾轉流傳的過程中，野王原帙僅存八分之一，於研究及應用上自難以全面。至於今日所流行的版本《大廣益會玉篇》，由於向來認爲其內容曾經宋人修改，是以研究價值備受貶抑。

　　孔仲溫先生於生前之重要遺著《玉篇俗字研究》一書中，雖止於俗字部分的深入析論，然而文中對《大廣益會玉篇》這份語料的投注與重視，卻是開啓了個人本篇論文的研究之路。對於《玉篇》成書之相關背景問題，孔先生尤其殫精竭慮，多方考究，思慮有所得，則不吝於傳授分享，這樣的精神更鼓舞我奮身耕種於這塊不受重視的園地。其形容遭遇病厄之際，仍對我諄諄勉勵，而今這片小園地已然開花結果，甚且結出了異於前賢看法的果子，企盼我在過程中所盡之力足以報慰孔先生生前的提攜及教導之恩於一二。

　　孔先生繫於天命，英年棄世，使個人在學業研究的道路上不得從一而終，誠爲畢生莫大之遺憾。所幸林慶勳先生慨然應允接任指導，在系務及教學諸端繁忙之餘，仍不吝提供意見及資料輔助我撰寫論文，於音韻觀念又多所啓發與指點，而今論文得以勉力完成，於林先生，個人特別在此致上十二萬分謝忱。

論文撰寫期間，也因緣際會地在一場演講中，受到鄭阿財老師於敦煌學方面的洗禮，對於個人論文提供了相當助益之思考角度。大陸學者周祖庠先生亦相當關心本論文之撰寫，除了提供其於《玉篇》相關研究所得之寶貴心得，更惠寄大作多本提供參考，令我深深感動。口試期間，則相當榮幸地獲得竺家寧、李三榮、李添富、董忠司等諸位老師的悉心指正，對於本論文日後的修改及個人研究視野之拓展，提供了相當寶貴的意見。此外，個人在第二十屆聲韻學會議中，也把握難得機會向葉鍵得、王三慶、曾榮汾幾位師長請益，收穫良多，後學亦在此一併銘謝。

博士論文之撰寫，雖說艱辛備至，然而一方面有慈愛師長的啓蒙指點，再則更有親情、友情的安慰扶持，內心的溫暖每每化解了身體上的疲憊。 孔師母雷僑雲女士，於痛失至愛後，毅然堅強地撐起孔先生身後諸事，對孔門諸生的關愛之情亦不曾或減，繼孔先生之後，洵爲我輩等人之精神導師。外子書偉除了提供我充足的生活用度，並以其電腦軟體設計之長才，爲我設計了一套「玉篇資料庫」，讓我在檢尋資料的過程，相當地省時便利，這份夫妻情義，永生難忘。父母、公婆等親愛家人的包容與支持，瑤玲、靜吟、梅香、意霞、俊芬、佩慈、琇芬、昆益、君慧、進民等各位學姐弟妹們的協助與鼓勵，都是我永誌不忘的情誼。

個人學力尚淺，所述者未必成熟之見，益以行文匆促，疏漏謬誤之處恐多，尚祈師長先進，海內外博雅君子包涵，並惠予指正。

中華民國九十一年七月二十六日
楊素姿謹序於高雄西子灣中山大學

目 次

第一章　緒　論

第一節　《大廣益會玉篇》成書之相關問題論述

　　《大廣益會玉篇》，是當今流傳於世最爲完整的《玉篇》本子。這個本子往往被視爲補充校正《說文解字》及諸書音義的重要材料，如段玉裁注《說文解字》，以《玉篇》與之相校者達三百二十六處；王念孫《廣雅疏證》的《釋詁》一篇總共四百八十八條，其中涉及《玉篇》的地方就多達三百三十餘處。

　　《玉篇》是目前所見第一部以楷書漢字爲主體的古代字書，最早爲南朝梁顧野王所撰，由於顧氏本詳於解說，篇卷浩繁，傳抄不易，到了唐肅宗上元元年，出現了處士孫強的增字減注本。隨後，宋眞宗大中祥符六年，陳彭年、丘雍等人重加刊定，一般稱之爲《大廣益會玉篇》，或簡稱爲今本《玉篇》，即當今流傳於世的本子。《大廣益會玉篇》可說是整個《玉篇》發展史中的重要一環，它的成就乃是建立在前代的基礎上，是故在了解其成書概況的同時，也必須兼顧在此之前的發展情形，所謂溯其淵源是也。以下分顧野王《玉篇》及《大廣益會玉篇》兩部分論述之。

一、顧野王《玉篇》

（一）作　者

　　《玉篇》的作者爲顧野王。野王，字希馮，南朝吳郡吳（今江蘇蘇州）人，生於梁武帝天監十八年（519），卒於陳宣帝太建十三年（581）。生平事蹟於《陳

書》卷三十、《南史》卷六十九均有傳記載，惟《南史》較簡。史稱「少以篤學至性知名」、「長而遍觀經史、精記默識，天文地理，蓍龜占候，蟲篆奇字，無所不通」，梁武帝大同四年拜太學博士，遷中領軍。「又好丹青、善圖寫」，梁宣城王做揚州刺史時，於東府起齋，曾令野王畫古賢像，王褒書贊詞，時人稱爲二絕。他的身體雖然羸弱，遇侯景亂時，也能「杖戈被甲」、「抗辭作色，見者莫不壯之」。未久，梁亡入陳，於陳文帝天嘉元年補撰史博士，孝宣帝太建六年領大著作，掌國史，官至黃門侍郎、光祿卿。〔註1〕

其一生著述繁富，《陳史》記其所撰有：《玉篇》三十卷、《輿地志》三十卷、《符瑞圖》十卷、《顧氏譜傳》十卷、《分野樞要》一卷、《續洞冥記》一卷、《玄象表》一卷、《通史要略》一百卷、《國史記傳》二百卷，其中《通史要略》、《國史記傳》二書「未就而卒」。〔註2〕除《陳史》所列之外，據陸德明《經典釋文》記載，野王的著作尚有《爾雅音》。在這十幾種的著作中，有益於文字聲韻訓詁者，只有《玉篇》和《爾雅音》二書，不過，《爾雅音》今已不存，《玉篇》也保留得不完全。

（二）成書動機

顧野王在〈玉篇序〉中云：〔註3〕

> 五典三墳，競開異義；六書八體，今古殊形。或字各而訓同，或文均而釋異，百家所談，差互不少，字書卷軸，舛錯尤多，難用尋求，易生疑惑。

此段序文說明他當時所見到的古籍，於訓詁、文字上存有不少問題。意識到問題的存在，就容易化爲成就事情的動機，而意識則難免受制於時代環境。野王編纂《玉篇》的動機，略舉其大端有三：其一是不滿前代訓詁之繁碎，其二是文字異體備存，應用困難，其三乃是秉承敕命。

〔註1〕準此，則宋本《玉篇》所記實有誤。其題曰：「梁大同九年三月二十八日黃門侍郎兼太學博士顧野王撰」，其遷黃門侍郎當在陳時。

〔註2〕宋高似孫《史略》云：「顧野王《陳書》三卷。」「姚思廉采謝靈運、顧野王等諸家之言，推完總括，爲梁、陳二家之史。」（吉常宏、王佩增，1992：103）路廣正疑所謂「『《陳書》三卷』，即《國史記傳》之殘。」

〔註3〕顧氏原本《玉篇》零卷未存此序，今首見於宋本《大廣益會玉篇》，元、明、清本《大廣益會玉篇》則多改作〈大廣益會玉篇序〉。

1、不滿前代訓詁之繁碎

文人致力於辨章析句，兩漢實開其端。一方面由於嬴秦燔書以後，經典支離破碎，意義隱晦難明；一方面則是統治者有意藉著訓詁章句以消磨士人之精力（張仁青，1978：308）。此風至東漢之世日熾，如《後漢書鄭玄傳論》云：

> 自秦焚六經，聖文埃滅。漢興，諸儒頗修藝文，及東京，學者亦各名家。而守文之徒，滯固所稟，異端紛紜，互相詭激，遂令經有數家，家有數說，章句多者或乃百餘萬言，學徒勞而少功，後生疑而莫正。

原來漢人通經正所以致用，詎料末流所及，竟未能施之世務，以致有說一《堯典》篇目，累十萬言而不能休者。〔註4〕如此一來，卒為魏晉名士所厭棄，《顏氏家訓·勸學篇》即云：「學之興廢，隨世輕重。漢時賢俊，皆以一經宏聖人之道，上明天時，下該人事，用此致卿相者多矣。末俗已來不復爾，空守章句，但誦師言，施之世務，殆無一可。」顧野王亦當此士風轉變之際，所以鄙薄前代訓詁之繁碎，乃自然之事。

2、文字異體備存，應用困難

魏晉南北朝時期，民間傳說與志怪、軼事之類的小說盛行，當中所運用的通俗語言，與漢樂府及北朝樂府的民間語言，對當時的社交語言頗有影響。此一時期，大約與文字楷化同時，民間也流行俗語、俗字。其次，南朝的駢文驪賦，作者們為追求音節和諧與辭藻華麗，因而使用奇字僻言，也影響到當世流通的書面語言（鄒邑，1988：61）。再者，六朝時期佛教盛行，對於文字也帶來不小的影響。由於當時佛教風行天下，宗教狂熱帶動了譯經事業的熾盛。據唐智昇《開元釋教錄》統計，從東晉到隋末，共譯經 1151 部，凡 3456 卷，久之逐漸形成一種譯經語言。其特點之一，即譯經中俗、訛、通假字盛行（顏洽茂，1988：90）。〔註5〕這些都是造成當時文字實用上混亂的重要因素。在序言中，顧野王也表示了自己如何重視文字的社會功用，所謂：「文遺百代，則禮樂可知；譯宣萬里，則心言可述」，明文字可以跨越時間、空間上

〔註4〕桓譚《新論》：「秦近君能說《堯典》篇目，兩字之說，至十餘萬言，但說『曰若稽古』三萬言。」

〔註 5〕其中所舉六朝譯經特點還有：1.譯文多用當時口語。2.大抵四字一句的譯經文體特點，促使縮略語的發展和詞義引申活動的活躍。3.同一事物不同借詞方式的譯名雜出，在譯經中共通流布。4.譯經中新創詞大量湧現，但存在著初創期的同素反序現象。

的局限，進而達到「鑒水鏡於往謨，遺元龜於今體，仰瞻景行，式備昔文，戒慎荒邪，用存古典」，而今文字體式的混亂，造成使用上的困難，野王起而規範文字，亦理所必至。

野王《玉篇》在每個字頭之下的訓釋，乃是以音義為主，先列反切，再訓釋字義，並旁徵博引，以為輔證，舉凡群經子史，訓詁音義的典籍文獻，均詳贍引證，且每有「野王案」之案語。試舉一例證之：

> 龤，胡皆反，《說文》「樂和龤也。」《虞書》「八音克龤」是也。野
>
> 王案：此亦謂弦管之調和也。今和字在口部，為諧字也，在言部。

一如顧氏〈玉篇序〉中所言：「總會眾篇，校讎群籍，以成一家之製，文字之訓備矣！」

3、秉承敕命

進行文字規範非獨力可竟之事，帝王的支持正是一股推波助瀾的大力量。顧野王於〈玉篇序〉及〈進玉篇啟〉，就提及修纂《玉篇》，是秉承敕命，即序中所謂的「猥承明命」。至於敕命來自於誰，又進呈於誰，猶頗存爭議。清人王昶〈玉篇跋〉推斷《玉篇》撰成於武帝之時，進呈於簡文帝之世。胡樸安（1979：85）則以為：「蕭愷受命刪改《玉篇》，在大清二年以前，其時猶為武帝之世，蕭該死於侯景之亂，《玉篇》當進呈於武帝之時」。孔仲溫（2000：9～11）亦嘗辨析之，依其所考，野王修撰《玉篇》時期，梁武帝時值年耄，且沈迷於佛教，少理朝政，每幸駐寺廟，升座講經，因此，政令恐多出太子—即簡文帝之手。此外〈進玉篇啟〉所頌贊的「殿下」，《梁書‧蕭子恪傳》裡命愷參與修改《玉篇》的「太宗」，都是指簡文帝，可知「雖書修於梁武帝之世，但看來是簡文帝之命」，並且說是進呈於簡文帝，也是合理可行。此論近清人之說，然論證益加周全。

（三）歷來增損情形及其流傳

今傳《玉篇》有原本與今本的區別，原本是指清光緒年間，黎庶昌出使日本時所發現的唐代本子；今本《玉篇》則是指宋代祥符年間重修，於南宋初易名的《大廣益會玉篇》。經過比較，可見二種本子之間差異甚大，此為歷來增損的結果。早在顧野王成書未久，梁簡文帝因嫌其詳略未當，就曾命令蕭愷進行一次修訂，到了唐代，《玉篇》仍有所流傳，由於流傳也就產生了一些改編本，

如唐處士孫強的增字節注本、《玉篇鈔》、〔註6〕唐釋慧力的《象文玉篇》、道士趙利正的《玉篇解疑》，〔註7〕可惜均已不存。在增損及流傳的過程中，孫強增字節注本、日僧空海《篆隸萬象名義》，以及清人從日本帶回的《玉篇零卷》都是值得加以認識的。

1、孫強增字節注本《玉篇》

在大中祥符六年的敕牒後題記中，宋陳彭年《大廣益會玉篇》大中祥符六年牒文後所附「題記」載：「唐上元元年甲戌歲四月十三日南國處士富春孫強增加字」一段，可知唐「上元」年間曾有孫強增字減注本《玉篇》。當中「上元元年」究指何時，存有不同說法。或說是唐高宗年間（674～676），或云唐肅宗上元元年（760）。孔仲溫（2000：15）主張後說，論證有二：一是「年號」與「歲次」互相矛盾，上元元年之應次應為「庚子」而非「甲戌」，因此可能為後人不察竄入所造成。二是肅宗上元元年，有安祿山之亂，孫強為避禍，故身居「南國」為「處士」。孔氏之說甚為有據，故遵用之。

孫強，文獻或作孫彊，史傳中未見其人，故生平不詳，只有題記曾提及他是肅宗上元年間的一個「南國處士」，為「富春」人士，「富春」即今浙江省杭州北面不遠的富陽縣。孫強同時是唐時對文字頗有研究的文字學家，除了為顧氏《玉篇》增加字外，據五代宋初郭忠恕《汗簡》載所引71家字書中，就有孫強《集字》，〔註8〕書已不傳，大約是纂集古文字方面的字書。

〔註6〕《玉篇鈔》今不詳撰者，然宋人樓鑰《攻媿集》卷七十八有〈跋宇文庭臣所藏吳彩鸞玉篇鈔〉一文，云：「茲見樞密宇文公所藏玉篇鈔，……竊謂如北堂書鈔之類，蓋節文耳。以今本《玉篇》驗之，果然。不知舊有此鈔而書之耶？抑彩鸞以意取之耶？有可用之字而略之，有非日用之字而反取之。部居如今本，……次序亦不與今合，皆不可致詰。」觀後面數語，似乎樓氏對所見《玉篇鈔》存有意見。他懷疑是否吳氏抄自舊鈔，或者是吳氏有意為之的「略可用之字，而取非日用之字」？其實，此跋一開始曾提及吳彩鸞書《唐韻》事，據魏了翁《鶴山大全集》所云，吳氏書中異於孫愐者多矣，又不知其何所據。或者彩鸞於抄書之際，亦往往附以己意，是故樓氏對於吳彩鸞《玉篇鈔》難免產生「以意取之」的質疑。

〔註7〕馬端臨《文獻通考・經籍考》載錄《玉篇解疑》三十卷，引《崇文總目》云：「道士趙利正撰，刪略野王之說以解字文。」

〔註8〕宋夏竦《古文四聲韻》也載有《孫彊集》，孔仲溫懷疑這個《孫彊集》可能就是孫強《集字》（2000：15）。

　　孫強本《玉篇》之原貌如何，由於亡佚日久，已難考知其詳。不過，根據「題記」所載，向來咸以爲此本乃宋人重修《玉篇》之底本，可知其與今傳之《大廣益會玉篇》關係當甚密切。朱彝尊〈重刊《玉篇》序〉更指出，澤存堂本《大廣益會玉篇》就是「宋槧上元本」，但是從《四庫全書總目提要》提出異議以來，後人皆從《提要》之說，究竟二個本子之間的關係如何密切，實有待於進一步詳考，因爲這個問題牽扯著《大廣益會玉篇》這一份語料的時代性，後文將合併《大廣益會玉篇》進行討論。

2、《篆隸萬象名義》

　　與顧氏《玉篇》關係較近，[註9] 至今仍然傳世的另一部節抄本《玉篇》，是日僧空海抄撰的《篆隸萬象名義》。空海於唐德宗貞元二十年（804）來到中國，憲宗元和元年（806）返日，有學者斷定《玉篇》第一次東渡的時間即在此時（黃孝德，1983：148）。[註10] 不過，對於《篆隸萬象名義》的成書，仍有學者存疑，比如空海攜《玉篇》返日，爲何不帶收字較多，注文已經節抄的孫強本？反而帶著注文繁重，收字較少的顧氏原本回國節抄呢（孔仲溫，2000：17）？本文以爲問題的徵結恐怕在於，空海返日時所攜的大量中國書籍中，是否就有《玉篇》一書？空海返日後所書「御請來目錄」中，稱「齎來新譯經等一百四十二部二百四十卷、梵字眞言讚等四十二部四十四卷、論疏章三十二部一百七十卷，並佛像祖師影眞言道具等」，可見，空海回國時並未攜帶《玉篇》一書。另有學者根據卷子本《玉篇》殘卷卷十八之後分正面卷末的「□云四年」一行題識，推測原本《玉篇》可能早在公元 704 年和 770 年間即已傳入日本（胡旭民、李偉國，1984：135）。陳炳超（1987：163）也認爲《玉篇》傳入日本，是在唐肅宗乾元二年到德宗建宗元年（758～780），[註11] 這些訊息進一步告訴我們，《玉篇》最初之傳入日本，

〔註 9〕 周祖謨〈萬象名義中之原本玉篇音系〉云：「今空海之書，完整無闕，分部及列字之次第均與上述之殘卷相合。惟每字之注文僅采取顧氏原書之義訓，而不錄其中所引之經傳原文及顧氏之案語爲異耳。全書收字一萬六千有餘，與唐封演所記《玉篇》之字數相若，亦足證此書即出於顧氏原本《玉篇》，未嘗別有新裁。……雖爲原著之略出本，然全部完整無闕，即不啻爲一部顧氏原書矣。」載《問學集》，頁 271～272。楊守敬《日本訪書志》亦贊此書「直當一部顧氏原本《玉篇》可也。」

〔註 10〕 黃氏此說乃本諸周祖謨〈論篆隸萬象名義〉一文立說，周文以爲《篆隸萬象名義》撰於西元 827 至 835 年間。

〔註 11〕 陳氏所舉證據如下：日本複製原本《玉篇·卷第九》末有「乾元二年」（759）字

並非空海之功，早在他前往中國以前，便已完成傳入的工作。當空海來到中國時，發現了孫強的節抄本《玉篇》，並且認爲這種簡省的體例，較之原本繁冗的注文，應用上將更爲便利。於是決定回國後仿其例而節抄之，因此我們今天能看到這樣一個極爲簡略的本子。孔仲溫（2000：17）進一步懷疑《篆隸萬象名義》可能與唐釋慧力的《象文玉篇》有所牽連。據馬端臨《文獻通考・經籍考》載錄《象文玉篇》二十卷，其後引《崇文總目》云：「唐釋慧力撰，據顧野王之書裒益眾說，皆標文示象。」所以稱作《象文玉篇》應當與撰者用《玉篇》以解經有關，他們可能把原本《玉篇》中，與宗教關係不大的文史方面的用例刪去，只保留基本字義，並加上圖象，以利普及。空海與釋慧力同爲宣揚佛法的僧人，撰書宏道，互有取意，亦理所必至耳。至於原本《玉篇》則可能是受到空海節抄本的影響，漸次勢微，因而只賸下今日所見的殘卷了。

附帶一提的是，日本平安朝時期所謂入唐八家之請來目錄中，〔註12〕宗叡在其「書寫請來法門等目錄」的雜書目中，錄有西川印子《唐韻》五卷及同印子《玉篇》一部三十卷。所謂「同印子《玉篇》」，即西川印子《玉篇》，也就是四川雕印的本子（蔣復璁，1991：8），宗叡於晚唐懿宗咸通三年至七年入唐（862～866），而當時蜀成都正是最古老的民間印刷業的開業地之一（胡戟，1997：164～165）。岡井愼吾（1933：19）也認爲西川印子就是四川的本子。《讀史方輿紀要》卷六十六載：「（四川）唐貞觀中，置劍南道及山南道。開元中，又分屬劍南及山南西、山南東等道……，宋乾德三年平蜀，置西川，峽西路」，雖然直到宋乾德三年，始「平蜀，置西川」，實際上，唐時已設有西川節度使。〔註13〕至於爲何稱「西川印子」？個人推測稱「西川×子」可能是唐人對西川所朝貢物資的特殊稱呼，這個四川印的《玉篇》版本，也就是當時四川一地朝貢給唐王朝的貢品之一。《唐語林》曾記載大中初雲南朝貢及西川質子人數漸多，節度使奏請釐革之事，大概是由於雲南及西川所進貢

樣，可能是唐抄本時間。又日本崇蘭館《玉篇》殘卷第二十二末題日本「延熹四年」，即唐昭宗天祐元年（904），可能是後來傳入日本的又一抄本。

〔註12〕此入唐八家有最澄、空海、常曉、圓行、圓仁、惠運、圓珍、宗叡，其中只有圓仁和宗叡的目錄中記有所齎之詩文集及雜書。

〔註13〕如《讀史方輿紀要》卷六十六載：「中和二年，黃巢亂關中，帝自興元幸蜀，西川節度使陳敬瑄迎謁於鹿頭關。」頁28～45。

的人力資源漸多，撫慰懷來的費用也日益加重，公庫不堪負擔，因此節度使才會「奏請釐革」。〔註14〕此處「西川質子」的用語頗似「西川印子」。

此西川印子《玉篇》至今雖亡佚多時，雕印全貌如何，不易考知，不過《龍龕手鑑》卷三第十八食部，饙字下云：「音亦，出西川篇」，此「西川篇」與前文之「西川玉篇」不知是否關聯，會不會是一時的脫誤？整部《龍龕手鑑》有多處引用《玉篇》，筆者稍加整理之後，發現其中所注「玉篇云云」者，竟有多字是不見於今本《玉篇》的。舉《龍龕手鑑》卷一第四心部為例：

懊，音與，《玉篇》安也。

憟，音舉，《玉篇》謹也。

悆，……，《玉篇》心動也。

以上所舉三字皆不見於今本《玉篇》。除了收字的不同，約略還有以下三點的差異：一、音切不同，如糸部繁字下云：「古咸反，……《玉篇》又公斬、吻二二反」，今本《玉篇》乃作「呼兼、公廉、公函三切」，原本亦作「呼兼、公廉、公函三反」；二、所收異體字不同。如卷三糸部繼、繊二字下云：「音焦，《玉篇》生麻也，二同」，另於卷二草部收有「蕉」字，今本《玉篇》則云：「子堯切，亦作蕉，生枲未漚也」，原本《玉篇》作「子堯反，字書亦蕉字也，蕉生枲未漚也，在草部」等，可見今本與原本均不收繊字，頗為一致；三、釋義上亦多有分歧，如卷一言部訑，注云：「《玉篇》笑皃」，然從原本到今本，均釋作「陰知也」。相當的字例，於其它各部亦不少見。

這一方面的研究，陳飛龍（1974：969～1046）已有詳考，對於二者之間的異處，陳氏或者未加討論，或者以為皆行均「記憶不明」、「臆造」所致。然而依路復興（1986：71～72）所考，則認為「其（行均）稱引《玉篇》猶得其實者」，茲列舉如下：

卷一人部，偂，《玉篇》煎、剪二音。

　　路案：《大廣益會玉篇》音「則前切」，又音「翦」，而行均標以直音為「煎」。

　　　　　檢可洪《藏經音義隨函錄》二十五冊，第拾伍張「迦偂」，注云：「《玉篇》音煎」，此符合行均所引。

卷一矛部，雅，《玉篇》又音佳，同雜，鳥名。

路案：《大廣益會玉篇》無此字，檢可洪《藏經音義隨函錄》二十五冊，第貳拾玖張「作雅」，注云：「《玉篇》音佳」，此符同行均所引。

卷四頁部，頖，《玉篇》談鹽二音，面長也。

路案：《大廣益會玉篇》注為「徒含切，又余占切」，而行均以直音標之。

檢可洪《藏經音義隨函錄》十四冊，第貳拾貳張「異頖」，注云：「《玉篇》作鹽、談二音，非也，皆慏。」是行均所引不誤也。

既然行均所引確實有可徵之處，那麼藉此更可說明《龍龕手鑑》所引《玉篇》，與本文所討論的今本《玉篇》，可能是有所不同的兩種版本。這些現象不知是保留更早版本的內容？或者是經過後人的改動而得？可能當中收錄之內容較切合釋氏通經解經的需要，因此遼僧編《龍龕手鑑》以此為參考，而日本和尚宗叡也選擇此版本攜回日本。以上是筆者個人之臆測，由於暫時無法掌握更確切之證據，僅以其間或存關係，在此提出以供參考。

3、《玉篇零卷》

殘卷自清人黎庶昌開始進行輯錄起，其後又進行了二次的印刷，一是羅振玉（《影印舊鈔卷子玉篇殘卷》），一是日本東方文化學院（收入《東方文化叢書》第六輯）。以下列表說明三階段印刷的情形：〔註15〕

卷次部目	第一階段印刷 （黎庶昌主其事）	第二階段印刷 （羅振玉主其事）	第三階段印刷 （日本東方文化學院）
卷第八 心部	始於民國 12 年發現，故未及收入《玉篇零卷》中，《訪古餘錄》收之。		昭和十年用東京藤田氏古梓堂藏抄本景印，共 6 字。
卷第九 言部至幸部	共二十六部 690 字，光緒八年以傳寫本上木，中間冊部至欠部於光緒十年據西京知恩院方丈徹定影寫本上版。	1916 年冬以珂瓓版精印早稻田大學所藏本。1917 年，以珂瓓版精印京都福井氏崇蘭館所藏冊部至欠部五部。	昭和七年用早稻田大學藏抄本景印。
卷第十八之後半 放部至方部	共十二部 161 字，用柏木探古所藏原本，以照相影印法印之。〔註16〕		昭和十年用大阪藤田氏藏抄本景印。

〔註15〕參見胡吉宣（1982：179～180）及胡旭民、李偉國（1984：129～130）。

〔註16〕明治十五年（1882），日人柏木探古也將自己所藏之卷十八之後分先行刊行。次年，

卷第十九水部	缺首尾，存 144 字，光緒八年以傳寫本刻之。		昭和十年用大阪藤田氏藏抄本影印。
卷第二十二山部至厽部	共十四部六百十一字。光緒十年據西京知恩院方丈徹定所藏原本影寫本入木。		昭和九年用神宮文庫藏「延喜」抄本景印。
卷第二十四魚部		1917 年以珂瓑版精印西京博物館見大福光寺所藏魚部殘卷 20 字。	用京都大福光寺藏抄本景印。
卷第二十七系部至索部	共七部四百二十字。系部前半藏山城高山寺，後半藏石山寺。黎先得後半，光緒十年又據印刷局所印高山寺藏本系部前半鑴續。	1917 年借得山城高山寺所藏系部之前半、近江石山寺所藏系部後半至索部，以珂瓑版印行。	昭和八年用山城高山寺、近石山寺藏抄本景印。

（上表中空白處表該部分在該階段未進行印刷）

在字數的統計上，由於各卷所存部目當中或復有缺損，黎本所存字數爲二千餘字，僅及原書的八分之一；羅本較黎本多卷二十四魚部殘卷的 20 字，缺卷十八之後分放部至方部 161 字，及卷十九水部 144 字；《東方文化叢書》本多了卷八心部 6 字，而水部前又較黎刊本多脫 25 字，此本全部用原件以珂瓑版精印，卷子形制、墨色深淺悉如原卷，可謂最善本。當初黎庶昌從日本各處得到這些殘卷時，他和清末版本學家楊守敬認爲它們是《玉篇》的原本，並稱日本柏木探古處所得最爲「奇古」，「相傳爲唐宋間物」。〔註17〕黎、楊二氏並未說明爲何柏木探古本最爲「奇古」，於是有學者從文字形體演變，及釋字體例方面試圖闡明。據研究，柏木探古本的字體具有「不成熟楷書所有的特點」，學者稱作「隸楷」，在南北朝時期正是流行這種像隸書的楷書。再者，綜觀《玉篇》一書釋字的總趨勢是，大字正文由少到多而注文則是由繁到簡，比較之下，柏木探古本的注

印刷局又取高山寺所藏《玉篇》卷二十七一卷印之。明治廿七年（1894）神宮文庫又刊行所藏卷二十二山部至厽部一卷。

〔註17〕參見黎庶昌〈書原本玉篇後〉，載國字整理小組編原本《玉篇》零卷之末。其云：「日本柏木探古舊藏有古寫本《玉篇》一卷，自放部至方部，相傳爲唐宋間物。」柏木探古刊原本《玉篇》殘卷卷十八之後分跋云：「而第十八、十九二卷所稱東大寺馬道本，此二卷原是同種，而此卷（按：指卷十八之後分）紙質精厚，書法奇古，毫不與他卷相類，定是隋唐間抄本。」

文較其它本爲繁。此外，其它卷子的注文體例僅是釋字義和注音，只有柏木探古本除了釋字音、字義外，還釋字形，即引用《說文》對字形結構的分析，作爲注文的一部分內容，這與顧氏原本《玉篇》是更爲接近的，因爲顧氏《玉篇》正是繼承和發展了《說文》的體系。因此，「柏木本最接近顧氏原本，有可能是最初行世的本子。」（陳燕、劉潔，1999：67～70）

二、《大廣益會玉篇》

（一）《大廣益會玉篇》書名及版本皆出於南宋說

宋代重修《玉篇》，一般最常稱之爲《大廣益會玉篇》，朱彝尊以爲乃取意於該書歷來「廣益者眾」。〔註18〕關於這個名稱，從來都以爲早在陳彭年等人重修時便有之。孔仲溫則質疑，這樣的稱謂恐怕不是北宋陳彭年等重修時就有，這個書名是後來經過改換的，「最早不會早過南宋初年」。其論證之要點有三（2000：4～5）：1、宋人著錄無《大廣益會之名》。2、宋刊本《玉篇》猶存《玉篇》之名。3、敕牒未見改名之旨。當中的第1、3二點，孔先生已論述甚詳，在此無庸置喙，唯第2點稍有討論之必要。

當中可再分兩個層次來看，一是避諱。考張士俊澤存堂本當中之避諱情形，可見該本所避皆北宋諱，而不避南宋諱，始自宋太祖趙匡胤，至欽宗趙桓諸人之名諱皆避之，如「匡、筐、框、玄、朗、樑、儆、炅、楨、徵、桓、晅」諸字均作缺筆諱，因此推知「張士俊所據宋本，是南宋的刊本」。二是該本除了書首標明爲《大廣益會玉篇》之外，書中三十卷每卷卷首都是作「《玉篇》卷第○」的形式，從這種不一致的情形看來，於是懷疑「這書首的書名是後來改換的」。此第二層的論據稍嫌薄弱，因爲《廣韻》中也有類似情形，全書除了書首稱「《大宋重修廣韻》一部」之外，書中五卷各是作「《廣韻》○聲卷第○」。除此之外，本文認爲孔仲溫的懷疑是正確的，因爲版本本身還透露了以下的訊息：

1、版本中所見刻工，皆南宋人

一般所了解宋版書的特點之一，就是版心有刻工姓名、大小字數，這些刻工姓名，無疑地適可作爲考證版本時代的力證。澤存堂本中的刻工名錄羅列如

〔註18〕如〈重刊《玉篇》序〉所云：「顧氏《玉篇》本諸許氏，稍有升降損益。迨唐上元之末，處士孫強稍增多其字，既而釋慧力撰《象文》，道士趙利正撰《解疑》，至宋陳彭年、吳銳、丘雍輩又重修之，於是廣益者眾。」

下：方至、方堅、王玩、朱玩、何升、吳志、吳益、吳春、宋琚、李倍、李倚、李憶、沈思忠、金滋、徐佐、秦暉、高益、張榮、曹榮、陳觀仁、陸選、實甫、趙中、劉昭、魏奇等。據張振鐸所考（1996：68）這些人大都為南宋浙中地區名刻工。關於這些刻工的時代，我們確實可從一些明確屬於南宋刻本的古籍中證知，如宋呂祖謙撰《麗澤論說集錄》十卷，寧宗嘉泰四年（1204）呂喬年刊本中所列刻工有：丁明、丁亮、朱寬、吳志、吳春、呂拱、宋琚、李信、李思貴、李思賢、李彬、周才、周文、趙中、劉昭等，當中吳志、吳春、宋琚、趙中、劉昭等人，正與澤存堂本當中的刻工名字重疊，而呂祖謙乃南宋初人，刻書更在其後，則此當為澤存堂本不早於南宋初的明證。

在此，附帶談談楊守敬《日本訪書志》中所謂的「北宋槧本」。此本楊守敬云：

> 款式全與澤存堂本同，首亦無大中祥符牒，而野王序前亦有新舊字數。

筆者自著手研究《大廣益會玉篇》始，即多方尋求此藏於日本的珍本，終於透過友人的協尋，自日本宮內廳書陵部取得照相微卷（以下簡稱圖書寮本），取與澤存堂本相校，除了部分文字稍有漫患、篇首總目不全，以及神珙「反紐圖」之位置錯置之外，〔註19〕甚至逐頁比對其收字之序次及注文內容，幾乎完全對應無所差別，〔註20〕可證楊氏所云「款示全與澤存堂本同」的說法基本上可信。此外，當中所載的刻工名字，亦與澤存堂本完全一致（參見圖一、二），更可證

〔註19〕今本《玉篇》共分上、中、下三篇，上篇包括一至十卷、中篇包括十一至二十卷、下篇包括二十一至三十卷，各篇篇首均列有該篇十卷所收部首之總目，圖書寮本《玉篇》亦然。不過，圖書寮本下篇之部首總目殘缺二十一至二十九卷之部分目錄。今本下篇篇末列有神珙「四聲五音九弄反紐圖并序」，包括「序」、「五音聲論」、「五音之圖」及「九弄圖」四個部分，圖書寮本除「序」及「五音聲論」位置一致之外，其餘二部分則移置下篇篇首，這種割裂應當是錯置所致。

〔註20〕比對過程中，筆者發現有此一字次舛誤之例，如今本《玉篇》卷一玉部：

璇，似宣切，美石次玉，亦作璿。

璿，同上，又徐宣切。

按：此二字位置當互調，否則將形成「似宣切」與「徐宣切」互為又音的奇怪現象，因為今本《玉篇》似、邪二字同為邪母字，則二切音同。檢圖書寮本《玉篇》即是作上璿下璇的字次安排，璇以下注曰「同上」，乃是同於瓊、璠、璠諸字，元刊本同圖書寮本。

明二者實出於同一個版本。倘若前文筆者所證述，澤存堂本出於南宋的說法可信，那麼，楊守敬「北宋槧本」的說法恐怕不十足可信了。

2、澤存堂本中於當避諱之字，多有疏忽之處

宋刻書，多有諱字，尤其是官刻本，避諱極嚴，而坊刻書每多忽略。《大廣益會玉篇》當中即多見疏忽。如「恒」字分見於二部及心部，二部下之「恒」作缺筆諱，心部下之「恒」則無缺筆示諱；再如木部「桓」字，其作爲領字（或稱「字頭」）並未避諱，但是作爲注文或是切語用字，則或避或不避，如溥，徒桓切，此「桓」字作缺筆，瀬，音桓，此「桓」字又不作缺筆，據此推測應該不是所謂的「官刻本」，乃是「坊刻本」。『大廣益會』這樣的稱名反倒像元明以後，書坊刻書爲增廣銷路，招攬顧客而稱其本爲『全本』、『足本』的意思，似乎不與御敕修纂、雕印頒行那端莊穩的性質相符。」（孔仲溫，2000：5）既有「坊刻本」的性質，那麼上述的推測，確有可行之處。宋人對於書名的改換，透過書首及卷首標名的不一，尚可見其痕跡，到了元代刊本以後，則都一致地稱爲「大廣益會玉篇」，如「大廣益會玉篇序」、「大廣益會玉篇總目」、「大廣益會玉篇卷第○」等，可見南宋時改換之名，頗受元明清以後書坊之青睞，故取而徹底地「改頭換面」，清代所見書目，已多取此「大廣益會玉篇」之名而錄之。〔註21〕

（二）《大廣益會玉篇》與孫強本《玉篇》之關係

本文討論《大廣益會玉篇》與孫強本《玉篇》之關係，主要就元明刊本卷首所載附雕印頒行之牒文、「題記」的再解讀，以及音韻現象中透顯的時代性，兩條軸線進行探析，不過，音韻現象的部分，則有待整個音系的全面討論過後再談及較爲妥當。以下先就牒文及題記之內容，提出一些看法。

宋代字書、韻書在編修完成後，都會進行字數的統計，或載錄於牒文之前，如《大宋重修廣韻》在牒文之前就記載其字數「凡二萬六千一百九十四言，注一十九萬一千六百九十二字」；或載錄於詔書之末，如《集韻》所載「字五萬三

〔註21〕《四庫全書總目提要》曾以明初以後書目中，已難得見顧野王《玉篇》及孫強本《玉篇》之名，非難朱彝尊以澤存堂本《大廣益會玉篇》乃「宋槧上元本」之說。然而誠如本文所討論的，既然《玉篇》的書名，曾有過這種遞換之跡，那麼僅憑後代書目之記載，便斷定版本之存佚，並非十足可信。

千五百二十五，新增二萬七千三百三十一字」；或載錄於序末，如《類篇》所云「文三萬一千三百一十九」。《大廣益會玉篇》也有相當的記載，其於牒文後所附題記云：

> 梁大同九年三月二十八日，黃門侍郎兼太學博士顧野王撰本。唐上
> 元元年甲戌歲四月十三日南國處士孫強增加字三十卷。凡五百四十
> 二部，舊一十五萬八千六百四十一言，新五萬一千一百二十九言，
> 新舊總二十萬九千七百七十言。注四十萬七千五百有三十字。

向來認為該篇題記中所謂「舊」，是指宋重修本的底本，也就是孫強增字本，為158,641字，「新」則是指陳彭年等重修時所增加的部分，共有51,129字，並且認為這些數字都是包括正文及注文而言。但我們在觀察《廣韻》、《集韻》、《類篇》載錄字數的情況後，不禁對於這種說法產生疑問。如前所述，其它各本關於字數的記載，或者只記錄正文的部分，或者正文多少、注文多少，分別條列，並未見有將正文及注文字數合計者。再者題記稱「孫強增加字」，這裡的「字」當是指正文而言，增加多少正文則未記載。

宋王應麟《玉海》卷四十五《梁玉篇、祥符新定玉篇》條下云：

> 《隋志》……本三十卷。梁大同九年三月二十八日，黃門侍郎顧野
> 王撰，序曰……上元元年甲戌四月十三日孫強增加字，舊……新……
> 祥符三年二月乙酉，太常博士丘雍上《篇韻荃蹄》三卷。六年九月，
> 學士陳彭年、校理吳銳、直集賢院丘雍上准詔新校定《玉篇》三十
> 卷。(《崇文總目》曰「重修」)

關於王應麟這段話，其內容可以包含以下四個層次：梁顧野王撰、唐孫強增加字、宋丘雍撰《篇韻荃蹄》、宋陳彭年等新校定。其中「舊若干言新若干言」是放在「孫強增加字」下面講的，因此「舊若干言新若干言」有可能是指孫強增字減注前後的字數變化。所謂「舊158,641言」，是指孫強增字減注本中顧氏原本《玉篇》之正文連同釋文之數，而「新51,129言」，乃孫強新增字頭及釋文之數，二數合計可得「209,770言」的總數，與今本《玉篇》的字數相當。

　　承上所言，祥符六年牒文後題記所載數字，若真為孫強本《玉篇》之數，那麼，宋人對於《玉篇》的「重修」，到底有著什麼樣的貢獻呢？認為宋人並未「重修」《玉篇》之論，早期岡井慎吾（1933：279）就指出朱彝尊序中所云：「顧

氏玉篇本諸許氏……，至宋陳彭年、吳銳、丘雍輩又重修之，是廣益者眾。」
是有問題的。他指出在大中祥符六年的牒文中，明明就說是彭年等「校勘」「允
當」，並且《宋史・經籍志》中只有《重修廣韻》並無《重修玉篇》，因此認爲
朱氏所謂「重修」是錯誤的。這個問題，實有待吾人對牒文的重新解讀。陳彭
年於文中稱：「竊以爲篇訓之文，歲月滋久，雖據經而垂範，終練字之未精。……
訛謬者悉加刊定，敷淺者仍事討論。」個人認爲，針對「練字未精」的部分，
加以「刊定」及「討論」，恐怕正是此番重修之重點所在。

　　魏晉南北朝以來，民間傳說與志怪、軼事之類的小說盛行，當中所運用的
通俗文字，與漢樂府及北朝樂府的民間語言，對當時的社交語言頗有影響。此
一時期，大約與文字楷化同時，民間也流行俗語、俗字。其次，南朝的駢文驪
賦，作者們爲追求音節和諧與辭藻華麗，因而使用奇字僻言，也影響到當世流
通的書面語言。而佛教盛行，導致譯經事業發達，譯經中俗、訛、通假字徧行，
恐怕都造成了當時文字使用上的混亂。凡此，都可說是顧野王編就《玉篇》的
諸端原因。不過，文字規範之功並非一蹴可幾，這股文字異體備存的洪流，一
直延續到唐代。所以約當唐武后時有顏元孫編就《干祿字書》，用以辨正楷書的
筆畫寫法，到了唐大曆九年（774），顏眞卿任湖州刺史時，還寫錄此書，刻之
於石，稱爲「湖本」，可見唐時對於字體規範工作，仍投注著極大的心力，而這
也正顯示當時文字在使用上，仍是困難與複雜的。孫強《玉篇》成書時間大約
在此期間，雖然說已有可茲規範的字書出現，但是這本主要目的在於給爲官和
應試者提供文字的正確寫法的字書，對於一介「處士」孫強會造成多大的影響？
〔註22〕我們從敦煌卷子中仍多存有「俗字訛文」及「變體簡寫」的情況看來，
可知中晚唐五代時，〔註23〕文字的抄寫仍是十分混亂的。甚至於唐德宗貞元二
十年（804），自日本來到中國的和尚空海，於短短的兩年間便感染這種習氣，
其所撰之《篆隸萬象名義》中多有字體相亂之例。〔註24〕則這種字書的規範之

〔註22〕孔仲溫（2000）自清鄭經《漢簡箋正》尋繹而得，出於孫強《集字》的三十九例
　　　　中，就有訛寫字存在，如「季」書作「季」、「她」書作「奴」、「錐」書作「雖」
　　　　等，可見孫強之收字多有訛俗字體。

〔註23〕潘重規指出：「敦煌卷子手寫字體，與現代書寫習慣差異極大，尤其是俗文學變文、
　　　　曲子詞等，多半是中晚唐五代時的寫本，抄寫得更加紊亂。」（1995）

〔註24〕如部首鬥字寫作門，其从屬之字亦从門；瓜部中字多从爪；巾部字或从忄；衣部

於民間用字的效力如何，也就可見一斑了。因此，孫強本《玉篇》當中恐怕還普遍存在「俗字訛文」與「變體簡寫」，此則陳彭年所稱之「練字未精」者，倘欲以此「頒行於普率」，恐非易事，因此有必要重修，加以勘正當中字體。

或以為此「練字未精」者，可能是指文字釋義不當者，因此宋人重修使之精當，本文從中便發現了釋義未當之例。如「獖」，今本《玉篇》「扶粉切，羊名。」此字從犬旁，卻無犬義，而釋作「羊名」，甚可怪。《龍龕手鑑》此字注云：「蒲本反，宋（按：此當作守）犬也，又扶文反，羊名。」始知刪者刪之太過。《廣韻》作「守犬，蒲本切」，則宋人實作犬義，然重編《玉篇》卻僅取「羊名」之義？此外，胡吉宣（1982，184～185）也舉例說明今本《玉篇》「最不可恕者，往往輕率妄刪，魯莽滅裂，全不顧文意字義，貿然截取原文注末二字以當訓釋」。曾編過《廣韻》的陳彭年等人，耗費近五年的心力進行校勘《玉篇》，竟然還留下如此明顯之錯誤，似乎不太可能。因此個人推想，這些注可能都是孫強刪注本之原注，宋人重修只針對所謂「練字之未精」的字體加以刊正，所以像這種釋義上的錯誤，並未加以勘正。無疑地，這也提供我們今本《玉篇》的內容與孫強本一致的重要線索。

此外，陳彭年等人在勘正的過程中，還留下改之未盡的痕跡，這些蛛絲馬跡，反而是吾人反推當時實際情況的有利契機。茲就所見者，分點舉例敘述如下：

1、从雨从兩之辨未盡

如「霺」字，「所江切，雨兒」，《龍龕》卷二雨部平聲「霺」為「霺」之或體字，「霺」字注云：「正，所江反，兩兒也。今作霺，同也。」而「霺」字另見於入聲，注云：「正，胡郭反，霡霺，大雨也。」可知今本《玉篇》「霺」字釋「雨兒」，其中「雨」乃「兩」之形訛。在楷化筆畫未定之時代，雨兩二字容易混淆，是可以理解的，〔註25〕然宋人未察而仍之。附帶一提的是，今本《玉篇》霺，「胡郭切，霡霺，大雨。又音隻。」《廣韻》霺，切語一作胡郭切，一作之石切，置於小紐字「隻」底下。釋義同作「霡霺，大雨」。《廣韻》之前未

字或从示等等。

〔註25〕路復興（1986：35）指出《龍龕手鑑》有同部重出而異義者，如雨部霺一見於平聲，釋作「雨兒也」；一見於入聲，釋作「大雨也」。陸氏按云：「訓解為大雨者，從雨不誤。而解作兩兒者，字本從兩，非從雨。僧行均並入雨部，乃（唐）寫本雨、兩罔辨之故。」

見霎字作「之石切」者，我們懷疑《廣韻》此切語的產生，或許是受到今本《玉篇》「又音隻」的影響。而事實上，從《龍龕》霎、霎二字互爲異體看來，可知唐人雙字也有可能寫成隻，則今本《玉篇》「又音隻」的「隻」字乃是「雙」字，「雙」正與《龍龕手鑑》的「所江反」音同。

2、從竹從艸之辨未盡

如示部「祮」，口老、公薦二切；人部「佶」，苦薦切，二字切語中的「薦」即「篤」之俗寫，唐人書寫習慣中，從艸與從竹之字很容易混淆，潘重規（1995：5）指出敦煌寫卷之俗文字中，「艹竹不分，故簡作蕳，篤作薦」。今本《玉篇》以「篤」爲切語下字者，共 25 例，其中二例仍作「薦」，當是宋人辨之未盡者。

3、從日從月之辨未盡

今本《玉篇》肉部「胛」，古服切，麻韻，宋本同之。《名義》古暇反，元刊本《玉篇》古暇切，《王一》古訝反，〔註 26〕屬禡韻。今本《玉篇》以「服」作切語下字僅此一例，另有二例以「暇」字爲之，則此例恐怕是宋人辨之未盡者。

4、從木從扌之辨未盡

今本《玉篇》八部「尚」，時攘切，宋本同之，元刊本作時樣切。今本《玉篇》以「攘」作切語下字者，僅此一例，另有二例以「樣」字爲之，則此例可能是宋人辨之未盡者。

基本上，宋人對於《玉篇》當中「訛謬」及「敷淺」的字體，在歷經「刊定」與「討論」的過程，均已竭力改善，比起《廣韻》，今本《玉篇》在字體的刊定上已盡了最大的努力，〔註 27〕這是因爲字書、韻書所重各有不同的緣故。只不過《玉篇》的收字豐富，連同正文注釋共達二十多萬字的內容，可謂工程浩大，並且唐人用字混雜，並不易徹底掌握，是以當中未盡之處，亦在所難免。

澤存堂本是否如同朱序所說的，是宋刊的唐上元孫強增字原本，前文我們透過祥符六年的牒文及題記的再解讀，已初步加以肯定。再以《廣韻》一書曾

〔註 26〕《王一》禡韻「賀」乃「賀」字之形訛，理由有二：一是該字之釋義「賀膝不密」，與《廣韻》禡韻賀字之釋義同；二是《王一》簡韻亦收賀字。

〔註 27〕周祖謨（1993e：575）指出：「《廣韻》之作，意在登錄舊文，整飭眾本，若云刊正校改之功，猶未宏肆，是以書中音字踵承訛衍者，比比可數。」其所舉例證中，多有「承唐人之俗寫訛體，而未改正者。」

有多處引自《玉篇》，取與原本《玉篇》及澤存堂本《玉篇》相較，多少也能透露一些訊息。究竟《廣韻》中所謂《玉篇》是何指？今所見原本《玉篇》殘卷中的食部，可謂存秩完整，取與《廣韻》、澤存堂本《玉篇》相較，發現有些《廣韻》所云「出《玉篇》」之字只存於澤存堂本，而不見於原本，如餕、餾二字，這至少說明《廣韻》所指《玉篇》並非原本。是否指重修《玉篇》？可能性應該不大，因爲《玉篇》重修完成的時間，是晚於《廣韻》的，然而在《廣韻》云「出《玉篇》」的 54 例當中，我們發現其中除了楚、涇二字，是今本《玉篇》所未見者，其餘 52 例所引音義，大體上皆符同於今本《玉篇》，此說明《廣韻》所引的《玉篇》，很有可能就是孫強本《玉篇》，至於楚、涇二字，則可能是《廣韻》稱引上的疏誤。如《廣韻》所舉「涇」字，實乃今本《玉篇》「涇」字之形訛，二字音同，義同作「寒也」，此乃宋人於唐人俗寫从冫从氵之字，辨之未盡故也。北宋初郭忠恕（？～977）《佩觿》卷末載有一些「與《篇韻》音義或不同」的字，其中引自《玉篇》者有三例：

曆，《玉篇》作曆，古三紅談二翻，和也。

或，《玉篇》作戓戈又作戓，各何翻。戕戓即犅訶也。

振，《玉篇》作鈂，普的翻又普賜翻，裁名也。

郭忠恕爲宋太宗時人，生年早在宋眞宗祥符之前，可以推知此所謂《玉篇》，當是指孫強本《玉篇》，取與今本《玉篇》比對，切語和釋義則完全一致，例子雖然只有三個，卻也是說明陳彭年等人，未修改孫強本《玉篇》內容的重要證據，不容小覷。凡此顯示孫強本《玉篇》在北宋初年以來，便頗受重視，因此陳彭年等人重修《玉篇》時，便取以爲底本。也有些人從今本《玉篇》中有部分字，與宋初徐鉉《說文》中的「新附字」及說解相當，因而認爲宋人曾依徐鉉《說文》「新附字」爲今本《玉篇》增字，但是從孫強本《玉篇》自北宋初受重視的程度看來，反過來說是徐鉉的「新附字」，乃有所參考孫強本《玉篇》，也是可行的。

最後，我們在此還可以提出一個證據來充實本文的論點，那就是今本《玉篇》不輕易增字的證據。如「笑」字，據《說文·竹部》段注所載：「唐玄度《九經字樣》始先笑後咲，引楊承慶《字統異說》云：『从竹从夭，竹爲樂器，君子樂然後笑』。」《九經字樣》成書於唐文宗開成二年（837），此字書中最早收錄「笑」字者，則孫強本《玉篇》當未及收錄此字。徐鉉《說文》改笑作笑。而

宋以後經籍所見已無笑字，《集韻》、《類篇》領字（或稱「字頭」）乃有笑而無笑，《廣韻》領字雖仍作笑，其下則注云「亦作笑」。宋本《玉篇》則有笑而無笑，笑之俗字且作咲，如口部「咲」注云「俗笑字」，誠如段氏所云宋代經籍中只見有「笑」字，即笑字已然取代笑字，陳彭年等重修《玉篇》時，若果真有所增字，此當時通俗所流行之字體竟不收入，也是很可怪的。這恐怕也是因為今本《玉篇》收字一本孫強本之故。

（三）版本的流傳與比較

《大廣益會玉篇》在流傳的過程中，亦產生了不同的刻本。據考證，元、明二代流行的《玉篇》，是建德周氏藏元本宋大中祥符六年重修《大廣益會玉篇》。明代內府刊本、清代《四庫全書》所收禮部尚書紀昀家藏本、近人張元濟從涵芬樓和其它藏書家藏書中，選宋元舊刻、明清精刻、抄本等輯四部叢刊、日本寬永八年（按：明崇禎四年，1631）本，當中所收的《玉篇》都是這個版本。另外，國字整理小組據以編輯發行的建安鄭氏本，也是屬於元代刊行的版本。〔註 28〕

清康熙年間，著名學者朱彝尊從毛氏汲古閣藏書中，發現了「宋版《大廣益會玉篇》」，〔註 29〕朱彝尊在〈重刊玉篇序〉中以為其所得於毛氏汲古閣之《玉篇》，乃「宋槧上元本」，並云：「孫氏《玉篇》雖非顧氏之舊，然去古未遠，猶愈於今之所行大廣益本《玉篇》」。所謂「今之所行大廣益本《玉篇》」，或許就是元、明二代流行的元刊本。當時著名的出版家張士俊，接受了朱氏的建議，「取《繫傳》、《類篇》、《汗簡》、《佩觿》諸書，推原析流，旁稽曲證，逾年而後成書」，又請朱彝尊為之作序，然後出版。此即康熙四十三年（1704）出版的《小學匯涵》，所收蘇州張士俊澤存堂本《大廣益會玉篇》（以下簡稱「澤存堂本」）。此書一出，隨即取代了元刊本的流行地位，曾被多家翻印，如道光三十年（1850）新化鄧氏仿宋版、曹寅所刊《楝亭五種》版，以及中華書局用宋體字排印的四部備要本，均屬此版本。

略較二種版本之差異如下：

〔註 28〕以下本文所稱元刊本，皆是指建安鄭氏本。

〔註 29〕參見澤存堂本〈玉篇・張士俊跋〉。

1、卷首或卷末所附益文字、聲韻之相關材料

澤存堂本載有〈四聲五音九弄反紐圖‧並序〉〔註30〕，又有〈分毫字樣〉及〈五音聲論〉；元刊本則於卷首又增添了〈字有六書〉、〈字有八體〉、〈切字要法〉、〈辨字五音法〉、〈辨十四聲〉、〈三十六字母五音行清濁傍通撮要圖〉、〈三十六字母切韻法〉、〈切韻內字釋音〉、〈辨四聲輕清重濁總例〉、〈雙聲疊韻法〉、〈羅文反樣〉、〈奇字指迷〉、〈字當避俗〉、〈字當從正〉、〈字之所從〉、〈字之所非〉、〈上平證疑〉、〈下平證疑〉、〈上聲證疑〉、〈去聲證疑〉、〈入聲證疑〉等，總匯而成《新編正誤足註〈玉篇〉〈廣韻〉指南》。

2、部首目錄

澤存堂本將全書三十卷分爲上中下三篇，每篇各十卷。各篇十卷即列有部首總目，每卷卷首又列有該卷部目。元刊本則將三十卷五百四十二部首的目錄，編爲「《大廣益會玉篇》總目」。楊守敬題記〔註31〕批評澤存堂本於部首目錄的編排不妥，云：

> 每卷有總目是也，合十卷爲總目，非也。蓋野王《玉篇》三十卷，孫強本亦三十卷。每卷爲一軸，故應每卷有總目，斷無分上中下三冊之理。祥符官刊惟有增刪，改卷子爲摺疊本，亦必仍其舊。

再者，從二者對於目錄部首的寫法上來判斷，楊守敬認爲「張刻部首大字居中，部數旁注於下。此本（指明建安鄭氏宗文堂刊本）部數陰識，部首陽識，亦疑此本爲古。」前文說過，元、明二代盛行的就是元刊本，在此楊守敬雖是以明鄭氏宗文堂本與張氏澤存堂本相較，實則也說明了元刊本與澤存堂本之間的差異。

3、各部字的編次

澤存堂本一方面承襲了《說文》據形系聯的原則，編排部首內字頭，一方面又創立了據義系聯的原則，將意義相聯的部首首字組合在一起。如卷三收入了有關人倫與人際間稱呼的十三個部首字：人、儿、父、臣、男、民、夫、予、我、身、兄、弟、女。反觀元刊本的安排，似乎不在字義間尋求意義的聯系，而是要求版面的齊整性。以鄭氏宗文堂本爲例，每葉十三行，除去標明各卷卷目的該行，以及多部並列一葉的情形不說，各葉各行平均載列五至六字，字頭

〔註30〕晁公武《郡齋讀書志》載云：唐孫強本《玉篇》附有神珙《反紐圖》。

〔註31〕該篇題記，附錄於明建安鄭氏宗文堂刊本《玉篇》之末。

的排列非常齊整，每一橫排的字數都很相當，可說是有意在字數上進行截「長」補「短」的一種編排方式。（參見圖三）楊守敬《日本訪書志》亦云：「此本以張士俊所刻宋本校之，此多大中祥符一牒，而每部文字次第不與張本同，殆坊賈欲均其注文字數，以便排寫，唯圖易於檢尋，不知依類相從之義。」

4、音注與釋義

澤存堂本曾一度被稱爲「拙於作僞」、「以意漫書」的僞古本，〔註32〕不過，若以澤存本與元刊本作一比較，則優劣立見。試就以下幾點加以分析：（1）字有錯訛，如卷十一「㫄」，澤存堂本注「古文旁」；元刊本注「古文房」，以澤存堂本爲正確。〔註33〕（2）義有增刪。「澤存堂本」總的說來釋義較詳，義項較多；「元刊本」則多節略，但有時候「元刊本」也較「澤存堂本」有所增加。（3）例有詳略，如向，澤存堂本注「《詩》曰：『塞向墐戶』。向，窗也」；元刊本則注「窗也」。

而即使如楊守敬所以爲的，元刊本可能較澤存堂本爲古，但透過上述第四點的比較分析，較古的本子未必即優於較晚的本子。並且第四大點中的（2）（3）二點現象之所以形成，正可能是受上文第三點中所指出的，一種截「長」補「短」的編排方式所影響。而這種囿於版面的齊整，任意調換字頭次序以及刪減字義，很容易造成字義理解上的模糊，如卷三「人」部人字下，澤存堂本注「孔安國曰：『天地所生，惟人爲貴』」，元刊本則注：「孔曰：『天地所生，惟人所貴』」，將「孔安國曰」省作「孔曰」，倘若全書一致地將「孔安國曰」或「孔安國云」省作「孔曰」或「孔云」，並在某處說明，當不致於此。但我們所看到的另一個例子卻不然，卷二「北」部北字下，澤存堂本注「孔安國云：『土高曰丘』」，元刊本僅注「土高曰丘」，「孔安國云」四字則完全略去。另於卷一「示」部神字下，則又作「孔安國云」等等，可說都是爲了版面編排上的考量。

兩相比較之下，澤存堂本乃是當中較好的一個版本，故本文之研究主要乃據澤存堂本而論，以下本文所稱今本《玉篇》即是指此。此外，原本《玉篇》零卷（以下稱原本《玉篇》）及元刊本，與澤存堂本的關係可說是「同源異流」，

〔註32〕詳見《四庫全書總目提要・經部・小學類・重修玉篇三十卷》。

〔註33〕這種形近的錯訛，也會導致音讀上的差異，也是需要特別注意的。如卷十一「宀」部寓字，澤存堂本注愚句切，元刊本注愚向切，就《切韻》音系的角度來看，澤存堂本較元刊本正確。

亦具參考價值，故行文中亦參用之。

第二節　《大廣益會玉篇》的體例

　　前於第一節比較澤存堂本與藏元本之異同處，已約略提及《玉篇》之相關體例，然猶有未盡，於此進一步詳述。

一、廣收新字

　　依張士俊澤存堂本所記各部字數，各卷字數小計如下：

卷次	一	二	三	四	五	六	七	八	九	十
字數	455	689	1011	784	789	755	936	636	921	690
卷次	十一	十二	十三	十四	十五	十六	十七	十八	十九	二十
字數	906	849	1054	659	863	368	504	1068	957	797
卷次	二一	二二	二三	二四	二五	二六	二七	二八	二九	三十
字數	633	1030	1119	848	808	642	491	538	338	381

　　上表所見三十卷的正文總計 22,519 字，較原本的 16,917 字增加了 5,602 字，注文則是較原本少了 220,279 字，這自然是因為以孫強增字節注本為底本的緣故。不過，這增加的 5,602 字當中，也包括了一些重覆字。〔註34〕可見《玉篇》一書釋字的總趨勢是，大字正文由少到多而注文則是由繁到簡。以《大廣益會玉篇》與《玉篇零卷》相較，當中正文之增加顯而易見者，如食部，後者 143 字，前者 220 字；車部，後者 175 字，前者 248 字，增多 73 字；舟部前者 64 字，後者 110 字，增多 46 字；糸部前者 392 字，後者 459 字，增多 67 字等等，可明其增字之大略。究其原因，當與收字範圍的擴大有關（閻玉山，1989：4）。自顧野王始，《玉篇》的收字範圍就大大地超出《說文》。《說文》囿於時代背景所限，主要作為解經之用，因此收字往往只收經典中字，甚至出現於經書卻不常用之字，《說文》也是不收的，如「飲」字，〈詩・邶風・泉水〉：「出宿于干，飲餞于言。」「餼」字，〈論語・八佾〉：「子貢欲去告朔之餼羊。」「餗」字，《易・鼎卦》：「鼎折足覆公餗。」「餤」字，《詩・小雅・巧言》：「盜言孔甘，亂是用

〔註34〕從不同部首中，我們發現有領字相同之例，並且釋義也大致相同，可視為重覆之例。如四百二十四「韋」部韠字下，注曰：「于非切，韍也」，另於四百六十六「韍」部下，亦有注語相同的韠字。其原由何在，將於本節「收字特色」中探析究竟。

餕。」〔註35〕這幾個字在原本《玉篇》中均已收入。

同樣以食部爲例，原本《玉篇》共收 143 字，今本《玉篇》共收 220 字，後者增收約五分之一的字量。從牒文後「題記」僅云：「孫強增加字」看來，原本《玉篇》之後所增收之字，可能都是出自孫強之手。總的來說，孫強本以及今本《玉篇》的收字，都是承繼著原本《玉篇》廣收新字的編書精神，在社會內涵不斷的豐富，書面語中也隨之出現許多新字的情況下，將這些新字一併收入，以便時人應用，由此亦可見編者具實用主義的精神。

二、收字特色

像《玉篇》這種長期經過多次編修，以及繁複傳鈔過程的字書，在體例上要求一致，是非常不容易的，也因此增加了研究上的困難度。只不過，從《玉篇》所收字中，我們發現有一字而兩見於同部首中，或互見於不同部首的例子，進一步審其音義，也大多相同或相近，能斷爲一字之例不少。除去部分出於抄寫之誤及重覆之誤的例子外，實則從中也可窺見《玉篇》收字的某些特色，所見的 168 例，可分成下列幾種類型，各舉數例說明。

（一）異部重文

1、釋義相同

如：

「尖」字分別見於小部及大部，釋作「銳也」、「小細也」。

「粿」字分別見於米部及頁部，釋作「鮮白皃」。

「舠」字分別見於舟部及刀部，釋作「舩在水不安」、「船不安」。

「否」字分別見於口部及不部，釋作「可否也」、「不也」。

「孝」字分別見於老部及子部，釋作「善事父母者」。

「孛」字分別見於市部〔註36〕及子部，釋作「彗星」、「星也」。

「斸」字分別見於豆部及句部，釋作「裂也」、「小裂」。

「具」字分別見於目部及收部，釋作「共置也」。

「韐」字分別見於韋部及束部，釋作「束也」。

〔註35〕參見〈原本玉篇殘卷·食部〉。

〔註36〕《說文》「孛」見宋部，段氏於「宋」字下注云：「《玉篇》宋作市，引《毛傳》『蔽市小皃』。玉裁謂毛詩蔽市字恐是用蔽鄃之市字，經傳較多作芾作弗可證也。」

「厙」字分別見於車部及厂部，釋作「姓」。

「叡」字分別見於又部及出部，釋作「卜問吉凶」。

「漁」字分別見於水部及魚部，釋作「捕魚」。

　　這類例子還有很多，如度、恆、輆、案、氣、抝、晏、乾、第、舃、郼、蚷、屛、隆、飭、欨、暖、煩、號、賊、鉤、橲、緊、鳴、範、墨、敕、勳、曇、縣、霍、睍、黔、醜、鐵、藏、繭、難、豐、靁、坁、愊、个、参、苨、冥、靇、杏、對、叔、衛、岾、宋、屓、菰、宎。

2、釋義有所偏重

如：

「赧」字分別見於欠部，釋作「笑皃」及赤部，釋作「赤也」。「赧」字《說文》未見，《廣韻》釋作「笑聲」。於赤部下釋作「赤」義，蓋以今本《玉篇》中，凡從赤部皆有「赤」義之故。

「孜」字分別見於攴部，釋作「汲汲也」，及子部，釋作「厚也」。「汲汲」義取自《說文》，「厚也」之義，恐怕與《廣韻》「力篤愛也」之義有關。

「鶻」字分別見於骨部，釋作「鳥鳴豫知吉凶」，及出部「亦作窟，地室也」。

「杲」字分別見於日部釋作「日出也」，及木部釋作「明也，白也，高也」。

「臭」字分別見於自部釋作「惡氣息」，及犬部云「香臭之總稱也。犬逐獸走而知其跡，故字從犬。」

「菟」字分別見於艸部釋作「菟絲，藥名」，兔部「同兔」。

「隋」字分別見於肉部「《說文》曰：裂肉也」，阜部「落也，憊也」。

「紸」字分別見於赤部「赤色」，虫部「赤蟲名」。

「茜」字分別見於艸部及酉部，艸部下作余留、所六二切，釋「水草」；酉部下作所六切，釋「涷酒去滓也，又榼上塞也」。

　　這一類的例子還有昶、席、茫、勒、寇、莵、飾、奪、蓋、鞁、薖、鐵、屬、藥、鑿、藟、躬、艴。

（二）兼顧複音節詞的性質，以致兩收

「朘」字於肉部兩收之，均釋作「脯也」。其中一朘字下接「腜」字，
腜，朘腜也。《類篇》「朘」字云：「吳人謂腌魚爲朘腜」。

「楷」字於木部兩收之，楷單字釋作「木」。其中一楷字上接「枌」字，
枌，枌楷，宮名。

「蛸」字於虫部兩收之，一蛸字與其上一字「蜱」連讀作「蜱蛸」，一
蛸字與其上一字「蠨」字連讀作「蠨蛸」。

「蝚」字於虫部兩收之，均是蟲名，其中一蝚字與其上一字「蚭」字
連讀作「蚭蝚」。

「蝥」字於虫部兩收之，均是蟲名，其中一蝥字與其上一字「蟜」字
連讀作「蟜蝥」。

「蜒」字於虫部兩收之，其中一蜒字與其下一字「蝓」字連讀作「蜒
蝓」，蝸牛也。另一字與其下一字「蝘」字連讀作「蜒蝘」，似蜥蜴。

「鷜」字於鳥部兩收之，均釋作「鸛鷜」，其中一鷜字與其上一字「鸕」
字連讀作「鸕鷜」。

（三）為表現一字數音數義，以致多收

「哈」字於口部兩收之，一作五合切，釋「魚多兒」；一作「所洽切」
釋「以口歃飲」。

「昧」字於日部三收之，分別是：莫潰切，釋作「冥也，昧爽旦也」；
莫蓋切，釋作「明也，又斗柄」；莫割切，釋作「星名」。

「昫」字於日部二收之，各有兩個音切，分別是：欣句、許宇二切，
釋作「暖也」；香羽、香句二切，釋作「日光也」。

「菩」字於艸部兩收之，各有兩個音切，分別是：防誘切又音蒲，釋
作「香草也」；薄胡切，「菩薩也」又步亥切，「草也」。

「詆」字於言部兩收之，分別作：都禮切，釋作「訶也、法也、㫖也」；
他狄切，「詆諦，狡猾也」、又音底，「訶也」。

「袲」字於衣部兩收之，分別作：尺爾切，釋「長衣兒」；奴可切，釋
「裦袲，衣好兒」。

「嗒」字於口部兩收之，分別作：吐合切，「《莊子》云：嗒然，似喪

其偶」；多臘切，釋「舐也」。

「蒢」字於艸部兩收之，分別作：直居切，釋作「蘧蒢，又黃蒢也」；
祥余切，釋作「草也」。

「緙」字於糸部兩收之，分別作：口革切，「紩也」；輕革切，「紩也、
織緯也」。

這一類的例子還有沇、鋇、朧、朾、猣、猚、膡、襪等。

（四）其 他

1、單純重覆之誤

「侶」字於人部兩收之，音皆力莒切，均釋作「伴也」。

「郕」字於邑部兩收之，音切各作時盈切及食盈切，由於《大廣益會
玉篇》中神、禪二母混，故可視爲一音。均釋作縣名。

「魾」字於魚部兩收之，音切有頻葵切及父脂二切，二音唯有輕重唇
之別，指音如鼙聲的一種魚。

「鷸」字於鳥部兩收之，音切分別作郁祕切、於冀切，釋義一作「鸁
鸄」，一作「水鳥」，實則一也。

「蚭」字於虫部兩收之，音切分別作呂說切、力輟切，釋義一作「蟲
名」，一作「蟚蚭」，實則一也。

這一類的例子還有褙、虅等。

2、部首認定不一致

從《說文》到《玉篇》，當中文字經過隸變的過程，原來在《說文》中能夠
明顯分辨的字形，經過隸變後反而變得一樣而難以辨識。如月部和肉部，《說文》
中分別作𝄐、𝄐，隸變之後都變成「月」的形體，字書編者在歸部時便容易產
生混淆。如《大廣益會玉篇》「朡」字見於肉部及月部，音切一致，均釋作「姓
也」。又「鬫」字見於鬥部和門部，在《說文》中其實是作入鬥翏聲的鬫字，音
吉了切（古了切）或力求切，均爲「降殺」之義，這也是隸變之後，書寫形式
變得相似而導致誤認的重覆。

以上所歸納的第一點，是《玉篇》爲順應書寫字體之演變，所特創之例。
由於它是我國第一部用楷書傳寫的字書，在說解上再也不能承襲《說文》的傳
統，由小篆出發說字之象形、指事、會意、形聲之類，故創爲「異部重文」之

編排體例，大概又可分爲釋義相同及義有所偏兩種，可說是《玉篇》收字的最大特色。此「異部重文」之例，實則也透露了《玉篇》仍然存有《說文》中析形求義的影子，只不過《說文》析形乃爲探求本義，《玉篇》的文字經過隸變後，已不易從字形上求得本義了，這麼做大概是爲了在字的連繫上取得「以義相從」的便利性。兼顧複音節詞可說是《玉篇》的另一大特色，如面部𪐴、𪐏爲上下字，連讀作「𪐴𪐏」，面長也。𪑌、𪑍爲上下字，連讀作「𪑌𪑍」，小頭也。𪒟、𪒷爲上下字，連讀作「𪒟𪒷」，老也。𪓏、𪓁爲上下字，連讀作「𪓏𪓁」，面青皃。《玉篇》全書這一類例子相當多，在遵守「以義相從」的原則下，收錄這些社會發展中所激增的新詞彙，這種一字兩收的情形，很可以看出作者的用心。不過，我們也歸納出一些單純屬重覆收字之例，亦可見《玉篇》在收字上貪多務博，因而造成的疏漏。

三、注音的體例及切語的來源

今本《玉篇》注音的形式，可分切語「××切」及直音「音×」兩種，其中又以切語標音爲主，據筆者的統計，以直音方式標音者約有 860 例左右，相對於全書共將近 24,000 多個注音來看，比率相當的低。全書所收音切，以一字一個音切的例子居多，但一字數讀的字例亦不在少數，約有 3,000 多筆，至於其標音的體例，一般而言，《玉篇》對於一字數讀而釋義相同者，注音不分立，如「睽，土系、徒奚二切，迎視也」；如果一字數讀而釋義各異，則注音必分立，如「亢，戶唐、古郎二切，人頸也；又苦浪切，高也」。但是針對一字數讀而釋義相同情形，偶爾也出現切語分立的例子，稍整理如下：

1、××切，釋義，又××切。如「載，子代切，年也，乘也，又才代切。」
2、××切又××切，釋義。如「軑，徒蓋切又徒計切，轄也。」
3、××、××二切，釋義，又音×。如「輠，胡罪、胡瓦二切，車脂轂，又音禍。」

筆者曾取《名義》的音切，與今本《玉篇》當中的音切逐一比對，發現約有七成左右的比例是一致的，如果不考慮今本《玉篇》又音的部分，則一致的比率還要更高些。可見得今本《玉篇》的後續編者，對於原本《玉篇》的音切，基本上是採以保留的態度。更動的部分，則是因爲語音產生變化，如原本《玉篇》從邪二母不分，到了今本《玉篇》從邪二母已經分立，因而對切語有所修

正；或者是對讀音有所增加。

原本《玉篇》第一百十三「食」部的字，非但字數多且保留完整，因此我們舉以爲例，以驗證以上之說法。

	原本《玉篇》	今本《玉篇》	《切韻》、《王韻》、《唐韻》	《廣韻》
1.饋	甫云反	甫云切	府文反（《切三》）	府文切
2.餾	力救反	力救切	力救反（《王一》）力究反（《唐韻》）	力救、力求二切
3.餐	思流反	思流切	息流反（《切三》、《王一》、《王二》）	息流切
4.餁	如甚反	如甚切	如甚反（《切三》、《王一》）	如甚切
5.饔	於恭反	於恭切	於容反（《王二》）	於容切
6.饊	先但反	先但切	蘇旱反（《切一》、《切三》、《王二》）葉旦反（《王一》）	蘇旱、蘇汗二切
7.餅	卑井反	卑井切	必郢反（《切三》）	必郢切
8.餱	胡溝反	胡溝切	胡溝反（《切三》、《王一》、《王二》）	胡溝切
9.餳	徒當反	徒當切	徐盈反（《王二》）	徐盈切
10.饡	子旦反	子旦切	則幹反（《王一》）則旦反（《王二》）則旰反（《唐韻》）	則旰切
11.饘	之延反	之延切	無	諸延、旨善二切
12.餥	甫鬼、甫違二反	甫鬼、甫違二切	非尾反（《切三》、《王一》、《王二》）	甫微、府尾二切
13.饎	充志反	充志切	昌志反（《王一》）尺志反（《王二》）	昌志切
14.飧	蘇昆反	蘇昆切	思魂反（《切三》）	思渾切
15.饁	爲輒反	爲輒反	筠輒反（《切三》、《唐韻》）云輒反（《王二》）	筠輒切
16.饟	式尙、式章二反	式尙、式章二切	諸兩反（《切三》）	式羊、式尙、書兩、人樣四切
17.饛	莫東反	莫東切	莫紅反（《刊》）	莫紅切
18.餩	五恨、五寸二反	五恨、五寸二切	無	五恨切
19.饐	於寸、於恨二反	於寸、於恨二切	於恨反（《王一》）	烏困、於恨二切
20.飫	於據反	於據切	於據反（《王一》、《王二》）衣倨反（《唐韻》）	衣倨切

21.飽	補校反	補校切	博巧反（《切三》、《王一》）	博巧切
22.䐁	於縣反	於縣切	烏縣反（《王二》、《唐韻》）	烏縣切
23.饒	如燒反	如燒切	如招切（《切三》）	如招、人要二切
24.餘	與居反	與居切	與魚反（《切二》、《切三》、《王一》）	以諸切
25.餀	呼帶反	呼帶切	海蓋反（《王一》） 呼艾反（《唐韻》）	呼艾切
26.館	古換反	古換切	古玩反（《唐韻》）	古玩切
27.餓	五賀反	五賀切	五箇反（《王一》、《王二》、《唐韻》）	五个切
28.饕	敕高反	敕高切	吐高反（《切三》、《王一》）土高反（《唐韻》）	土刀切
29.飻	他結反	他結切	無	他結切
30.餟	張芮反	張芮切	陟衛、丁劣二反（《王三》）	陟衛、丁劣二切
31.餕	力蒸、力甑二反	力蒸、力甑二切	力膺、力甑二反（《王一》、《王二》）	力膺、里甑二切
32.餗	思穀反	思穀切	送谷反（《切三》、《王二》）桑谷反（《唐韻》）	桑谷反
33.餳	餘障反	餘障切	餘亮反（《王一》）	餘亮切
34.飣	力丁反	力丁切	無	郎丁切
35.餣	於劫反	於劫切	無	於業切
36.餲	古來反	古來切	古哀反（《王一》）	古哀、於犗二切
37.䭈	普力反	普力切	芳逼反（《王二》）	芳逼切
38.餳	徒當反	徒當切	徒郎反（《切三》、《王一》、《王二》）	徒郎切
39.餄	公洽反	公洽切	古洽反（《唐韻》、《王一》）	古洽切
40.餼	虛氣反	虛氣切	許既反（《王一》、《王二》、《唐韻》）	許既切
41.飦	五丸反	五丸切	無	愚袁切
42.餦	乙景反	乙景切	無	於丙切
43.膿	女江反	女江切	女江反（《王二》）	奴冬、女江二切
44.飵	尸野反	尸野切	書野反（《王一》）	書冶切
45.餪	奴管反	奴管切	奴卯反（《王三》）	乃管切
46.饆	奴耕反	奴耕切	女耕反（《王二》）	女耕切
47.餰	記言反	記言切	居言反（《王三》）	居言切
48.餦	於仰反	於仰切	於兩反（《王二》）	於兩、於亮二切

49.餓	於元反	於元切	於袁反（《王三》）	於袁切
50.饎	之庶反	之庶切	之據反（《王一》、《王二》）章恕反（《唐韻》）	章恕切
51.鑊	胡郭反	胡郭切	烏郭反（《王二》、《唐韻》）	烏郭切
52.饘	去善反	去善切	去演反（《切三》）	去演切
53.𩜄	力拾反	力拾切	力急反（《刊》）	力入切
54.饘	視豔反	視豔切	無	無
55.饡	子荏反	子荏切	子甚反（《王三》）	子朕切
56.餂	達兼反	達兼切	無	無
57.饎	視利反	視利切	無	常利切
58.鎬	苦到反	苦到切	苦到反（《王二》、《唐韻》）	苦到切
59.餄	於結反	於結切	無	無
60.飲	於錦反	於錦切	於錦反（《切三》、《王一》）	於錦、於禁二切
61.餩	於北反	於北切	愛黑反（《王二》）	愛黑切
62.養	餘掌、餘尚二反	餘掌、弋尚二切	餘兩反（《切三》、《王二》）	餘兩、餘亮二切
63.餋	舍掌反	式掌切	識兩反（《王二》）	書兩反
64.舖	補湖反	補胡切	博孤反（《切三》、《王一》）	博孤、博故二切
65.飡	且丹反	七安切	倉干反（《王一》）	七安切
66.餉	式尚反	式亮切	式亮反（《王一》、《王二》）	式亮切
67.饋	渠愧反	渠位切	逑位反（《王一》、《王二》）	求位切
68.餬	戶徒反	戶吾切	戶吳反（《切三》、《王一》）	戶吳切
69.饑	羈衣反	紀衣切	居希反（《切二》、《切三》、《王一》）	居依切
70.饉	奇鎮反	奇振切	渠遴反（《王二》）	渠遴切
71.餩	於言適反	於革切	烏格、烏陌二反（《王三》）	烏陌、於革二切
72.餧	奴猥、奴僞二反	奴罪、於僞二切	於僞、奴猥二反（《王二》）	奴罪、於僞二切
73.餼	胥翼反	胥弋切	無	相即切
74.餛	胡昆反	戶昆切	戶昆反（《切三》）	戶昆切
75.餭	胡光反	戶光切	胡光反（《切三》、《王一》、《王二》）	胡光切
76.餦	豬壃反	豬良切	陟良反（《切三》、《王二》）	陟良切
77.餿	於物、於月二反	於勿、於月二切	無	無

78.餢	思累、翼累二反	思累、弋累二切	息委反（《王三》）	息委切
79.饌	餘石反	余石切	無	無
80.飷	子野反	子也切	慈野反（《王一》）	茲野切
81.餽	無鬼反	亡鬼切	無匪反（《王一》、《王二》）	無匪切
82.餉	居陸反	居六切	居六反（《王三》）	居六切
83.餕	子侚反	子殉切	子峻反（《王二》）	子峻切

今本《玉篇》「食」部字，至今乃保留在原本《玉篇》零卷中的，大約有108例，而上表所羅舉之83例，是當中讀音與今本《玉篇》一致者，比率相當高。尤其例1至例61，音切數目與用字完全一致，可證二者在注音方面的承續關係相當密切。但這並不代表它們即擁有相當的音韻系統，除了有部分讀音受到修改之外，今本《玉篇》還收了許多原本所無之字，這些字自然無法根據原本的音讀，也因此在整個音韻系統上可能產生不小的變數。周祖庠（1995：135～136）在比較原本《玉篇》與今本《玉篇》切語之異同後，除了得到「原本《玉篇》與宋本《玉篇》反切用字大部分是相同的」的結論之外，針對切語不同的例子，還歸納出以下幾種情況：一、切語用字不同，但讀音相同。二、讀音不同，又細分成幾種情況：1、是今本較原本接近《切韻》、《廣韻》、《集韻》音系，佔大部分；2、原本較今本接近《切韻》、《廣韻》音系，例子極少；3、原本今本構成異讀；4、原本不誤，今本誤；5、原本誤，今本不誤。三、讀音多少不同。四、音和類隔不同：原本類隔，今本音和。最後周氏又云：「從以上情況可以看出，今本與原本《玉篇》切語的不同，主要是今本對一部分字音作了改動，使之相同或接近於《廣韻》音系，已非顧氏原貌；另外是增加了異讀，這增加的又音，有《廣韻》音系的，也有其它音書的。」這些觀察的結果，大體上是可信的。不過，今本《玉篇》的修改過程中，究竟是參考了《切韻》音系？或者是《廣韻》音系？還是值得進一步釐清。

高本漢（1948：17～18）論及有反切的最古字書時，曾引馬伯樂（Maspero）的一段話說：〔註37〕

這些古字書裡有一部《玉篇》，是543年作成的，不幸在1013年陳

〔註37〕馬伯樂的話引自“Phon Ann, p.119。”該文中馬氏乃是闡述 Plliot 在“Note de bibliographie chinoise ,BEFEO,2（1902）.323ff。”中的看法。

彭年的再版裡經過很多的修改，幾乎使我們不能利用它了。

此說的依據何在，未見說明，卻是對往後學者造成不小的影響，以致於對於今本《玉篇》龐大的音切資料，於筆者之先，尚未見有所全面整理及研究。〔註38〕如果我們只對當中的音切作一種抽查式的比對，確實可以找到與《廣韻》音同或者用字一致的音切，但是當我們進行更大範圍的比對時，卻又發現更多其與《廣韻》音讀不同，或是切語用字不一的情形。如果陳彭年等曾改動《玉篇》切語，那麼，其改動的原則何在？為何不作全面修改？而上述情況僅止於得以互見之切語，其它還有更多無從比對的切語，情況又是如何？諸多疑問恐怕是主張宋人更動切語者，難以回答的問題。

〔註38〕 向來有關《玉篇》的研究，大部分集中在日本以及中國大陸，而研究主題則大概以版本為主。其中日本學者岡井慎吾《玉篇研究》，可說是當中最具份量者，書中除了詳盡地介紹了《玉篇》各種版本的款示及內容，並且也進一步比較原本、宋本及元本之間的異同，如果不計日本的「倭玉篇」，從原本《玉篇》、宋本、元本、明本、清本，以及日本明治以來的各種刊本，共計四十二種之多，資料詳贍而豐富，是很重要的參考資料。大陸學者如黃孝德（1983）、胡吉宣（1982）、鄔邑（1988）等，則是以討論《玉篇》的「編纂成就」及「版本系統之比較」為重點，此外，胡吉宣（1989）逐字為《玉篇》進行校釋，成就甚為可觀。《玉篇》音切方面之研究，尤以大陸為主，如周祖謨（1936）依據日本沙門空海所作《篆隸萬象名義》的反切考訂擬測出《玉篇》的完整音系、歐陽國泰（1986、1987）、朱聲琦（1991）、周祖庠（1995）使用類比法和統計法，把原本《玉篇》殘字反切跟《切韻》比較，推論出一種代表六世紀的金陵讀書音、周祖庠（2001）論述方式同前書，並推論出《篆隸萬象名義》的音系性質為「西晉洛下雅音與西晉吳語的融合體，是南北朝時期中國雅音的代表，它是個單一音系。」此外，還有日本學者橋本萬太郎著有《〈玉篇〉反切中的梗攝字》（1981 年）等。

由上所述可知日本、中國大陸的學者們，對於《玉篇》已能予以適當的重視，至於台灣學者在這方面的研究，目前仍是相當匱乏的。而所見這些研究亦僅止於顧野王《玉篇》原本，至於今本《玉篇》的相關研究，除了孔仲溫（2000）曾據此本研究當中的俗字現象之外，音韻方面的討論，早在 1970 年雖有翁文宏所撰《梁顧野王玉篇聲類考》，當中對《大廣益會玉篇》的聲類進行初步系聯，但是討論的內容亦極其有限，除此之外則未見相關之研究跟進，可說是相當可惜的一件事。個人以為自從楊守敬以來，認為宋本《玉篇》曾經依據《廣韻》修改，再如馬伯樂、高本漢更是認為「陳彭年的再版裡經過很多的修改，幾乎使我們不能夠用它了」，這些觀點恐怕正是影響後人漠視此份音韻材料的重要關鍵。

再者，依據今本《玉篇》與《廣韻》音同或用字一致的切語，做爲陳彭年曾修改過孫強本《玉篇》的證據，也是很薄弱的。因爲事實上《廣韻》的切語是前有所承的，方孝岳、羅偉豪（1988：72）云：

> 《廣韻》基本上保持了陸法言《切韻》的原貌。

黃志強（1992：188）云：

> 據考證，《廣韻》的話音系統（反切系統）基本上是根據《唐韻》的，而《唐韻》的語音系統又基本上是根據《切韻》的。……今傳《宋本廣韻》（張氏澤存堂本）書前載有陸法言《切韻序》和孫愐《唐韻序》即表明《廣韻》與這兩部書的淵源關係。

可見《廣韻》中的切語與《切韻》、《唐韻》之關係密切，我們且進一步取今本《玉篇》之切語與上述韻書之殘卷比對，則發現今本《玉篇》的部分音讀，不獨接近《廣韻》，且接近於《切韻》、《唐韻》等韻書。舉從邪二母爲例，凡原本《玉篇》（或《名義》）二母混用者，今本《玉篇》均加以修改，我們就取當中的一些例子，來看看今本《玉篇》與《切韻》、《王韻》、《唐韻》及《廣韻》之關係。

	原本《玉篇》（或《名義》）	今本《玉篇》	《切韻》、《王韻》、《唐韻》	《廣韻》
1.瑨	似盡反（《名義》）	疾刃切	疾刃反（《王一》）	徐刃、疾刃二切〔註39〕
2.鑿	徐各反（《名義》）	在各切	在各反（《王二》、《唐韻》）	在各切
3.坐	徐果反（《名義》）	疾果切	徂果反（《切三》、《王一》）	徂果切
4.姓	徐盈反（《名義》）	疾盈切	疾盈反（《切三》《王二》）	疾盈切
5.情	似盈反（《名義》）	疾盈切	疾盈反（《切三》、《王二》）	疾盈切
6.崒	辭醉反（《名義》）	疾醉切	疾醉反（《王一》）	秦醉切
7.靖	似井反（《名義》）	疾郢切	疾郢反（《切三》）	疾郢切
8.靜	似井反（《名義》）	疾郢切	疾郢反（《切三》）	疾郢切

〔註39〕《廣韻》領字無「瑨」字，然去聲震韻下有一「墡」字，此字徐刃切又疾刃切，釋作「石似玉」，音義皆與今本《玉篇》「瑨」字相當，當爲一字，至於字體上有所不同，恐怕是《廣韻》承唐人之俗寫訛體，而未改正者。

9.頠	徐季反（《名義》）	疾醉切	疾醉反（《王一》、《王二》）	秦醉切
10.噍	徐唉反（《名義》）〔註40〕	才笑切	才笑、子幺、子由反（《王一》、《王二》、《唐韻》）	才笑、子幺、子由三切
11.捷	徐玃反（《名義》）	疾葉切	疾葉反（《王一》、《王二》、《唐韻》）	疾葉切
12.觜	似離反（原本《玉篇》）	疾移切	疾移反（《王二》）	疾移切
13.材	似來反（《名義》）	昨來切	昨來反（《王一》、《切三》））	昨哉切
14.雋	似兗反（《名義》）	徂兗切	徂兗反（《王一》）	徂兗切
15.輯	徐入反（《名義》）	秦入切	秦入反（《切三》、《王一》、《唐韻》）	秦入切
16.樵	辭焦反（《名義》）	昨焦切	昨焦反（《切三》）	昨焦切
17.痤	徐和反（《名義》）	徂和切	昨和反（《王一》） 昨禾反（《王二》）	昨禾切
18.牷	似緣反（《名義》）	疾緣切	聚緣反（《切三》、《王一》）	疾緣切
19.嚼	徐略反（《名義》）	疾略切	在雀反（《王二》） 即略反（《唐韻》）	即略切
20.脞	似戈反（《名義》）	昨戈切	昨和反（《王一》） 昨禾反（《王二》）	昨禾切
21.自	徐利反（《名義》）	疾利切	疾二反（《王一》、《王二》）	疾二切
22.怍	辭各反（《名義》）	疾各切	在各反（《王二》、《唐韻》）	在各切
23.蒺	祠栗反（《名義》）	慈栗切	秦悉反（《切三》、《王一》、《王二》、《唐韻》）	秦悉切
24.秦	似津反（《名義》）	疾津切	匠鄰反（《切三》）	匠鄰切
25.族	敘鹿反（《名義》）	徂鹿切	昨木反（《王二》、《唐韻》）	昨木切
26.耤	似亦反（《名義》）	才亦切	秦昔反（《切三》、《王一》、《王二》）	秦昔切
27.賊	辭則反（《名義》）	在則切	昨則反（《王二》、《唐韻》）	昨則切
28.燼	似進反（《名義》）	才進切	疾刃反（《王一》、《王二》）	徐刃疾刃二切
29.阼	辭故反（原本《玉篇》）	才故切	昨故反（《王二》） 昨誤反（《唐韻》）	昨誤切

〔註40〕宋本《玉篇》「笑」字亦作「唉」，《名義》此切語正用「唉」字，空海和尚806年返回日本，估計寫成《篆隸萬象名義》，當在此後未久。則亦可與前文所引段注，云「笑」字最早見於唐文宗開成二年（837）的説法參看。

| 30.集 | 似立反（《名義》） | 秦立切 | 秦入反（《王一》、《王二》、《唐韻》） | 秦入切 |
| 31.賤 | 徐箭反（《名義》） | 才箭切 | 在線反（《王二》）
才線反（《唐韻》） | 才線切 |

由上表可見，今本《玉篇》與唐代之《切韻》、《唐韻》均有著密切關係，其中例1到例16，顯示今本《玉篇》的切語與唐代韻書的一致性。這意味著今本《玉篇》當中的切語，也有可能是參考了唐代的《切韻》系韻書，如此一來，其部分切語與《廣韻》一致，也是自然之事。陸氏《切韻》的全本現在已見不到，但由今日尚存數種《切韻》的殘卷看來，《切韻》在唐時是非常流行的。其中《唐韻》成書於開元、天寶年間，與孫強本《玉篇》成書於唐肅宗上元元年（760）的時代尤其接近，那麼，孫強重修《玉篇》時取以爲參考，也是極可能的。因此，說今本《玉篇》的音切曾據《切韻》系韻書修改，可也，然必說是據《廣韻》修改則未必也。例17到例31，今本《玉篇》的切語與唐代韻書及《廣韻》，雖有用字上的不同，但是讀音一致，則表示了另一種可能，即今本《玉篇》的切語用字，基本上仍是承續原本《玉篇》的，只不過爲了反應實際音變，不得不在切語上有所修正，如例子中均只變動切語上字，下字則保留原本的用字。正因爲此種種因素交疊其中，使得我們今日所見今本《玉篇》的切語，既有原本《玉篇》的成份，又有唐代韻書及《廣韻》的成份。〔註41〕

〔註41〕今本《玉篇》的音系內容，當不等同於此二種成份之相加，其中恐怕還有某種實際語音的基礎，不過，本文在此主要論述者，乃是今本《玉篇》與《廣韻》之間的不必然性，而有關實際語音的部分，則在本文第三、四兩章有關《大廣益會玉篇》聲類及韻類之討論中，有所說明。

第二章　音節表

說明與凡例

1、本音節表是以澤存堂本《大廣益會玉篇》（簡稱今本《玉篇》）中，約 24,500 多個音切（含直音 860 例）為編錄對象。

2、今本《玉篇》反切偶存訛誤，遇此情形時，則參酌原本《玉篇》、《篆隸萬象名義》（簡稱《名義》）、《切韻》、《王韻》、《唐韻》、《廣韻》、《集韻》等之切語，加以審定。如今本《玉篇》妾，士接切，《名義》作且接反，《王一》、《王二》、《王三》、《唐韻》皆作七接反，可知今本《玉篇》切語上字士乃七之形訛。像這一類的訛誤，本章皆隨附各表中，進行切語之校勘及討論。

3、本音節表之命名，依周祖謨〈篆隸萬象名義之原本玉篇音系〉所列之攝次排列，即：果、假、遇、蟹、止、效、流、咸、深、山、臻、梗、曾、宕、江、通。果攝至流攝屬陰聲韻，咸攝至通攝屬陽聲及入聲韻。各攝韻次則先開後合。

4、陰聲韻、陽聲韻均只列平、上、去三聲，入聲韻因與陽聲韻關係較為密切，故緊鄰於陽聲韻之後排列。

5、本音節表以橫聲縱韻方式排列，韻目列下有「切語下字」，藉以羅列書中

該韻所使用之切語下字。

6、本音節表聲母依陳澧反切上字系聯條例系聯，共得三十六類，聲類名稱則取各類中切字最多之反切上字爲之，爲便利對照，並於括號中注明《廣韻》聲類名稱。按發音部位分爲八組，各組之間又以雙橫線隔開。按《韻鏡》之脣、舌、牙、齒、喉、舌齒之順序排列如下：

脣音	重脣音	方（幫）/普（滂）/扶（並）/莫（明）
舌音	舌頭音	丁（端）/他（透）/徒（定）/奴（泥）
	舌上音	竹（知）/丑（徹）/直（澄）/女（娘）
牙音		古（見）/口（溪）/巨（群）/五（疑）
齒音	齒頭音	子（精）/七（清）/才（從）/思（心）/似（邪）
	正齒近齒頭音	側（莊）/楚（初）/仕（床）/所（疏）
	正齒近舌上音	之（照）/尺（穿）/式（審）/時（禪）
喉音		於（影）/呼（曉）/胡（匣）/于（爲）/余（喻）
舌齒音	半舌音	力（來）
	半齒音	如（日）

爲簡省篇幅，凡某組各聲母均乏其字例，表中即不列該組聲母之目。

7、各韻類之訂定，乃依陳澧之反切下字系聯條例系聯得之，並參酌《韻鏡》等韻圖定其開合洪細。韻類名稱則取各類中切字最多之反切下字爲之，爲便利對照，並於括號中注明《廣韻》韻目。

8、表內所錄各音節字例頗多，乃是因爲今本《玉篇》之內容，是依傳統字書按部首編排，而非按韻而編。爲全面呈顯今本《玉篇》實際的切字情形，本文從同音節但切語用字不一的例子中，各取其一以爲代表，取意同《廣韻》之「小韻」。例如：果攝 3-1 歌韻定母一欄「陀大何」（「陀」表小韻字，「大何」表該小韻之切語），當中其實包括了同音字馱、駝、陀、紽、鉈、軑、羋、酡等。如此一來也可看出當中切語用字的複雜性。

9、表中的注音方式，一律以切語形式表現，遇今本《玉篇》以直音方式注音者，則查出該注音字之切語，如假攝 3-1 麻韻疑母字「牙」，音牙，「牙」今本《玉篇》作牛加切，表中便以「牙牛加」的形式呈現，其餘依此類推。

10、有關反切上、下字系聯之相關討論，請參見本文第三章及第四章。

第一節　陰聲韻

一、果　攝

果攝 3-1（開口洪音）

韻目＼切語下字＼聲類	何（歌）何多河波哥柯羅俄他歌荷阿蛾摩	可（哿）可左我哿	賀（箇）賀箇个佐餓
方（幫）	皤布何　波博何　礒補何	尵布左　礒補左　駊布可　簸補我	旛布佐　䃕布賀
普（滂）	坡匹波　頗普波　陂普何	陂普何	破普餓
扶（並）	婆蒲河　額蒲何　攃蒲摩　鄱薄波　擎步波　皤步何	爸蒲可　額蒲何	婆傍个
莫（明）	魔莫何　摩莫羅　魔莫波　廬莫多　髍亡何〔註1〕	酾眉可　麼亡可〔註2〕	攤莫个　麼莫賀
丁（端）	多旦何　傷都柯	頦丁可　軃多可	癉丁佐
他（透）	咃吐多　它託何　他吐何　詑湯何	他他可	
徒（定）	䭾大多　陀大何　鼉徒何　沱達何　䳉徒河　軙大阿　舵徒荷　淀徒羅	袉大可　柂徒可　杕唐左　爹屠可　詑達可　陀大何	馱徒賀
奴（泥）	蠚乃多　那奴多　難乃何　儺奴何	橠乃可　袲奴可	
古（見）	哥各何　歌古何　苛古河　恕古俄　渮公娥　謌葛羅	哿公可　舸各可	个古賀　個加賀　个柯賀
口（溪）	軻苦何	軻口左　可口我　坷口哿	㰦口餓
巨（群）	翗巨何		
五（疑）	俄我多　蛾五何　我頦五柯　莪五哥　哦吾哥　峨吳哥　誐五歌	我五可　捄吾可　誐牛可	餓五賀
子（精）		左子可　屮作可	佐子賀　㪥祖賀

〔註1〕髍，《王一》莫波反、《廣韻》莫婆切，均爲明母戈韻字，此以輕唇切重唇，以歌韻切戈韻。

〔註2〕麼，《廣韻》亡果切、《集韻》母果切，《韻鏡》則置於幫系一等處，則今本《玉篇》及《廣韻》均以輕唇切重唇，今本《玉篇》並以哿韻切果韻。

聲類				
七（清）	搓七何 蹉采何 䴅此何 磋千河	瑳且我		措七个
才（從）	醝才他 嵯才何 醝在何 灒昨何 䕣在河 酂酢柯 艖昨多			
思（心）	傞思何 挱素何 娑桑多	鏁相可 暰思可		些息箇
似（邪）				
於（影）	妸一何 痾於何 阿烏何 鈳於河	袲於可 摀烏可 旑於我		侉安賀
呼（曉）	訶呼多 阿許多 抲火何	頋許可		蔄火个
胡（匣）	鮖戶多 䋖胡多 荷賀多 河戶柯 何乎哥	碬乎可 何胡可		賀何佐 袔何箇 濱胡箇
于（爲）				
余（喻）				
力（來）	羅力多 蘿盧多 儸洛河 儸力柯	砢力可 礰勒可 橰盧可		邏力佐 癴力箇 襏力賀
如（日）				

果攝 3-2（開口細音）

韻目 / 切語下字 / 聲類	迦（歌）伽茄迦		
古（見）	迦居伽		
口（溪）	佉去茄		
巨（群）	茄巨迦 伽求迦		
五（疑）			
於（影）	胆烏茄		
呼（曉）			
胡（匣）			
于（爲）			
余（喻）			
力（來）	臉纙迦		
如（日）			

果攝 3-3（合口洪音）

韻目／切語下字／聲類	戈（戈）	果（果）	臥（過）
	戈和禾訛科	果火禍跛	臥過貨課
方（幫）		跛布火	皺波臥　播補過
普（滂）		頗匹跛	
扶（並）			
莫（明）			磨莫臥
丁（端）	陊丁戈　桗都和	躲丁果　褍丁火　綵多果　媣當果	剁丁臥
他（透）	讉土禾	隋天果　隋他果　妥湯果	唾他臥　崜托臥　媠湯臥　涶吐過
徒（定）	碢徒禾　酡徒和	鮪大果　垜徒果	稞徒臥
奴（泥）	挼奴和	姤乃果	糯奴過　穤乃臥　懦乃過
竹（知）			
丑（徹）		橢敕果〔註 3〕	
直（澄）			
女（娘）			
古（見）	戈古禾　鈲公禾　鍋古和　濄古訛	裹古火　果古禍　划公禍	划公臥　蝸古臥　過古貨
口（溪）	薖苦戈　薖苦禾　窠口禾　科口和　課苦訛	顆口火　敤口果	
巨（群）			
五（疑）	訛五戈　鮠午戈　譌五和　厄牛戈	硪五火　厄牛果　䫏五果	臥魚過
子（精）	侳子戈		剉子臥　侳子過　挫祖過　銼祖臥
七（清）	遳七禾　莝七和	脞倉果	䟶七臥　莝且臥　鄕七課
才（從）	銼才戈　睉昨戈　痤祖和　蒫才和	尷在果　坐疾果	座才貨　坐疾臥
思（心）	惢桑戈　莎素戈　唆蘇戈　簑蘇和　蓑素和	筱先果　瑣思果　鄖胥果　惢桑果　溑蘇果　摃先火	膹先臥　趖先過
似（邪）			

〔註 3〕 橢，《廣韻》他果切，屬透母，此乃舌上音切舌頭音之例。

側（莊）			
楚（初）			
仕（床）			
所（疏）			
於（影）	矮於禾　猧烏和　堝於訛　倭烏禾	碨烏火　腂烏果	踒於臥
呼（曉）			
胡（匣）			
于（爲）			
余（喻）			
力（來）	摞力戈　螺落戈　臝郎戈　稞力科	臝力果　臝郎果	纝力臥　樏郎臥
如（日）			

二、假攝

假攝 3-1（開口洪音）

聲類 ＼ 切語下字 ＼ 韻目	加（麻） 加牙瑕家遐巴麻芭鵶服	下（馬） 下雅馬把假賈敤	嫁（禡） 嫁訝亞罵駕霸化價暇架稼詐夏怕乍
方（幫）	琶布巴　巴布加　鈀補加 芭卜加　豝布家　靶百家 妑柏麻	笆補雅　把百馬	靶布訝　灞布罵　霸布駕 垻必駕　弝必罵　鮊百罵
普（滂）	蚆普加　葩普華	鈀匹馬	帊匹嫁　怕普罵
扶（並）	杷步牙　蟛步加　港蒲巴		狛白駕　鮊步亞〔註4〕
莫（明）	麻莫加　應莫芭	螞莫下　馬莫把	傌莫亞　蘪莫怕　禡莫嫁 禡莫駕　罵莫霸 鬕亡亞〔註5〕　傌亡化
丁（端）			侘都嫁〔註6〕　詫丁嫁
他（透）			

〔註4〕今本《玉篇》「鮊」，手亞切，《名義》、元刊本、圖書寮本皆同。《廣韻》傍陌切，《集韻》步化、薄陌二切，《類篇》同，且就諧聲偏旁觀察，亦無作審母之理，則今本《玉篇》、《名義》等各本切語當有誤作，蓋所承版本誤矣。

〔註5〕鬕，《王一》、《王二》、《唐韻》、《廣韻》均爲莫駕切，今本《玉篇》以輕唇切重唇。

〔註6〕今本《玉篇》「侘」，都嫁切，《廣韻》丑亞切，此以舌頭音切舌上音。

聲母			
徒（定）			
奴（泥）	茹奴加〔註7〕		
竹（知）	觰竹加　吒知加	綯竹下　碴張下	奼竹亞　腷陟嫁
丑（徹）	嘮丑加　侘丑家	妵恥下	
直（澄）	梌丈加　嗏直牙　秅直家 茶除加　奓宅加		詫丑嫁　奈恥價　侘丑訝 蛇除嫁
女（娘）	袈女加　笯女家　拏尼牙	石尒女下	
古（見）	家古牙　笓居麻　加古瑕 痕公瑕　嘉柯瑕　豭古鴉	嘏加下　嘏古雅　欔柯雅 假居馬　椵加馬　渦工雅 假公雅　解居買　懅古夏	嫁公亞　嫁古訝 架古訝〔註8〕　駕格訝 諽古罵　稼古暇　瘕公詐 夏假嫁
口（溪）	咓口牙　齣客牙　抲客加	酠口下	骻口化　舸口亞　吙丘暇
巨（群）			
五（疑）	牙牛加　齖五加　衙魚加 芽語家	盦魚下　雅午下　庌五瑕	訝魚嫁　迓午嫁　犽五亞 迦五價
側（莊）	撾莊加　挓壯加　葅組加 泲側加　嚴莊加　甐側家 髽側瓜	鮓仄下　羹俎下　髻側下 箈莊雅　苴阻假	樝側架　榨側嫁　苲仄乍
楚（初）	扠楚牙　艖楚加　叉測加	笅初雅	紁初訝　讆初稼
仕（床）	薘鋤邪　痄仕加　楂俟加	厏士雅　槎仕雅　牽仕下	砟仕亞　渣助訝　禇仕駕 乍士嫁
所（疏）	砂色加　紗所加		耷所亞　嗄所訝　痠所化 剎所罵
之（照）			
尺（穿）	艾尺加〔註9〕		
式（審）			
時（禪）			
於（影）	鴉於牙　剦乙牙　砐烏加 椏於加　鐚乙加	啞於雅　踠烏買　瘂於假	亞於訝　晉烏訝　亞於嫁 窫烏價　迆烏詐
呼（曉）	蚜火牙　呀盧牙　岈火加 廐呼加	閜呼雅　嗃火下	諕火訝　罅呼嫁　煆許嫁 七呼罵　化許罵　嚇呼駕

〔註7〕今本《玉篇》「茹」，奴加切，《王二》、《名義》女加反，《廣韻》、《集韻》女加切，
　　　此以舌頭音切舌上音。

〔註8〕架，今本《玉篇》及《名義》均闕字，《廣韻》作古訝切，與嫁同音，茲取以爲切。

〔註9〕艾，《廣韻》作楚佳切，屬佳韻初母，此以麻韻切佳韻。

胡（匣）	霞下加　㤠戶加　瑕胡加　遐何加　緞乎加　遐乎家	下何雅　㿲遐雅　䲹乎馬　廈胡假	樺胡化　暇何嫁　夏胡嫁　㟅戶化　吳胡罵　暇胡駕　樺胡霸
于（爲）			
余（喻）			

假攝 3-2（開口細音）

韻目 切語下字 聲類	邪（麻） 邪遮蛇嗟奢車斜賒	者（馬） 也社者野寫	夜（禡） 夜柘射謝舍
方（幫）			
普（滂）			
扶（並）			
莫（明）		哶莫者	
丁（端）			
他（透）			
徒（定）	膣乃邪		
奴（泥）	爹陟斜		
竹（知）			
丑（徹）			
直（澄）			
女（娘）			
古（見）			
口（溪）	呿祛遮〔註10〕		
巨（群）			
五（疑）			
子（精）	罝子邪　嗟則邪　謯子斜　葅祖邪	姐茲也　觛子也　抯子野	唶子夜
七（清）	碰七邪	且七也	笡七夜
才（從）	査才邪		褯才夜　藉疾夜
思（心）	瘸息邪	瀉思野　魯胥野　寫思也	舄司夜　卸先夜
似（邪）	衺似嗟　斜徐嗟	灺囚者	謝詞夜　榭辭夜　灺徐夜
之（照）	遮之蛇　奢之邪　㠪之車	者之也　捨諸野	柘之夜　詐之斫　瀉相夜

〔註10〕呿，《廣韻》丘伽切，此以麻韻切戈韻。

尺（穿）	硨尺遮　車尺奢	撦充野　魑尺者	捇尺夜　庵充夜　厙尺舍
式（審）	𩥇式車　奢式邪　賒始遮 叅舒邪	捨尸社　餢尸野	騇尸夜　赦式夜　庫始夜 舍舒夜
時（禪）	鉈市邪　訑時邪　𪓐時奢 闍市遮　虵食遮	社市者	䝴時夜　䀝神夜　射市柘 肔時柘　麝市射
於（影）			
呼（曉）			
胡（匣）			
于（爲）			
余（喻）	鉹以蛇　蓱弋蛇　蒒與蛇 耶羊遮　爺以遮　撖余遮 枒弋賒	也余者　野餘者　埜移者 墅亦者	夜余柘　蠚以謝　射以柘
力（來）			
如（日）		惹人者	偌人夜

假攝 3-3（合口洪音）

韻目 切語下字 聲類	邪（麻） 邪遮蛇嗟奢車斜賒	瓦（馬） 瓦寡	
方（幫）			
普（滂）			
扶（並）		爬蒲瓦	
莫（明）	摩莫瓜		
竹（知）	簻竹瓜　撾陟瓜　檛竹華	檛竹瓦	
丑（徹）			
直（澄）		鷀除瓦	
女（娘）			
古（見）	䟖古花　瓜古華　騧假華	寡古瓦　卝公瓦	
口（溪）	抓口瓜　姱苦瓜　夸苦華 骻丘華	跨苦瓦　䯊口瓦	
巨（群）			
五（疑）	髃五瓜　䯩五花	瓦午寡	
側（莊）			
楚（初）		𪗮初瓦　砆叉瓦	
仕（床）			

所（疏）			
於（影）	窊烏瓜　窩一瓜　窪烏華	搲烏寡	
呼（曉）	花呼瓜　吪許誇		
胡（匣）	驊下瓜　瓜胡瓜　崋戶瓜　鷨乎花	𦶸乎瓦　踝胡瓦　甒胡寡	
于（為）			
余（喻）		漥余瓦	
力（來）	孿力華	磊力瓦	
如（日）			

三、遇　攝

遇攝 3-1（開口細音）

韻目 切語下字 聲類	邪（麻） 邪遮蛇嗟奢車斜賒	呂（語） 呂與舉渚旅語煮莒女巨佇圉距与序	據（御） 據庶預御去慮恕豫絮助踞
竹（知）	藸致如　㯫竹余　豬徵居　膳陟於	貯知呂　㸒中呂　竚竹與　許知與　楮張呂	箸陟慮　著中恕
丑（徹）	樗敕於　攄丑於　摴丑魚	楮丑呂	悰丑慮　瘯治庶　除直御
直（澄）	躇陳如　除直余　著直閭　儲直於　宁治居　蒢直居	紵丈呂　杼持呂　佇除呂　眝直旅　宁治旅　籅除渚　羜丈與　汿直與　坾除與	箸除庶　筯直據
女（娘）	挐女居　帤女於　袽女魚　絮女閭　拏女豬	女尼與　籹尼呂	女尼慮
古（見）	琚紀余　涺京於　据據於　腒記於　鶋舉魚　車古魚　裾姜魚　宮寄魚	舉居與　龃九與　欅居語　筥九呂　莒居呂　柜居旅　篨居渚	踞記恕　鋸居庶　據居豫　㩪居御
口（溪）	袪去諸　虛丘居　陆去居　墟去餘　攄口居　祛丘於　絿去魚	麮丘舉　欬羌呂　㧚丘與	抾丘庶　耝卻據　去羌據　肤丘慮
巨（群）	鄅巨諸　蘧其居　籧距於　磲鉅於　璩其於　㜘竭於　趣求閭　腒巨魚　懅巨魚　渠強魚	昛其女　粔其呂　巨渠呂　齟巨與　秬渠與　苣勤侶　艍渠語　鉅強語　篓其舉　拒強舉	醵其庶　濾巨庶　遽渠庶　勮渠據
五（疑）	魚語居　灛言居　衙牛居	語魚巨　圄魚呂　鋙宜呂　圉魚距　敔魚舉　齬牛莒	御魚據
子（精）	且子余　苴子閭	砠子呂　苴子旅　岨子野	嬟子庶　沮子御

聲母					
七（清）	菹七余　疽且余　邪此諸 灉且於　岨七居　砠且居 覰此居　苴七閭　坦且餘 沮七餘		且七序		胆此據　曆此踞　蛆且絮
才（從）	狙才余　菹材餘		咀才與　怚秦呂　挰才野		
思（心）	揟相如　鰛思於　箮息魚 蝑思閭　胥思餘		諝相呂　湑思呂　楈先呂 稰私呂　糈先旅　惛相旅		絮思據
似（邪）	羚似余　蒢祥余　徐詞余 鄦似諸　徐似居　俎祥閭		序似呂　敘徐呂　豫辭旅 漵詞與　藇徐與　祖似與		荢夕預　姐祥預
側（莊）	葅俎於　菹側於　鱸莊居		俎莊呂　阻壯舉　齟床呂 鉏仕呂		禣側慮　詛側助
楚（初）	初楚居		礎初呂　楚初舉　濋創舉		憷初去
仕（床）					助鋤據　鶒俟據　覷士據
所（疏）	疏所居　疋山居　練所於 䟱山於　疎色魚　綎所除		所師呂　賥使呂		屛所御　絓所去
之（照）	諸至如　藷之余　輋章余 藷之餘		渚之與　揞諸野		翥之庶　庶之預
尺（穿）			處充與　杵齒與		凩昌御
式（審）	書式余　舒失余　薯識余 舒式諸　蒢升諸　紓式居 邰始居　璹式餘　骱式車		潻尸煮　鼠式與		簁失御　庶式預　樌舒預
時（禪）			抒神旅　柔時渚　野常與 奨署與　野常渚　墅食與		署常恕　澍常預　稌時預 曙市據
於（影）	唹乙余　箊映魚　瘀億魚 於央閭　迂憶俱		箊乙呂　挹於旅　鯳於舉		淤於去　飫於據　瘀於豫 𥁕乙庶
呼（曉）	歔欣居　噓香居　魖許居 臚許魚		魖欣呂　哼香圉　許盧語		
胡（匣）					
于（爲）					
余（喻）	輿與諸　余弋諸　妤以諸 簫翼諸　餘與居　璵弋居 旟弋於　歟羊於　碞與魚 鸒弋魚		懇余呂　稬餘渚　趣弋渚 与羊舉　與余舉　傴羊煮		礜弋去　屛余去 譽余怒〔註11〕　鑒翌恕 豫弋庶　澽羊庶　悆余庶 鸒羊慮　預餘據　與余據

〔註11〕今本《玉篇》譽本作余怒切，又音余，原本《玉篇》有餘庶、與舒二反，《名義》餘庶反，疑今本《玉篇》「余怒切」之反切下字怒，乃恕字之形訛。

| 力（來） | 驢力余　㵨力舒　廬力諸
駃力魚　藺呂居　蘆旅居
櫚力居　廬力於 | 張客女　臂力竚　呂良渚
邵力語　籚力渚　侶力舉
袽力煮　旅力與　宮离與
伥良與 | 鑢力庶　勴呂庶　攄力御
濾力預　慮力據　宮郎據
櫖力豫 |
| 如（日） | 袽仁余　笯汝余　如仁舒
架而諸　翟汝居　痴而於
挐汝豬 | 孃人渚　姛而煮　汝如與
㸫而与　茹而與 | 茹而預　洳如庶 |

遇攝 3-2（合口洪音）

聲類　＼　切語下字＼韻目	邪（麻） 邪遮蛇嗟奢車斜艅	古（姥） 古戶魯五扈補覩土伍午杜母	故（暮） 故護布路固暮兔悟渡誤顧
方（幫）	鵏布乎　庸布吾　晡布胡 𥂖博胡　逋補胡　鈽方乎	圃布五　補布古　𩑡博古 晡卜古　譜布魯　圃補五 玨封古　髳方五〔註12〕	布本故　蚹補故　拊卜路 㓱補護　㳷方兔
普（滂）	鱒普乎　敤匹胡　鋪普胡	浦配戶　歔匹戶　普丕古 誧滂古　溥怖古　怖普布 澾普母	怖普布　誧匹布
扶（並）	匍步乎　酺步胡　蒱捕胡 菩薄胡	簿裴古	捕蒲布　步蒲故　癄薄故 駢盆故　哺薄路
莫（明）	模莫奴　謨莫胡　𢁥莫乎 摸亡胡〔註13〕	𡡘𡡏五　姥莫古　媽莫補 膴亡古〔註14〕　𡣫無魯 〔註15〕	慕莫故　暮謨故　慔莫固
丁（端）	酟當孤　籱丁胡　都當烏 都得盧　闍當胡	覩都戶　賭丁古　敥多古 睹東魯　堵都魯　瑹得魯 覩都扈	秅丁故　妒丹故　秅得路 殬都路　蠹丁護　斁都故
他（透）	捈同都　悇他姑	土他戶　吐他古　稌通古	兔他故　菟湯故　芏他護 殬同故
徒（定）	塗達乎　𪆰大乎　駼大吾 徒達胡　鬭地胡　瘏唐胡 茶杜胡　途度胡　圖大胡 駼同都　鄃唐盧	杜徒古　土達戶　芏徒扈 肚都古	度唐故　度徒故
奴（泥）	挐怒乎　駑乃乎　帑乃胡 安那胡　奴乃都	弩奴戶	

〔註12〕《廣韻》甫無切，屬虞韻。

〔註13〕《廣韻》莫胡切，屬明母，此輕唇切重唇。

〔註14〕《廣韻》武夫切，屬虞韻。

〔註15〕《廣韻》武夫切，屬虞韻。

竹（知）			疕竹故〔註16〕
丑（徹）			
直（澄）	涂直都〔註17〕		
女（娘）			
古（見）	孤古乎　沽公奴　觚古吳 苽故吳　㚇古呼　菰故胡 姑古胡　眾公胡　箛公都 䍀公乎	瞽公五　詁姑五　估居午 罟故戶　鼓姑戶　股公戶 兒公扈　骰孤魯　鈷柯魯 解居賈　㲋公覩	顧古布　䪦古悟　錮古路 梏公路　故古暮　固古護
口（溪）	刳苦孤　邙口孤　枯苦胡	苦枯魯　箬口魯	胯口故　庫苦故　䪠康路 袴口護
巨（群）			
五（疑）	蜈午乎　峿五乎　莫吾姑 頡五孤　吳五胡　齵午胡 梧午徒　䎞午都　吾五都	午吳古　旿吾古　伍吳魯	晤五故　誤牛故　遻吾故 悟魚故　俉五顧
子（精）	租子乎　葅資都　粗采胡	俎作土　祖子古	
七（清）	麁千胡　麤七胡　匒且烏	麤青五　𤞚七古　麤千古	潜七故　厝千故　酢且故
才（從）	殂在乎　退昨胡　徂在胡 灃才都	粗在古　麆昨古	麆才布　祚才故　酢族故 胙在故
思（心）	穌先乎　癄桑孤　酥先胡 麻息胡		膝息兔　素先故　繰桑故 嗉思故　訴蘇故　謰先護
似（邪）			秨徐故
側（莊）			
楚（初）			
仕（床）			
所（疏）	疋山盧		
於（影）	烏於乎　渁屋姑　圬於姑 扝於孤　洿於徒　歟屋徒 蔦哀都　嗚於胡　於倚乎 塢於都	鄔於古　塢烏古　跙烏賈 趨於杜	硏於故
呼（曉）	庀火乎　魖灰乎　滹許乎 嚄火吳　浮虎孤　悸虎姑 膴訶姑	鄜呼土　虎呼古	頀呼故　呼火故

〔註16〕《廣韻》「疕」，當故切，屬端母字，此以舌上切舌頭。

〔註17〕今本《玉篇》水部「涂」於領字出現兩次，一作達胡切，釋作「涂水出益州，又
　　　涂涂露厚皃。」一作直都切，釋作「塗也。」

聲類				
胡（匣）	孤戶吾 嗰戶姑 薹杭姑 袽戶孤 盬黃孤 瑚胡孤 湖戶徒 胡護徒 箶護都 弧戶都 等戶烏 乎戶枯	雇乎古 扈胡古 瑷何古		護胡故 韄乎故 攫黃路 魱胡誤
于（爲）				嫗于故
余（喻）				
力（來）	鱸力乎 爐洛乎 旅來乎 纑力乎 蘆力胡 獹來胡 鱺落都 櫨來都 壚力都 瀘力吳	虜力古 魯郎古 㠚來伍 嚕力覩		露力固 賂力故 輅洛故 路呂故 櫓力渡
如（日）				

遇攝 3-3（合口細音）

韻目 切語下字 聲類	俱（虞） 俱于朱娛無俞珠虞夫與愚殊瑜拘儒隅扶迂孚吁紆邾符須廚叟樞趨劬駒	禹（麌） 禹主甫矩庾武羽縷宇乳斧柱府豎父詡輔	句（遇） 句遇具付注喻樹戍務裕屢賦孺住芋附禹諭訃
方（幫）	鴀方于 玞甫紆 夫甫俱 跗方俱 医方娛 邞方無 膚扶隅 簠甫娛 扶府俞 竍芳夫 郙芳殊	蚥方父 黼方宇 俯弗武 簠方武 府方禹	賦方句 付方務
普（滂）	篝撫于 髻芳于 紨豐扶 苦芳扶 郭方俱 孚撫俱 稃妨俱 桴芳無 麩妨娛 鄜芳珠 俘芳符	綒芳主 剖孚主〔註18〕 備芳輔 攺孚甫 撫孚武	赴匹遇〔註19〕 訃芳付 毻芳句 趜孚句 仆芳遇 霃芳賦
扶（並）	符父于 冨附夫 坿復俱 府附俱 荷輔俱 鳧父俱 畉附娛 颭父娛 菴防無 垉縛無 扶防無 柎輔虞	父扶甫 父符府 頗扶武 輔扶禹 醰扶矩	附扶付 賻扶句 蚹父句 駙扶遇
莫（明）	瞴亡于 無武于 誣武虞 芜亡夫 蕪亡孚 巫武俱 鵐亡俱 舞亡娛	霉亡乳 㺭亡縷 霖文甫 瓬無甫 嫵亡甫 廡無禹 潕無斧 慔亡斧 舞亡禹	鶩亡付 務亡句 鞪亡具 鶩亡附 炃武遇 霧武賦

〔註18〕剖，《名義》孚乳反，《廣韻》芳武切。今本《玉篇》又與「䕃」同，䕃，孚主切，則今本《玉篇》孚至切，恐當作孚主切，乃形似之誤。

〔註19〕今本《玉篇》「赴」，亡遇切，《名義》匹賦反，元刊本《玉篇》匹遇切，可知亡乃匹之形訛。今據元刊本改。

竹（知）	蛛竹于　誅知俞　鼄陟俱 絑張俱　邾中廚　袾竹朱	、知柱　拄張庾　柱株主	壴竹句　軴中戍　駐竹具 住徵具　注徵孺　註竹喻
丑（徹）	貙敕朱　𤝢丑俱	咮敕主　蠋丑主	閏丑住
直（澄）	廚直朱	跓直主　竚直庾　柱雉縷	駐丈具　住稚具　䇠直遇
女（娘）			
古（見）	䋧古于　鮈記于　駒九于 捄居于　臾舉朱　俱矩俞 拘矩娛　𤔟句娛　斣九娛 䠶舉愚　跔居劬	榘居羽　矩拘羽　蒟俱羽 䀠九羽　郙記甫　枸俱禹 踽九禹　聥紀禹　椒居庾	屨居芋　纍舉禹　絇俱遇 怐居遇　䀠荊遇　邭居住 句九遇
口（溪）	驅丘于　軀去迂　毆丘俱 䟭去俱　嶇去娛　區去蜈	竬丘主　瞘匡主　齲丘禹 竘丘甫　踽區禹	慪去句　驅丘遇
巨（群）	鼩巨于　軥渠拘　眗其拘 臞渠駒　朐渠俱　欋具俱 瞿巨俱　瞿忌俱　癯其俱 斪其愚　灈渠愚　鴝具愚 衢近虞　㞧渠虞　鑺局虞	窶瞿庾　蔞巨矩	具渠句　篽其句
五（疑）	澞遇于　鍝牛于　隅牛俱 隅語俱　愚魚俱　娛魚俱 堣遇俱　鄅五俱	噳牛府　麌牛矩　𠯐魚矩	寓愚句　遇娛句　禺牛具 堄魚訃
子（精）	㞗子于　娵子俞　諏子須		
七（清）	趨且俞　𥟖七于	取且宇　䢐七庾	趣且句　駿七戍　娶七諭
才（從）		聚才縷	埾秦喻　聚才屨
思（心）	須思臾　𩓕相臾　蕦相俞 鬚息俞　𩃒思俱　需息俱 須詢趨	䅵先主　傾思主　洒先乳	
似（邪）			續似屨
側（莊）			
楚（初）	芻楚俱　犓測俱		
仕（床）	雛仕于　𧲣仕俱		
所（疏）	毹山于　𠟋山俱　箾山樞	盨山縷	數所屨
之（照）	𢬵止臾　珠之俞　侏諸儒	主之乳　枓之庾　砫之縷	𦕒之付　腧之句　炷之戍 鑄之樹　注之裕　註之喻 𢬵章喻
尺（穿）	姝尺朱　樞齒朱　䇬充俱	𢔁尺主	鼓充句
式（審）	輸式朱		𧼯式句　隃式注　毧傷遇 戍舒樹　束尸注

聲類								
時（禪）	姝是朱 几是俞 殳時珠	銖市朱 較上邾	殊時朱 洙時俱	稰市主	豎殊主		芍視句 僵常裕	逗殊句 贖市注	樹時注
於（影）	紆於于 竉于吁	涽因于 扜於娛	藆於于	傴郁禹			蝹杳句 饇於遇	嫗烏遇
呼（曉）	孤況于 疧詡于 欤盧娛 呴呼俱〔註20〕	烄火于 肝許于 蕎許俱 眹休俱	蔛香于 吁盧于 訏況俱 欤況娛	咻許主 昫香羽 欤吁禹	尋況羽 陶呼矩 昫許宇	栩吁羽 訹盧甫	煦盱句 昫香句	昫欣句 呴呼具	酌許句
胡（匣）	芋或虞								
于（爲）	袤尤夫 玗有俱	于禹俱 軒宇夫	迂羽俱	宇于甫 獶有矩	禹于矩	羽于詡	震尤句 吁往付	霻右注	羽王遇
余（喻）	闍羊朱			庾俞主 猶翼乳 輿余甫	愈余主 瘐愈乳 窳俞矩	瓜弋主 瘉弋乳 愉羊豎	裕瑜句 顡俞注	晜翌句 諭楊樹	喻俞句
力（來）	甀力于 摟力珠	瓔力朱	鏤力俱	縷力主 嶁力宇	簍力甫	僂力矩	屢良遇		
如（日）	鼿仁于 鱬而朱 飜鬼汝瑜	嬬如及 繻汝俱	檽人朱 儒如俱	乳如庚	輮而庚	擩而主	孺如喻		

四、蟹　攝

蟹攝 12-1（開口洪音）

韻目切語下字 / 聲類	來（哈） 來才哀該臺垓台開材苔埃	改（海） 改亥宰在海乃愷采怠殆	代（代） 代載戴愛賚溉慨耐再岱礙
方（幫）		悘布亥　較布采	
普（滂）	醅匹才〔註21〕　姝普來	佅匹亥　朏普乃	
扶（並）		倍步乃　蓓薄亥　琲蒲愷 菩步亥	琲蒲溉

〔註20〕今本《玉篇》「欤」作泥娛切，《名義》呼娛反，元刊本《玉篇》亦作泥娛切，《廣韻》況于、況羽二切，《集韻》匈于、火羽二切，疑今本及元刊本《玉篇》均誤況作泥，當改爲況娛切。

〔註21〕醅，《廣韻》芳杯切，屬灰韻，此以哈韻切灰韻。

莫（明）		挴莫改	瑁莫代　靺莫慨　脉莫載 蝐亡代〔註22〕 穄亡載〔註23〕
丁（端）	鼟丁來	觠多改　等都怠	戴多代
他（透）	珆土來　胎他來　鮐他才 邰土臺	嘼他亥	貸他代　態他載
徒（定）	擡大才　駘大來　臺徒來 跆達來　儓達該	殆徒改　噒達改　紿徒愷 駘大宰	玳徒耐　曃陀愛　岱徒載 埭徒賚　代達賚　隯豆戴 袋徒戴
奴（泥）	能奴臺　蝳奴來	疓奴亥　乃奴改　腝奴海	耐奴代　螚乃代
竹（知）			
丑（徹）			
直（澄）			
女（娘）	疯女才〔註24〕		
古（見）	絯公才　胲古才　荄古來 剴公哀　郂家哀　垓古苔 陔古臺　侅姑來	忔公在　改公亥　頄記在	扢柯愛　叡居載　慨古載 溉柯賚　扢柯礙　摡古代
口（溪）	娄口才　開口埃　獅口埃 孲敕來	塏口亥　闓苦亥　愷空改 暟苦改　颽苦海	愒口代　慨可載　欯口載 嘅苦載　咳苦代
巨（群）			隑巨慨
五（疑）	敳五哀　皚牛哀　𡒥牛哀 癌五哀　騃五來		礙五代　禾五溉　㝵五愛 閡五載　𡤄午載
子（精）	賊子才　哉作才　哉祖才 栽子來	崉子亥　驛作亥　跋子采 崽子改　宰子殆	載子代　酨咨代　儎祖代
七（清）	猜千才　蹢千來　偲七才 〔註25〕	綵七改　彩七宰　俕七海	縩千代　㲤且代　采且載 菜且賚
才（從）	才在來　材昨來　財粗才 扐疾來	在存改	瀮才代　酨昨載　栽昨代

〔註22〕今本《玉篇》「蝐」亦作「瑁」，瑁，莫代切。又《廣韻》「瑁」亦作「蝐」，瑁音莫佩切，可知此爲輕唇切重唇之例。

〔註23〕穄，《王二》、《唐韻》、《廣韻》均有莫代、莫亥二切語，則今本《玉篇》作亡載切，乃屬輕唇切重唇之例。

〔註24〕《廣韻》「疯」，奴來切，與「能」音同，《韻鏡》外轉十三開，咍韻泥母一等的位置正是能字，可知此屬舌上音切舌頭音。

〔註25〕今本《玉篇》「偲」，士才切，《名義》七材反，《廣韻》倉材切，元刊本作七才切，可知今本《玉篇》士乃七之誤作。

思（心）	揌先才　䰝先來　顋息來　毢蘇來　㾅桑來　愢息台	簑思怠		塞蘇代　賽先岱　賽先再
似（邪）				
之（照）				
尺（穿）		茝齒改〔註26〕		
式（審）			㗾水愛	
時（禪）				
於（影）	唉於來　哀烏來	毐於改　䒟於憒		曖於代　愛烏代　靉於載　薆於戴　優乙麹賓
呼（曉）	痎呼來　欬許來　毀火哀　咍呵臺	翽向改　海呼改　醢呵改　䁯呼在		
胡（匣）	孩胡來　硋侯來　䞇乎來　咳何來　鰿胡哀　㩳下哀　噯胡垓　趨胡該	賅乎改　亥何改　侅胡改		恠下代　瀣乎代　慀胡代　跤戶愛　扢何代
于（爲）				
余（喻）	䦔羊來	絠弋宰		
力（來）	騋力才　箂魯台　逨力材　萊旅災　倈力哀　淶呂開　㹃力開　郲里該　來力該　鯠洛該　棶六臺	麳力乃		賚力代　顂力載
如（日）				

蟹攝 12-2（合口洪音）

韻目 / 切語下字 / 聲類	回（灰）	罪（賄）	對（隊）
切語下字	回雷迴恢杯灰梅瑰堆隈桮搥裴魁傀塠柸	罪賄隗猥皠磥	對內潰憒佩背妹退悔輩昧塊晦隊〔註27〕未沫纇
方（幫）	桮博回　痻補回　㘢布迴　盃補梅　䀌畢裴		鋇本妹　輩布妹　背補對　誖補潰
普（滂）	坏普梅　癌匹杯　肧普回		㖅滂佩　嶏普昧　霈匹妹　配普對
扶（並）	陪步回　培薄回　菩蒲桮　𡵺蒲梅　婄蒲回	靀蒲罪　痱步罪	孛步對　佩蒲對　苿步背　悖薄背　𨃛蒲內　珮步輩

〔註26〕王一、王二「茝」，昌給反，同屬海韻。

〔註27〕今本《玉篇》「隊」有池類、徒對二切，隊所切「悔」字作呼隊切，異體字「𣎏」作呼憒切，茲取徒對切以爲系聯。

			悖蒲輩　毘房背〔註 28〕 哱防晦　鱍扶沫
莫（明）	梅莫回　煤莫杯　楳莫枉 塺武回〔註 29〕	莓莫罪　燘莫賄　浼亡罪 豝莫徥〔註 30〕	妹莫背　嵈莫佩　痗莫隊 昧莫潰　瑁莫對　莓亡佩
丁（端）	搥丁回　堆都回　自多回 𩚇得迴　鎚都雷	錞丁罪　脂都罪	對都內　樹都潰　碓丁潰 㦒丁退　轛都憒　對多耒
他（透）	㞜他回　蓷他雷　腿他儡 妥湯回	㱣土罪　僓他罪	怢他對　退他潰
徒（定）	橔大回　穨杜回　隤徒回 蹪徒雷　𣞺徒隈	鐓大罪　㠑徒罪	濧大內　錞大對　憝徒對 隊唐對　薱達潰
奴（泥）	㒑奴回　挼奴迴	娞乃罪　餧奴罪	內奴對
竹（知）			
丑（徹）	蓷敕雷〔註 31〕		
直（澄）			
女（娘）			
古（見）	瑰古回　傀公回		憒公對　慖古對　氣居對
口（溪）	魁口回　恢苦回　烓口迴	磈口罪	塊口潰
巨（群）			
五（疑）	嵬午回　桅五回　嵔牛回	頠五罪　隗午罪　嵔牛罪	磑午對
子（精）	樶子回　嵏子雷	摧子罪	綷子內　晬子對　祽子憒
七（清）	縗七回　催且回　趡且雷	璀七罪　皠且罪　漼青罪	淬七內　澕七悔　磚且對 焠青對　倅倉憒
才（從）	崔才回　摧在回　慛昨回	嶵才罪　辠在磊　罪祚隗	
思（心）	哸素回　鏙蘇回		繀先對　瓶桑對　碎先潰

〔註 28〕毘，《廣韻》房脂切、《集韻》頻脂切，屬脂韻。又今本《玉篇》十七卷卷末「類隔更音和切」另收「毘」字，注云：「房之切，今頻之切。」則今本《玉篇》此切語恐怕有誤。

〔註 29〕塺，《廣韻》與「枚」音同，作莫回切。《韻鏡》外轉十四合，灰韻明母一等的位置正是枚，知此爲輕唇切重唇。

〔註 30〕豝，今本《玉篇》莫徥切，《名義》莫猥反，「徥」乃「猥」之俗寫，《龍龕手鑑》卷二犬部「猥」，卷四彳部「徥」，二字音義同作「虛豈反，楚人呼豬也」，可見从彳从犭偏旁互換，是唐人書寫的一般習慣。

〔註 31〕蓷，《廣韻》與「推」音同，作他回切。《韻鏡》外轉十四合，灰韻一等透母的位置正是推，知此爲舌上音切舌頭音。

似（邪）			
於（影）	渨於回　限烏回　椳郁回　綰烏迴	鎨於罪　碨烏罪　猥於隈	煨烏潰
呼（曉）	灰呼回　㷅呼恢	朏火罪　脢呼罪　煤呼隈	沬火內　鮰呼內　頮荒佩　悔呼對　毎呼憒　頮呼塊
胡（匣）	槐戶灰　徊胡灰　蛕胡恢　駒戶雷　洄胡雷　回胡瑰　茴胡魁	虇乎罪　輠戶罪　匯胡罪	詯戶對　潰胡對　憒胡內　蕢胡悔　䩓胡退
于（為）			
余（喻）			
力（來）	雷力回　攭路回　擂力堆　罍落搥	磊力罪　礧洛罪　蕌落猥	鋢力內　酹力昧　耒力對　蕾來潰
如（日）			

蟹攝 12-3（開口洪音）

韻目／切語／下字／聲類			蓋（泰）　　蓋大賴泰太害帶艾藹
方（幫）			祊補大　𥃀補太　狽布蓋　沛博蓋　䰽布賴　䟓補艾　筏博賴　湏譜賴　苗方大
普（滂）			湏普蓋　怖普大　沛普賴
扶（並）			軷蒲蓋
莫（明）			昧莫蓋　㭍武賴
丁（端）			帶多大　𪘁丁大　蹛都賴　跢丁泰　𢊢都蓋
他（透）			太他大　忕他蓋　泰託賴
徒（定）			忲徒泰　𩨑徒賴　大達賴　汏徒蓋
奴（泥）			奈奴太　㮈奴帶　奈那賴
竹（知）			
丑（徹）			
直（澄）			鈦直賴
女（娘）			
古（見）			蓋故大　鄈居大　价公大
口（溪）			欬口大　瘕口蓋　磕苦蓋　轄口外
巨（群）			
五（疑）			艾五大　砎五蓋　𤡎午蓋
子（精）			蠿子外

七（清）			⿱宀取千外　⿰足最七外　蔡且蓋　⿱艹⿰糸鳥千賴　⿱林齒且賴
才（從）			⿱⺮最疾外
思（心）			⿰石最先外
似（邪）			
於（影）			⿰歹蓋於太　譪於害　噯烏蓋　靄於蓋　濊於外
呼（曉）			⿰魚曷呼蓋　⿰齒蓋火蓋　猲呼艾　餀呼帶
胡（匣）			劾胡蓋　害何賴　篕胡譪
于（爲）			
余（喻）			
力（來）			瀨力大　⿰口賴力泰　⿰足厲落帶　⿰犭厲落蓋　藾力蓋
如（日）			

蟹攝 12-4（合口洪音）

韻目／切語下字／聲類			外（泰）
			外會貝最檜兌
方（幫）			貝布外
普（滂）			⿰足巿匹貝〔註 32〕
扶（並）			杮蒲會　旆蒲貝
莫（明）			沬莫貝
丁（端）			祋丁外
他（透）			駾他外　⿰耳貝他最
徒（定）			綐大外　兌徒外
奴（泥）			
古（見）			⿰耒會骨外　⿰氵劳古外　襘公外　概古會　鄶光會
口（溪）			⿰骨鬼口會
巨（群）			
五（疑）			外午會
子（精）			最子會　⿱林彗才銳

〔註 32〕⿰足巿，今本《玉篇》作匹貝切，圖書寮本同，元刊本作匹具切，《廣韻》方味切。若本乎今本，則爲泰未（止蟹二攝）混用之例，本乎元本，則爲遇未（遇蟹二攝）混用，不管是止蟹二攝或是遇蟹二攝之混用，敦煌詩歌中均有其例，則今本《玉篇》此切語當屬可信。

七（清）			脆青歲
才（從）			蕞在會　欈才歲
思（心）			
似（邪）			欈祥歲　慆囚歲
於（影）			薈烏會　瞻烏外
呼（曉）			譮呼會　歲呼外　噦火外
胡（匣）			會胡外　邁胡貝　繪胡檜
于（爲）			
余（喻）			
力（來）			頼力外　酹郎外　瀨力兌　孨力會
如（日）			

蟹攝 12-5（開口洪音）

韻目 切語 下字 聲類	皆（皆） 皆諧街階揩骸埋鞋	駭（駭） 駭楷騃	拜（怪） 拜介薤界戒邁芥敗
方（幫）			敗補邁
普（滂）			湃普拜
扶（並）	俳皮皆　棑步皆　排薄階 頩薄諧　棑步街	獛蒲楷	痛蒲戒　憊蒲拜　棑皮拜 餥薄邁　敗步邁　退蒲邁
莫（明）	薶莫皆　埋莫階		邁莫芥　霾美拜　靺莫拜 眅亡拜〔註33〕
丁（端）			
他（透）			
徒（定）			吷徒介〔註34〕
奴（泥）			
竹（知）	齘卓皆	鈲知駭	
丑（徹）	摵丑皆		蠆丑介
直（澄）			
女（娘）	嫇女皆		褹女介

〔註33〕眅，《廣韻》作莫拜切，屬明母，此輕唇切重唇。

〔註34〕《集韻》、《類篇》均作徒蓋切，屬泰韻，此以怪韻切泰韻。

聲類				
古（見）	階古諧　痎公諧　偕居骸 腊公埋　街古膜〔註35〕 鮭革鞋			芥假拜　誡居拜　尬公拜 斺古拜　丰柯邁　鮲假邁 堅古薤　夰飢薤　界耕薤 价居薤　夻羈薤　疥公薤 懲古械
口（溪）	誙口皆　指可皆　匯口乖	楷口駭　鍇器駭		炌口介　炫口戒
巨（群）				
五（疑）	崍牛皆　譌五乖　睚五皆 齚五街	媞吾駭　駁午駭　譺五駭		聏牛戒　犢五拜　騃五界
側（莊）	齋阻皆　齋側皆			瘵側界
楚（初）	釵楚街　趮楚皆			
仕（床）	豺仕皆　薻仕街			眦士介
所（疏）	崽山皆　籭所街			鎩所界　襫所拜
於（影）		挨乙駭		噫乙芥　餲於介　憶乙介
呼（曉）	俙呼皆			眉許介　懣呼介　喊許戒 講火界　譮許界　嗐呵芥
胡（匣）	膎戶皆〔註36〕　䶦胡皆 騤乎皆　骸何皆　䮋胡揩 諧胡階　鞵胡街　㩟下街	駭胡駭		訝胡介　齘何介　僆下介 瀣乎介　薢胡戒　恝戶界 壞胡拜
于（爲）				
余（喻）				
力（來）	唻力皆			
如（日）				

蟹攝 12-6（合口洪音）

韻目 切語 下字 聲類	乖（皆）		怪（怪）
	乖懷淮		怪壞誡械觢
方（幫）			
普（滂）			

〔註35〕今本《玉篇》「街」作古膜切，《名義》作柯崖反，《廣韻》有古膜、古諧二切，疑今本《玉篇》膜字乃膎字形訛。

〔註36〕今本《玉篇》「膎」字兩見，切語分別作戶皆切及胡皆切，音讀一致，《廣韻》作戶佳切，此以皆韻切佳韻。

扶（並）			
莫（明）	霾眉乖〔註 37〕		
竹（知）			
丑（徹）			
直（澄）	𣬶丈乖		
女（娘）			
古（見）	乖古懷　𠂰公懷		怪古壞　𢺶公壞
口（溪）	闊苦乖　咼口淮		㓟口怪　蒯苦怪　𣪠口數　㪡苦壞　蕢枯怪
巨（群）			
五（疑）			聵五怪　顡五壞
於（影）	齫乙乖　崴烏乖		
呼（曉）	犾呼乖		
胡（匣）	懷胡乖　𦽞戶乖　瀤乎乖		壞胡怪　械亥誡
于（爲）	褢爲乖		
余（喻）			

蟹攝 12-7（開口洪音）

韻目／切語下字／聲類	佳（佳）	買（蟹）	賣（卦）
	佳崖媧蛙娃鼃	買解蟹	賣卦懈夬快畫話
方（幫）		捭補買　㚣補解　𤀺方買〔註 48〕	𡾰方賣　㡰方卦
普（滂）			𠂢匹賣　派普賣
扶（並）	箄白佳　鵯步佳　䆲平媧 棑步街　牌扶佳〔註 39〕	罷皮解　猈步買	粺蒲賣　唄薄賣〔註 40〕 稗蒲懈　𪎈平懈
莫（明）	䍙莫佳　覔莫崖	䴢眉解　蕒埋解　澴莫解 嘪彌解　買亡蟹〔註 41〕	𡚁麥卦　勱莫夬
竹（知）			膪竹賣
丑（徹）			
直（澄）		豸丈買　豸直買　廌宅買	

〔註 37〕霾，《廣韻》莫皆切，屬皆韻開口，此以合口切開口。

〔註 48〕《集韻》、《類篇》作部買切，屬幫母，此爲輕唇切重唇之例。

〔註 39〕牌，《廣韻》薄佳切，屬並母，此輕唇切重唇之例。

〔註 40〕唄，《廣韻》作薄邁切，屬夬韻，此以卦韻切夬韻。

〔註 41〕買，《廣韻》莫蟹切，屬明母，此輕唇切重唇之例。

女（娘）	詃女佳		孏女蟹	
古（見）	佳革崖　媧古娃		褹佳買　丫乖買　薢庚買	罣古畫　卦古賣　廨居賣
口（溪）	荂苦媧			娿口賣　璯苦話　夬公快
巨（群）	崖牛佳　雅五佳〔註42〕 喹魚佳　齸五街			快苦夬
五（疑）			覞牛買〔註43〕	睚五懈
子（精）			跐祖解〔註44〕	
七（清）				啐倉快
才（從）				
思（心）	霅息佳			
似（邪）				
側（莊）			秕側買	
楚（初）	剗楚佳　靫楚崖			瘥楚懈　衩差賣　齺初夬 嘬楚夬　歠叉快
仕（床）	柴仕佳　蠆仕街			寨柴夬
所（疏）	簁所街		籭所解　灑所買	縰所懈　曬所賣
於（影）	哇乙佳　哇於佳　娃烏佳		挨烏解　矮於解	阸於賣　噧於懈　黶於夬 黮烏快
呼（曉）	謋火佳　嗐虎佳　䜣呼黽			咶火夬
胡（匣）	崺戶佳　蛙胡媧　鞵胡街 撻下街		澥戶買　獬何買　嶰胡買 解諧買	澅戶卦　邂胡懈 話胡卦〔註45〕　舙胡快
于（爲）				
余（喻）	瀝夷佳			

蟹攝 12-8（開口細音）

韻目 切語 下字 聲類			世（祭）
			世制例勢厲逝劓曳裔祭際滯誓藝
方（幫）			鷩俾誓　獘卑世　蔽甫制〔註46〕
普（滂）			潎匹制

〔註42〕 今本《玉篇》「雅」作五佳切，元刊本作五佳切，《廣韻》作五佳切，《集韻》作宜佳切，均與「崖」音同，則今本《玉篇》佳恐爲佳之形訛。

〔註43〕 《廣韻》作五駭切，屬駭韻，此以蟹韻切之。

〔註44〕 跐，《集韻》、《類篇》作仄蟹切，屬莊母字，此精系切莊系。

〔註45〕 話，《名義》胡快反，《廣韻》下快切，均屬夬韻合口字。

〔註46〕 《廣韻》「蔽」，必袂切，屬幫母，此輕脣切重脣。

扶（並）			獘婢世　㡀脾世　幣婢制　弊毗制
莫（明）			袂彌銳　⿸尾曳微曳
丁（端）			
他（透）			屜他厲
徒（定）			第大例　娣徒厲〔註 47〕
奴（泥）			
竹（知）			⿸疒帶竹世
丑（徹）			⿰足契丑世　⿰足折丑厲　傺敕厲
直（澄）			⿱竹西丈例　⿱列金除例　⿰王彘雉例　彘除厲　滯直厲　蹛直例
女（娘）			婦女世
古（見）			狾居世　⿸厂⿰犬毛几例　㹸居例　㱿古例　罽居厲　⿰害殳居藝
口（溪）			憩去例　⿸厂既去罽　⿰栗瓦丘滯
巨（群）			偈其例
五（疑）			寱牛世　埶魚制　褹牛勢　褹牛祭
子（精）			穄子曳　際子例　漈節例　鰶子裔　祭子滯
七（清）			⿰耳祭千世　⿰舟威七例　脆青歲
才（從）			蔧才歲
思（心）			⿰巾祭先例
似（邪）			⿰忄彗囚歲　彗祥歲
之（照）			製之世　⿰胄刂之曳　⿱折食之例　晣之逝　⿱羽冏之勢〔註 48〕 ⿰耳制諸裔　⿱竹折之厲
尺（穿）			瘛尺世　掣充世　⿱制金尺制
式（審）			勢舒曳　世尸制
時（禪）			筮時世　⿺走折時曳　逝視制　澨視裔
於（影）			濭乙例　瘞猗厲　⿱雨乙於罽　⿰月曷乙罽
呼（曉）			⿰世欠呼世
胡（匣）			
于（爲）			⿱衛心于例　⿺辶衛禹袂　轊于劌　⿱衛言爲劌　⿱衛彖爲罽
余（喻）			⿱竹曳移世　⿲彳折亍夷世　抴余世　跇翼世　⿰氵葉以世　⿰王曳余制 ⿰衤世翌制　㹸余勢　曳弋勢　誓尹勢　⿰犭曳羊制　⿸广曳餘制
力（來）			例力世　曞力制　裂力祭　礪力勢　勵呂勢　癘力誓 鮤力際　濿理罽
如（日）			

〔註 47〕《廣韻》「第」「娣」二字均特計切，屬霽韻，此以祭韻切霽韻。

〔註 48〕今本《玉篇》「⿱羽冏」或作「挈」。⿱羽冏，之勢切、挈，示勢切，《名義》「挈」作之世切，疑今本《玉篇》挈字切語誤作，據今本《玉篇》「⿱羽冏」字切語改。

蟹攝 12-9（合口細音）

韻目切語下字　聲類			芮（祭）芮稅銳贅袂
方（幫）			
普（滂）			潷匹芮　潵匹袂
扶（並）			
莫（明）			
竹（知）			綴竹芮　餟張芮
丑（徹）			
直（澄）			
女（娘）			
子（精）			蕝子芮
七（清）			毳七芮　脧此芮
才（從）			蕝才銳　蕝在芮
思（心）			襚息銳　韢先芮　濩須芮
似（邪）			
側（莊）			
楚（初）			膬楚芮〔註49〕　籆初稅　劋叉芮
仕（床）			
所（疏）			㩾所芮　啐山芮
之（照）			毲之芮　綴諸芮　贅之銳
尺（穿）			毳昌芮　毳尺芮　篅充芮
式（審）			祱式芮　帥始芮　稅尸銳　帨始銳
時（禪）			
於（影）			
呼（曉）			
胡（匣）			
于（為）			
余（喻）			叡以芮　狔唯芮　睿余芮　壑餘贅　銳弋稅　抁弋贅
力（來）			
如（日）			汭而稅　芮而銳　蜹汝銳

〔註49〕膬，《集韻》、《類篇》此芮切，屬清母字，此莊系切精系。

蟹攝 12-10（合口細音）

聲類 \ 切語下字 \ 韻目			吠（廢） 吠廢穢衛肺綴劌乂
方（幫）			廢方吠　䉬甫吠　𧴵方肺〔註 50〕
普（滂）			肺芳吠　㤄孚吠　𦙶孚穢
扶（並）			吠扶廢　茷符廢
莫（明）			
竹（知）			綴知衛　笍陟衛　啜豬衛
丑（徹）			
直（澄）			
女（娘）			
古（見）			瀱居乂〔註 51〕　劌居衛　𨋩九綴〔註 52〕
口（溪）			䖼丘吠
巨（群）			
五（疑）			䕒魚吠　忿魚肺　刈魚廢
於（影）			穢於吠　濊於衛
呼（曉）			㻌呼吠　𣩲呼穢　瘃許穢　喙詡穢
胡（匣）			
于（爲）			衛韋穢　躗爲劌　轊于劌　槥爲綴
余（喻）			

蟹攝 12-11（開口細音）

聲類 \ 切語下字 \ 韻目	兮（齊） 兮奚雞迷低犁題西倪溪啼稽黎嵇隄鞮	禮（薺） 禮啟弟米底體邸	計（霽） 計細詣戾帝悌麗濟閉替第系
方（幫）	螕補兮　狴邊兮　鎞必兮 紕必奚　性必迷　梐裨低 陛方奚〔註 53〕　豍方迷		蔽布計　箅補計　閉必計 嬖補悌　弼卑計

〔註 50〕今本《玉篇》「𧴵」作市肺切，《王二》、《廣韻》切語作方肺，《集韻》放吠切（《類篇》作於吠切，於當放之誤作），可知今本《玉篇》切語上字市乃方之訛誤。

〔註 51〕《廣韻》居例切，屬祭韻。

〔註 52〕𨋩，今本《玉篇》丸綴切，《名義》飢綴反，《廣韻》居例切，則今本《玉篇》切語上字丸當爲九之誤作。

普（滂）	劈匹奚　錍匹迷　批普迷 鈚匹犁　捊普雞　砒普兮		媲匹計　睥普計
扶（並）	鼙步兮　飂步迷　椑薄雞 笓步雞	髀步米	薜薄計　椑薄計　醩蒲桂 薜蒲細
莫（明）	䁐莫兮　嫇莫奚　迷莫雞 麛亡雞〔註54〕　醾亡兮 〔註55〕		謎米閉
丁（端）	氐丁兮　尵都兮　低丁泥 鞮丁奚　趆都奚　眂都黎 堤丁泥	抵丁弟　底丁禮　䃅都禮 抵多禮　瓾丁米	趆丁戾　螮多計　諦都計 蠕丁計　趆都替
他（透）	鷈他兮　鷈天兮　梯他奚	俤他弟　體他禮	睼土系　剃他計　薙託計 替吐麗　殢天計
徒（定）	銻大兮　提徒兮　題達兮 蠡大西　㹠達奚　蹄徒奚 偍大奚　㷟徒犁　暆達雞 梯臺雞　屖徒泥〔註56〕 慄徒低　膟徒黎	齸徒啓　遞徒禮　弟大禮	鷈大戾　第徒計〔註57〕 睇達計　殢大計　欽特計 鶗達詣 揥都悌　覢達麗　遞徒戾
奴（泥）	眤奴兮　㞾奴低　詉奴奚 泥奴雞	鵊乃米　嬭乃弟　檷奴底 爾乃禮　薾奴禮　禰年禮	泜奴計
竹（知）			
丑（徹）		泲恥禮〔註58〕	舠丑戾　揥敕細〔註59〕
直（澄）			
女（娘）	猊女奚〔註60〕		
古（見）	卟公兮　卟吉兮　雞結兮 鮭決倪　稽古奚　枅結奚 鮭古迷　禾古兮	徛古禮	蠵公戾　郪姑戾　憩詣計 繫古詣　計居詣　橶故詣 繫公詣　繼公第　繫公替 髻居濟

〔註53〕陛，《廣韻》邊兮切，屬幫母，此以輕唇切重唇。

〔註54〕麛，《廣韻》作莫兮切，與迷音同，《韻鏡》外轉十三開，四等齊韻明母的位置正作迷。

〔註55〕「醾」字情況同「麛」字。

〔註56〕屖，今本《玉篇》作徒尼切，然《名義》徒泥反，《廣韻》杜奚切，則今本《玉篇》之切語恐有誤作，於茲據《名義》改。

〔註57〕今本《玉篇》「第」字分見弟、竹二部，分別作大例切，釋「今爲第幾也」、徒計切，釋「次第也」，可見霽祭二韻可通。

〔註58〕泲，《廣韻》作他禮、他計二切，均屬透母，此屬舌上音切舌頭音之例。

〔註59〕揥，《廣韻》作丑例切，屬祭韻，此以霽韻切祭韻。

〔註60〕猊，《廣韻》作妳佳切，屬佳韻，此以齊韻切佳韻。

聲母							
口（溪）	溪口兮 暌口溪	眭去倪 谿詰雞	屛口奚 屚口奚	綮苦禮 闚口體	啓康禮	啟口禮	啟口戾 契口計 恝去計 揭起計 蟿口悌
巨（群）							堅巨計
五（疑）	猊午兮 祝牛迷 跲五雞	婗五兮 棿魚稽	霓五奚 倪魚雞	垻魚禮 捔吾禮 敗五禮	晲牛禮		椥五計 視五細 詣魚計 弱午悌 盻吾計 羿牛計
子（精）	齏子兮 躋茲犁	柭子泥 薺子犁	齎子奚 擠子稽	霽子禮 批子米			霽子計 擠子詣 嚌子細
七（清）	緀且兮 淒七西 凄且溪	妻千兮 悽七奚 齏且題	郪七兮 妻且穊	泚且禮			砌千計 縩七計 瞭戚細
才（從）	齊在兮 鉀徂奚	齏才兮	臍在奚	薺才禮 鰲前啓			醑在計 齋才悌 齰俎詣 齏才計 劑才細 眥靜計 嚌在細
思（心）	西先兮 剼素奚 蜇蘇奚	榭斯兮 棲思奚 犀先啼	栖息兮 榽先奚 瘭思兮	洗先禮			細思計 些息計
似（邪）							
之（照）							
尺（穿）							
式（審）							
時（禪）	移成兮						
於（影）	繄於兮 堅於奚	鷖烏兮 瑿於題	嫛壹奚	訡於禮			翳於計 瑿烏計 窫於細
呼（曉）	欨呼兮 醯呼啼	盍許奚	槬呼奚				奊火計 㶡盧計
胡（匣）	兮胡雞 螇遐雞	奚下雞 罳穴鼃	蒵何雞	傒胡啓 匸下禮	傒下啓	傒戶禮	系下計 係何計 翜胡計 紒戶計 弓乎計
于（爲）							
余（喻）							賢羊閉
力（來）	犂力兮 莉力奚 讈力泥	篱力低 瞭力隉	刕歷低 藜旅題	靌力米 體力啓	豐力弟 篱盧啓	禮力底 澧力邸	攭力帝 渗閭計 唳郎計 樆里計 悷盧帝 捩力計 儷呂詣 莀來計 籆魯帝 利良計 督呂計 瀮力悌

如（日）			

蟹攝 12-12（合口細音）

韻目／切語下字／聲類	圭（齊）		桂（霽）
	圭攜畦		桂惠歲
古（見）	圭古畦　閨古攜　邽公攜　茥桂攜　鼃居攜		㷒公惠　桂古惠　薊古麗
口（溪）	刲口圭　盔去圭　睽苦圭　㧖苦攜　䂵枯攜　闚口攜　睽苦畦		
巨（群）			
五（疑）	鋽五圭		
子（精）			
七（清）			脄青歲
才（從）			
思（心）			歲思惠
似（邪）			篲詳惠〔註61〕　憓囚歲　彗祥歲
於（影）	黊烏圭		
呼（曉）	睳呼圭		暳呼惠　嚖許惠
胡（匣）	攜戶圭　畦胡圭　鸂乎圭		傶下桂　憓胡桂　惠穴桂　惠玄桂
于（爲）			鏏于桂〔註62〕　蔧于歲
余（喻）			撎俞桂

〔註61〕篲，《廣韻》作祥歲切，《韻鏡》外轉十六合，祭韻三等邪母的位置正作篲，此祭齊混用之例。

〔註62〕鏏，《廣韻》祥歲切，《集韻》祭韻作于歲切，齊韻下作胡桂切，可知今本《玉篇》切語，與《廣韻》可能有不同來源。據《集韻》此乃匣爲二母混用之例。

五、止　攝

止攝 6-1（開口細音）

韻目 切語下字 聲類	支（支）	爾（紙）	跂（寘）
	支移奇宜規知皮茲垂離羈思彌离訾儀兒祇猗碑箕卑枝斯詞敧吹施匙堤箅姿陂崎義羇	爾紙是婢氏弭尒此紫俾豸	跂寄義賜漬翅智寊賁詈髲企
方（幫）	箄必匙　帔俾移　裨補移 卑補支　鞁畢皮　鞁七皮 碑彼皮〔註63〕　襞俾義 頴方支　鑼方皮	妣必爾　髀補爾　俾必弭 黐必尒　岬方爾　匪補是 箄必是　薜補婢	賁彼寄　彼陂髲　襞俾義 陂碑偽　跛碑寄　否彼偽 鴦甫賁
普（滂）	竷普支　鮍匹皮　鈹普皮 秛普陂　披敷羈	諀匹爾　庀匹婢	鈹普賜
扶（並）	脾步彌　箆蒲彌　魮薄彌 焷毗支　陴婢支　蘼鼻支 埤避移　蠡邲移　鈚薄离 韗毗離　皮被奇　郫薄糜 韗毗移　盧步支　郫步彌 岥被義　茈鼻姿　椑扶支 疲扶宜　剫符碑　紕扶規	庳步弭	髲皮寄　跂被義
莫（明）	彌莫箅　麊莫卑　麛明皮 孆莫移　彌亡支　獮武移 麼亡皮	瀰莫爾　芈彌爾　侎彌婢 哶民婢　敉武婢　愍亡婢 眯莫俾　洣亡俾　瞇莫氏 洱亡爾　蒿亡此	
丁（端）		髶都爾	
他（透）	鞮吐支〔註64〕		
徒（定）			
奴（泥）	馨年支		
竹（知）	夈竹知　知豬移　腄竹垂 誺豬宜　蜘竹奇		
丑（徹）	离丑支　魑丑知　袲恥支 摛恥離	褫敕爾	

〔註63〕碑，《廣韻》彼爲切，屬支韻合口三等，此開口切合口。

〔註64〕鞮，《廣韻》章移切，《集韻》章移、常支二切，此端系切照系。

直（澄）	瘯丈知　踟直知　趍直離 菿直离　池除知　篪除奇 鬌直垂　誃直移	杝直紙　廌直倚　觽丈爾 褫池爾　阤除爾	腄馳僞　腄直瑞
女（娘）			
古（見）	推居彌　規癸支　鬹居垂 鬹古隨　羈居宜　輢荊猗 畸居羲　厜姊宜　奇居儀 寄居義	攱九爾　枳居紙　䏿居是 汷居爾	寄居義　踶居跂　馶居企 庪居僞
口（溪）	觖丘知　闚丘規　窺丘垂 崎去奇　觭丘奇　攲丘儀 㠋乞義	支丘婢　跬丘弭　烓去弭	攳去寄　蚑去跂　跂蹺跂 企去智　支丘翅
巨（群）	祇巨支　忯渠支　汥巨知 䄢巨箕　猉巨移　歧翹移 鬐渠祇　鍺渠离　郊渠離 㚾巨規　奇竭羈　琦渠羈 魃渠猗　錡渠儀　齎子斯 輢巨義		芰巨寄　騎巨義　唭渠義 輢巨義
五（疑）			議魚寄　誼宜寄
子（精）	嗞子詞　髭子移　貲子离 鄑子斯　騷子垂　㷗子規 㮯子隨　茲子支　鴜子奇 㜇子兒　嗞子慈　姿子思	紫子爾　呰祖爾　㰣則此 泚將此　茈積豕　㯋子累 濢遵累　姐茲也　飷子也	積子漬　欪子賜　濢遵累
七（清）	雌七移　鉴千支　㜇且貲	此七爾　佌七ᄼ　佌七紙 且七也　跐雌紙　柴猜紫 𨿅七紫	朿七漬　庛七賜
才（從）	䅾自移　骴徂移　𩞁疾移 枇疾貲　呲疾離　㮐息慈 滋藏詞　㤵才規　鶿才茲 磁疾茲　𥺒在茲　瓷在思 滋藏詞		𦙼疾寄　殍慈謍　呰藏賜 漬疾賜　殰才賜　髊前賜
思（心）	斯思移　㴲相移　傂息移 磃四貲　衰先知　蘇息离 禠息離　眭胥規　思息茲 罳息茲　司胥茲	壐昔紫　葰息紫　𨿅思此 徙思爾　䨏綏彼　巂思弭	賜思漬　𦺗胥漬
似（邪）	㭰似垂　詞似茲　祠似司		
側（莊）	䅲側移	批仄氏	㘅爭義　裝壯寄
楚（初）	差楚宜	𪘨楚累	
仕（床）			
所（疏）	簁山奇　蠷所奇　𪆁所羈 釃所宜		

之（照）	祇之移　䚦止移　胝至移 雉志移　吱指移　支章移 詵尺支　眵充支　臷只兒 𧮫指兒　嵨之義　寔支義	咮之爾　庍之氏　紙支氏 枳諸氏　軹之尒　泜之是 汦諸是　痣之氏	伎之跂　忮支跂　巇之義 寔支義
尺（穿）	詿尺支　眵充支　炊尺垂 箠充垂　吹齒規	袲尺爾　𢒈昌爾　烪充爾 侈昌是　誃尺紙　哆處紙 垑充是	䶄尺跂　䶄充跂　籥充瑞 吹齒僞
式（審）	螫式移　緹始移　施舒移 𧚒見式支　妓舒枝	弛尸紙　誃舒紙　豸式爾 侈式是　笑式氏	啻詩跂　翅升跂
時（禪）	匙上支　姼是支　堤常支 藷上祇　陲市規　䮔示規 厓是規　垂時規	𢁭市紙　崼成紙　氏承紙 是時紙　徥時爾　舓神爾	糦時翅　跂市寘
於（影）	洢一移　咿於祇　矮於皮 猗於宜　陭於奇		縊於跂
呼（曉）	難呼規　纗許規　隳虛規 撝呼皮　犧欣宜　嫙許宜 誒虛宜　䰇欣奇　巇許奇 壞虛奇　嚱許羈　㰬虛儀 戲忻義		戲忻義
胡（匣）	㯂戶垂		
于（爲）		䌾右尒	
余（喻）	訑弋支　移余支　烌以支 蛜與支　施翼支　羠以觜 歋以離　蟻弋規　欀俞規 鸇弋垂　䔳悅吹　池以支 詒與司	㢮弋爾　芍余爾　胣弋紙 也余爾　池余紙　扡與紙 憶余氏	侇弋跂　傷以跂　貤余跂 㠉餘跂　遺余志
力（來）	離力支　䍦力知　璃力堤 樆力枝　藟力垂　㿄力爲	邐力紙　剺力爾	玪力智　詈力翅
如（日）	兒如支　鴯汝施	爾如紙　邇而紙	

止攝 6-2（合口細音）

聲類 ＼ 韻目 切語下字	嬀（支） 嬀為危虧羸麼	委（紙） 委彼詭累毀捶觜箠綮 椏靡橤被	恚（寘） 恚睡瑞惴
方（幫）		柀碑詭　罷筆委　庳補被 彼補靡	
普（滂）		破孚彼　緿怖靡	
扶（並）		被皮彼　忟符彼	

莫（明）	靡美爲　蘼靡爲　縻亡爲〔註65〕	靡眉彼　䕷明彼　渼莫彼 蘼亡彼　灖文彼　𢕟靡彼	
竹（知）			娷竹恚　錗竹瑞
丑（徹）			
直（澄）	鬌直危　甀池爲		
女（娘）		諉女委	諉女恚
古（見）	䢺几羸　掎俱爲　嬀矩爲	佹九委　庪居委　蛫九毀 陒巾毀　詭俱毀　垝居毀 觤嬀彼　鴭九彼　桅俱彼	
口（溪）	𡗴苦危　虧去爲	跬丘委	
巨（群）		趡巨詭　郈渠詭　跪渠委	
五（疑）		硊牛委　䮹危委　頠牛毀	
子（精）	檇遵爲	觜即委	
七（清）		䝐此觜	
才（從）			
思（心）	韉思危	髓先委　靃息委　餢思累 夊息累　膸相觜　瀡息觜	
似（邪）	隨辭爲		𤦪似睡
側（莊）			
楚（初）		揣初委	
仕（床）			
所（疏）			
之（照）		箠之桑　捶諸桑　騒之累	惴之睡
尺（穿）			
式（審）			
時（禪）		箠市委	睡殊惴　瑞市惴
於（影）	倭於爲　覣烏爲　萎於危	蜲於詭　骫郁詭	恚於睡
呼（曉）	鰞火嬀　犘呼爲　嗚許爲	毇許委　檓欣詭　毀麾詭	
胡（匣）		寪胡彼	
于（爲）	爲于嬀	僞于詭　䲸爲詭　蔿于委 鳸王委　蔿爲委　薳爲彼 瘍于彼	
余（喻）		苡羊委　餢弋累　貖羊捶 莈弋箠　芛羊箠　㺢以觜	
力（來）	羸力爲	纍力委　厽力捶	
如（日）		縈如纍　惢如累	閏而睡

〔註65〕《王二》靡爲反，屬明母，此輕唇切重唇。

止攝 6-3（開口細音）

韻目　　切語下字　　聲類	之（之） 之脂其飢咨悲基夷梨尸疑資眉時私辭而祇緇伊尼期師貽丕邳絲淄詩慈萁熙貍釐棃㠯	里（止） 雉几履婢死旨指視士史矢子己巳仕耳似李杞已里始起理喜滓擬紀止以比市攺矢倚蟻綺技	利（志） 二示地次至利致恣祕備媚寐冀器覬避吏志餌廁異侍忌記意既氣毅臂置四貳事
方（幫）	悲筆眉	鄙逼几　秕卑几　疕補履	紕必二　祂必利　眇鄙利 痹卑利　百彼利　臂補致 棐鄙冀　鉍彼冀　畀必媚 柲筆媚　祕悲冀　庇卑冀 俾方示〔註66〕
普（滂）	丕普邳　伾匹眉　頧普眉 駓普悲　芣鋪悲　㱟匹之 怌孚悲〔註67〕　駓敷悲	㜴匹比	訛匹示　㴉匹至　濞普祕 眥孚利　嚊普利　淠匹備 屁匹避　譬匹臂
扶（並）	豼步尸　枇婢脂　鮍步悲 蚍婢時　狉倍悲　駓平悲 筺步悲　邳蒲悲　魾婢之 琵房脂〔註68〕　魾父脂 芘防脂　岯符悲	牝脾死　痞平几	箆毗利　坒毗利　鼻平祕 備皮祕　牖步祕　糒蒲祕 鼻毗至　瘭脾至　襣毗二 避婢致　癟薄寐　膍薄異 阰婢吏
莫（明）	瑂明丕　眉莫飢　黴明飢 蘪䃴飢　湄莫悲　楣母悲 縻亡悲〔註69〕 嵋武悲〔註70〕 醾無悲　〔註71〕	灖莫比	媚明祕　袜明祕　蝐眉祕 媺美祕　髦莫覬　寐彌冀 娓亡利〔註72〕 穊勿利〔註73〕

〔註66〕俾，《名義》方爾反，《廣韻》并弭切。今本《玉篇》又「與俾同」，俾，《名義》北爾反，今本《玉篇》必弭切，《集韻》補弭切，各本均屬紙韻，唯上字輕重唇不一，此乃聲母輕重互切，韻母紙至二韻混用。

〔註67〕「怌」「岯」二字，《集韻》攀悲切，屬滂母字，《廣韻》敷悲切，與今本《玉篇》同。

〔註68〕「琵」「魾」「芘」三字，《集韻》頻脂切，屬並母字，《廣韻》房脂切，與今本《玉篇》同。

〔註69〕縻，《廣韻》靡為切，支韻明母字，此以輕唇切重唇，以脂韻切支韻。

〔註70〕嵋，《廣韻》與「眉」音同，「新添類隔今更音和切」下「眉」作目悲切，屬明母，此以輕唇切重唇。

〔註71〕醾，《廣韻》靡為切，屬支韻明母字，此輕唇切重唇。

聲母							
丁（端）			襼丁雉〔註74〕	軧多履			
他（透）					地題利		
徒（定）					墬迪利		
奴（泥）							
竹（知）	秪竹尸	胝竹尼	夂竹几	楲竹旨 徵張里	置竹利 躓知利 致陟利	彀豬吏 睪豬利 質知冀	膇竹四 值竹志
丑（徹）	諫丑脂 絺丑飢 郗敕梨 癡丑之		祉丑理	恥敕理	跮丑利 魑丑吏 眙敕吏		
直（澄）	坻直夷 蚳丈飢 遲除梨 持直之	泜丈脂 墀除飢 阺直梨 荎雉之	椎直追 坻直飢 治除之 胝除碁	跱除几 庤丈紀 時直几 痔治里 鷹直倚 雉直理 峙直里 鯳除倚	緻馳二 薙遲至 值除利	做丈吏 籕直利 治除冀	稚除致 摕直異
女（娘）	輗柅夷 尼女飢 蚭女尼 跜女時		柅女几 扰尼倚 貵女里 旎女綺	聾尼止	膩女致		
古（見）	飢几夷 肌居夷 蚔居脂 姬居之 簅居其 其居疑		几居履 枴古杞 己居喜 踦居綺 机飢雉 邔居里 紀居擬 剞居蟻 唘居矣 顡居起 屓居倚 掎飢蟻		萁九利 覬羈致 記居意 懻几利 驥京媚 洎居器 冀居致 远居忌 既居毅		
口（溪）	抾丘之 娸去疑 傲丘其	欺去其	屺去几	綺袪技	攲丘蟻	屓詰地 唭丘吏 飢去毅 棄丘至 俱欺忌	弃去至 氣去既
巨（群）	頯巨尸 鄿渠隹 頭渠飢 其巨之	耆渠伊 夔具眉 粄渠梨 綦勤之	祁渠夷 馗巨眉 鮨巨梨 麒渠之	跠奇几 技渠綺	臮奇己 妓其綺	崎巨綺	懫其利 鶀其記 洎巨記 璣渠氣 瀯渠致 臮巨冀 忌渠記 藍渠既	坦期致 曁其器 曁巨既 饎巨氣
五（疑）	萱魚飢 郚語其	齮五其	疑魚其	齮言紀 儗御理 齮魚綺	晉牛起 螚宜倚 礒宜綺	擬魚理 艥魚倚 樣儀倚	魒牛冀 薿牛志 劓魚器 毅魚記〔註75〕 豙牛既
子（精）	資子夷 呰子祇 孜子辭 璿節而	庪作惟 禠子梨 鎡子辭 滋子怡	禌子絲 齋子黎 仔則之 濱子私	姊將仕 子咨似 秭咨李 籽茲里	杍咨以 市嗟似 舒祖里 梓咨里	秄借以 好即李 笫茲耳 玗借里	鳶子次 欳資利 恣子利

〔註72〕娓,《廣韻》明祕切,屬明母字,此輕唇切重唇。

〔註73〕祇,《廣韻》無匪切,屬尾韻,此以之韻去聲切微韻上聲。

〔註74〕襼,《廣韻》作豬几切,屬知母。又今本《玉篇》「襼」,或作褍,褍,竹旨切,此為舌頭切舌上之例。

〔註75〕毅,《名義》魚既反,《廣韻》魚既切,均屬未韻開口字,此之韻去聲切微韻去聲。

七（清）	趑七私 霋七資	拏七咨 婞娑惟	屏此咨	薺且己			鬤七二 載七吏	紎七利 次且吏	刺且利 欻七四
才（從）	霙疾夷 茨疾資 嵈在咨 鷜才茲 䯿才私	濱字私 坴才資 慈疾之 粲在茲	蠐在資 絅才咨 磁疾茲 齏在梨	鮆疾里	巆才市		自疾利 瘁秦醉	字疾恣	崒疾醉
思（心）	私息夷 伺胥咨 罳昔茲	浂先悲 瀸息咨 狱息梨	絲先資 厶相咨	死息姊 葸胥里	枲司子 諰思理	辿斯子	丨思二 猻息利 馳悉利	殲息次 薜相利 膟先恣	泗思至 四思利 笥思吏
似（邪）	敊似咨	飼夕咨		汜詳子 似祥里 鈤夕以	巳徐里 洍詳理 耛詳以	梩詳里 鉰辝理 羠囚以	嗣似利	寺似吏	芧詳餌
之（照）	芷諸尸 祇諸時 之止貽	脂之伊 芝止而 栺旨夷	祇質夷 楷至而	鴲至几 砥之視	庶之履 指諸視	芷支視 旨支耳	鞊之二 志之吏 恚諸餌	鷙之利 摯諸貳 娡之侍	贄脂利 鵻之餌
尺（穿）	鴟充尸 脠充脂	歠尺脂 蚩尸之	諸昌脂 妛充之	頛昌旨	魋昌耳	齒昌始	瘁充至 饎充志	熾尺示 幟尺志	墊齒志
式（審）	蓍舒夷 詩舒之	尸式脂 睍矢其	鳲式之 邞式時	閔式旨 始式子 叺書以	矢尸視 䆉舒理	屎施視 菇式止	捬式至 試始志	稽式志	弒式吏
時（禪）	時市之	椥是之	鶅視之	眡時旨 市時止 脤承矢	鈇食指 鉰時以	視時止 鈌食指	蒔石至 謚時志	示時至 嗜食利	醋視利 鰣時廁
側（莊）	椔側師 葘阻飢 緇側其	輜側飢 淄仄其 丗側持	鑽仄飢 鵵壯其 鄑莊釐	笫壯几 奎仄里	笑徐雄 滓壯里	兕徐姊	倳側吏		
楚（初）	颸楚飢	颸楚持	鹺初緇	籾初巳			廁測吏		
仕（床）	茌仕之			庤仕几 厏床巳 仕助理	士事几 欶助紀 俟床史	柹鉏几 竢事紀	事鋤吏	事仕廁	
所（疏）	師所飢	瑯色緇	菕色淄	史所几 使所里 纚山綺 屜所倚	碗山指 窀色滓 鞭所綺 覩師蠟	狹生仕 骴疎士 厜色倚	夔生冀	蟸所冀	駛山吏
於（影）	伊於脂 醫於其	嫛郁咨 瘲於之	譩於熙 鳶烏而	狋於止 瘏於綺 [註77] 狋於止 噫乙匕	敼於己 崚於巳 倚於擬	旑於巳 旖於蠟	饐於利 媕縈利 薏乙吏	憶乙利 鷾郁祕 意於記	撎姻利 鷾於冀 黓於既

〔註77〕瘏，《切三》《王二》於綺反，屬紙韻開口，此以止韻切紙韻。

呼（曉）	屎許夷　睢許佳　欯許脂 甋許肌　欨呼飢　脄許梨 犙火之　㰤許己　曘盧之 禧許其　僖盧其　熙火疑 熹許疑　歑欣疑　咦喜夷	襦呼几　㕧許几　譆許已 喜欣里　蟢許紀　歖盧紀	呬火利　屓盧器　屓許器 㶊許異　憙許記　咥盧記 氣盧既　忥許氣　譆盧氣
胡（匣）		矣諧几	大鳥乎利　軷乎祕
于（為）	帷于眉		
余（喻）	惟弋佳　遺余佳　讀以佳 維翼佳　栭餘脂　跠羊脂 胰與脂　姨余脂　倭與脂 痍餘脂　夷弋脂　蛦以脂 薩以追　寅弋咨　貽弋之 頤以之　洔亦之　坨羊之 廖余之　斑異之　䣧與之 迻餘之　怡翼之　台與時 侇與而　詒與司	腴羊改　攺余止　目余始 廙弋里　歟余耳　巳弋旨	肄余至　螏餘至　殔羊至 異餘志　异余吏　冀餘記 潩夷記　肂余二　㣦余利
力（來）	秜力尸　藜力脂　摛力辭 勝力咨　貍力之　鬑力詩	履力几　顋閭几　娌良士 李力子　俚良子　鯉良耳 理力紀　里力擬　悝力止	㳭力二　痢力地　利力至 使力志　懍力置　荔力至 利呂至　吏力致　哩力忌
如（日）	而人之　姉日之　脼尒之 栭如之　陑汝之　蕗讓之 髶如時	耳如始　䋞如止　顝人市	二而至　刵而利　貳而志 衈汝吏　姌仍吏　餌如至 耗仁志　崺如志　眲爾志

止攝6-4（合口細音）

韻目 切語下字 聲類	追（之） 佳遺追惟葵維錐雖唯 推誰遺累隨	水（止） 水癸揆誄壘	季（志） 季悸淚
方（幫）			轡碑愧
普（滂）			
扶（並）	魮頻葵〔註78〕		
莫（明）			
竹（知）	追株佳　鎚豬惟		轛竹季
丑（徹）		箠丑水	
直（澄）			
女（娘）			

〔註78〕魮，《廣韻》房脂切，屬脂韻開口，此以合口切開口。

古（見）	潁吉惟　槻吉維	癸古揆	季居悸　睨鶏淚
口（溪）	歸丘追　跬羌捶	藈丘誄	
巨（群）	葵渠追　夔巨追　樸渠惟	揆渠癸　嫢衢癸　憏祇癸	親祇淚　瘁瓊季　悸其季 藟渠季　睽葵季　蹳葵淚
五（疑）	䧹五佳		
子（精）	嗺子雖　臇子遺	嶉子誄	
七（清）		趡千水　趡且水	䃜倉淚
才（從）		㝽才癸	悴存季
思（心）	夊思佳　雖息葵　綏先唯 桵息唯　倠息維　葰相維 眭胥維　姭思惟		睟思季
似（邪）	隨辭惟〔註79〕		鐩詞季　蕤徐季
側（莊）			
楚（初）			
仕（床）			
所（疏）	漇山佳　瘒所惟　衰史追		
之（照）	隹之惟　萑至維　騅之誰	沝之水	
尺（穿）	推赤唯　推出唯		
式（審）		水尸癸	
時（禪）	脽是惟　誰是推　䜏十惟		
於（影）			
呼（曉）	倠許維　媁呼維　夎許惟	睢許癸	瞒許季
胡（匣）			
于（為）	醀位錐		
余（喻）	唯俞誰　壝欲追　蠵余雖	鰰以水　膌羊水　瀢弋水 壝欲癸	瓗以季　蜼余季　戀羊季
力（來）	樏力追	灅力水　誄力揆　壘力癸	淚力季
如（日）	綏而佳　萎汝佳　捼儒佳 桵如佳　蕤汝誰　礝而誰 桵汝雖		

〔註79〕隨，《名義》辭規反，《廣韻》旬爲切，均屬支韻合口字，此以脂韻切支韻。

止攝 6-5（開口細音）

韻目／切語下字／聲類	衣（微）衣希依祈幾沂畿機蘄	豈（尾）豈顗蟣辰	
古（見）	幾居衣　饑紀衣　氣居希　譏居依　刉九祈　璣居祈	蟣居豈	
口（溪）			
巨（群）	祈巨衣　頎渠衣　圻巨希　幾渠依　夔巨依		
五（疑）	𪖈魚幾　沂魚衣	顗牛豈	
於（影）	依於希　肵於沂　衣於祈　瘥於幾　郼於畿	悠衣豈　偯於豈　辰於蟣	
呼（曉）	希許衣　欷欣衣　稀盧衣　稀香衣　嬉許依　晞許機　瘈向蘄	豨火豈　䖟盧豈	
胡（匣）			
于（為）			
余（喻）			

止攝 6-6（合口細音）

韻目／切語下字／聲類	非（微）非韋歸違微龜肥威逶菲暉	鬼（尾）鬼尾匪美鄙軌湋觜否偉	貴（未）貴醉偽類位沸味遂未愧畏謂胃誨魏萃續
方（幫）	斐匪肥　緋甫韋　鯡方韋　騑不韋　𦜝府微　非方違　扉甫違	鄙博美　胈波美　鄙補美　娓布美　篚方尾　匪甫尾　霏非尾	畀必未〔註80〕　藬補位　薺方未　痹甫未　沸方味　市甫味　誹府味　軰甫胃
普（滂）	霏孚非　髣妃非　蠢芳非　斐芳肥　騑孚微　昲芳微　妃芳菲	柸被鄙　嚭普鄙　菲孚尾　朏芳尾　俳孚匪　䰄甫鬼　斐孚鬼	魖匹未　襀芳未　昲孚未　費孚味　讚芳味　䊻孚謂
扶（並）	蜚父非　肥扶非	圮皮美　皮鄙　否蒲鄙	昲扶未　狒父沸　扉扶沸　腓浮沸　膹符沸　屝父畏　翡扶畏　蜚扶貴　踱扶謂
莫（明）	溦亡非　微武非　微無非	亹亡鬼　篢亡匪　尾無尾　美亡鄙　嵋眉否	頼勿沸　味武沸　昧無沸　糜亡畏　未亡貴　昩無貴
丁（端）	啴丁龜		
他（透）			

〔註80〕畀，《廣韻》必至切，此以未韻切至韻。

徒（定）			
奴（泥）			
竹（知）			
丑（徹）			
直（澄）	睡直韋		
女（娘）			
古（見）	瞶居韋　歸居暉　龜居逵	鬼居尾　氿居洧　宄古洧　甌古鮪　屪居鮪　軌居美　簋古美	瞶居畏　貴居謂　簂公誨　幗古誨　愧居位　瓌俱位　匱渠愧
口（溪）	巋丘韋　蘬丘非	豈羌顗	樻丘貴　蕢丘謂　髬丘位　喟丘愧　餽求位
巨（群）	逵奇歸　係瞿龜　歸奇龜		贖巨貴　籄渠貴　櫃巨位　饋渠位　匱渠愧　賈奇愧
五（疑）	巍牛威	頠魚鬼　捴語鬼	魏魚貴　偽魚貴〔註81〕
子（精）			銌祖誨　醉子遂
七（清）			翠七遂　濢且遂
才（從）			瘁秦醉　萃疾醉
思（心）			粹先類　邃思類　歲思萃　憱雖遂　崇思遂　誶息醉　睟思醉　庭綏醉　穗徐醉　檖夕醉　隧似醉
似（邪）			
之（照）			
尺（穿）			
式（審）			床尸位　痳尸類
時（禪）			
於（影）	鹹魚非　威魚韋　葳於歸	隗於鬼　闅於鮪	螱於胃　畏於貴　蔚烏貴　霨乙位
呼（曉）	徽許非　怖許祈　暉呼韋　禈許韋　燬火韋　輝許歸　楎呼歸　揮詡歸	虺呼鬼　虫旰鬼　靀許鬼　毇虛鬼	豷許胃　諱許貴　誨呼繢　猜火類
胡（匣）	闈戶歸	洧胡軌	彙胡貴
于（為）	韋于非　違于威　幃于歸	煒于匪　偉于鬼　鮪為鬼〔註82〕　葦禹鬼　洧為軌	夤有未　謂禹沸　蝟于胃　愇羽魏　熚于貴　媦云貴　鰃韋貴　胃禹貴

〔註81〕偽，《名義》危繠反，《廣韻》危睡切，均屬寘韻合口。

〔註82〕鮪，《廣韻》榮美切，屬旨韻合口，此尾韻切旨韻。

余（喻）			繻以貴〔註83〕　譖以醉
力（來）		藟力軌	鼺呂位　類律位　類閭遂
如（日）			

六、效　攝

效攝 4-1（開口洪音）

聲類 ＼ 韻目切語下字	刀（豪） 刀高勞牢豪遭袍蒿褒糟毛桃毫熬憍怢號	老（皓） 老道倒皓好保浩擣暠抱造槀	到（號） 到報告号竈悼導
方（幫）	襃布刀　報博蒿　刨百勞　轀布怢	褓布老　珤補抱　朸布道　寶補道	報補到
普（滂）	橐普刀	犥普槀　翻芳好	橐普到
扶（並）	鞄步毛　曝蒲毛　袍薄褒	抱薄保	蔢步到　瀑蒲到　醵步報　暴蒲報
莫（明）	髳亡刀　蝥亡勞	冃亡保	帽莫到　芼莫報　秏莫告　冒亡到　曰亡報
丁（端）	裯丁勞　忉都勞　魛丁高　刀都高	倒丁老　擣丁道　㿠多老	受丁報　到多報
他（透）	鞱吐刀　弢他刀　慆土牢　瑫他牢　叨他勞　傮湯勞　簉託勞	討他倒　養他皓	
徒（定）	陶大刀　濤徒刀　詡道刀　逃徒勞　騊徒高　桃達高	道徒老	蹈徒到　纛大到
奴（泥）	夒奴刀　猱乃刀	嫐奴好　磱乃老　㺀乃倒　腦奴倒　瑙奴道　㑻奴擣	轗奴到
竹（知）			
丑（徹）	夲丑高　綯敕高　叜敕勞		
直（澄）	庨直高		
女（娘）			
古（見）	高古刀　鷎公刀　憍居高〔註84〕　膏公勞	騲干老　杲古老　臭公老　㚆金倒　槀公道　縞古倒	誥古到　靠公到　郜故到　告公号

〔註83〕繻，《廣韻》求位切，《龍龕》卷三糸部求位反，此喉音切牙音之例。

〔註84〕憍，《名義》居僑反，《廣韻》舉喬切，屬宵韻。

聲類			
口（溪）	蕈功勞 篙古勞 蓩古豪 郒古熬 瓢口高 屍苦高	考口老 楛苦老 頑口倒 妓口道 丂苦道	靠口告 烤苦告 犒苦到 劋口號
巨（群）			
五（疑）	激牛刀 敖五刀 驁午刀 遨五高 鼇午高 獒吾高 警五勞		傲五到 鼼午到 傲五告
子（精）	糟子刀 慒早刀 傮子牢 遭祖勞 槽作蒿	早子老 璪子道 璪作道 鱢祖道 鄵祖浩	躁子到
七（清）	操七刀 鼜千刀	艸七老 嘈采老	憅七到 糙七竈 操倉到
才（從）	在在刀 螬徂刀 嘈才刀 槽徂毫 曹昨勞 蓸在勞 慒昨糟 艚才高	艚徂浩 造徂皓 皁才老	漕才到
思（心）	繰先刀 臊蘇刀 搔蘇牢 潇先勞 慅蘇勞	嫂蘇老 薻素老 掃蘇道 燥先道	喿先到 譟桑到 傮訴到 毨蘇到 埽蘇悼
似（邪）	傮祀牢		
之（照）			
尺（穿）	犨充刀		
式（審）			
時（禪）			
於（影）	熮於刀 薹烏高	芺烏老 饇於老 奧於道 鷔烏道 肰於倒	墺烏告 隩烏到 奧於報 腜於告
呼（曉）	艳喜刀 鎬呼高 薅呼勞 蒿呼豪	好呼道	耗呼到 耗虎告 好呼導
胡（匣）	豪戶刀 毫胡刀 號胡勞 壕胡高	鰝乎老 淏胡老 晧戶老 暤何老 浩胡道 顥胡屬	峼胡告 号胡到
于（為）			
余（喻）			
力（來）	勞力刀 牢來刀 柳力桃 嫪力高 撈路高 喇盧高	老力道 蕗來道 潦郎道 橑梁道 嘹盧皓	僗力告 澇力到 蔂盧到 嘮來到 嫪力報
如（日）			

效攝 4-2（開口洪音）

韻目 切語下字 聲類	交（肴） 交爻包茅肴苞庖咬	巧（巧） 巧絞卯狡飽鮑齩	孝（效） 孝教效校皃
方（幫）	包百交 包布交 苞博交	悃布絞 飽補狡	豹布孝
普（滂）	拋普交 胞匹交 標怖交	砲匹卯	軸匹孝 奅普孝 奅普教 礮匹皃 皫普皃

扶（並）	𤓷蒲包　𩎔步包　炰平交　麃白交　䨌步交　蠌毗交　䶌蒲交　匏步肴　咆蒲茅　刨薄茅　泡薄交	孢平巧　鮑步巧　䶌部巧	炮並孝　䶌傍孝　疱薄教　酡蒲皃　䶌蒲校　鞄步教　鉋防孝
莫（明）	㲠莫交　茅亡交	㚹莫飽　昴莫絞　卯亡絞	皃茅教　㑤莫教　貌孟教　䫉亡孝　㡌亡教　䩋亡校
丁（端）	䲷丁交		罩丁孝　罩教教
他（透）			
徒（定）			
奴（泥）	撓乃飽　獶奴巧		橈奴教　撓乃教
竹（知）	䞴竹交　嘲陟交　啁竹包	獠張絞	獐豬孝　箌陟孝　䈇豬效　䍜知校　䲷竹教　䝚張皃
丑（徹）	颲丑交	䎄丑卯	趠丑孝
直（澄）			櫂馳效　𦨣直孝
女（娘）	譊女交		𡚶女孝　淖女教
古（見）	咬古爻　交古肴　茾居包　嘐古包	絞古卯　烄公巧　攪古巧　痰古皾　蔙古飽	窖古孝　孝公孝　䴵交孝　教居孝　挍古效　𤓰各皃
口（溪）	敲口交　跤苦交	巧口卯　扐苦絞	磝口孝　墽口教
巨（群）			
五（疑）	㝯五交　磝午交　摮五爻　聱五苞	嚙五狡	
之（照）	䟁詐交		
尺（穿）			
式（審）			
時（禪）			
側（莊）	罺壯交　抓側交	叉仄巧　爪壯巧　䝖側巧　䒠莊巧　杲側狡	㾖莊校　笊仄校　抓側效
楚（初）	剿楚交	㷂初絞　鬻楚絞　䰷楚狡　謅初卯	觘叉校　鈔楚教　罺初教
仕（床）	巢士交　巢仕交　鄛助交		䴵士孝
所（疏）	弰山交　梢所交	䈾山巧	䅵山校　潲山教　稍所教　娋所效
於（影）	梎乙交　呅於交　坳烏交　窅烏苞	拗於狡　拗烏狡	㤊乙孝　靿於孝
呼（曉）	髐火交　唬呼交　灱許交　嘐火苞		孝呼教　詨許教　孝呼效
胡（匣）	侑下交　爻戶交　餚胡交　絞乎交　猇胡包　㱿戶茅	㨯下巧　㰻戶巧　滲胡巧　茭下絞	㗇乎孝　斅下孝　効胡孝　䓔下校　效胡教

于（爲）		
余（喻）		
力（來）	伩力庖　膠力交　柳洛包	
如（日）		

效攝 4-3（開口細音）

韻目 切語下字 聲類	遙（宵） 遙招姚消驕焦嬌朝饒妖苗喬燒宵搖橋樵燋儦嚻鴞膋	小（小） 小沼表矯紹兆少眇夭悄繞邎	照（笑） 照召妙肖曜笑廟劭醮詔譑要
方（幫）	鑣彼妖　旓必姚　瞟必昭 㢡布昭　鑣彼苗　標俾消 猋卑遙　飈俾遙　蔈陂矯 儦彼鴞　標俾饒　穮方朝 杓甫遙	嘌必小　表碑矯　標卑小 嘌彼矯　瀌方小	俵波廟　裱方廟
普（滂）	飆匹召　嫖匹招　標匹姚 瞟匹昭　嘌匹遙　鏕匹燒 蹎芳昭　趯芳消　藨芳燒 顠妙饒	飄匹沼　犥普沼　瞟匹表 醥匹眇　瞟匹小　麃普表 鬓匹紹　皫孚沼　顠孚紹 縹撫昭　影撫招　飄孚遙 膘孚小	摽匹妙　勡匹照　剽孚妙 漂芳妙
扶（並）	藻毗招　爂婢姚　飄婢遙 瓢婢饒	薸平表　鰾毗眇　鬓平紹 芰毗小　慓蒲小　膘扶小 㺚扶表　摽符少	驃毗召　皫毗照
莫（明）	篻莫遙　寙莫儦　猫眉驕 苗麋驕　妙亡消　瞙無昭	仯彌小　吵彌沼　眇彌紹 渺亡小　秒亡紹	廟靡召　妙彌詔　妙彌照
丁（端）	鴫丁膋		
他（透）			朓他召
徒（定）			
奴（泥）			
竹（知）	鼂中橋　朝知驕		
丑（徹）	怊丑消　帩丑朝　超恥驕 怊敕憍	鷕丑小	
直（澄）	晁除喬　脁除姚　潮直遙	趙除小　鮡治矯　狣雉矯 兆除矯　肇池矯　朝除驕 魡丈小	召馳廟
女（娘）			

聲	平	上	去
古（見）	驕几妖　蕎居妖　鶀居苗 撟紀消　嬌居搖　橋居驪遙 喬居喬	皪居小　叫九小　譑居夭 蟜居兆　矯几兆　敽居表	橋居召
口（溪）	幡口妖　繑去喬　橇丘喬 嘵丘遙　趫牽遙　轎起囂 趣去驪		廞丘召　趬丘照
巨（群）	翾巨妖　莢祈招　翹祇姚 嶠巨苗　僑渠消　喬巨嬌 蘯渠嬌　鐈渠驪　橋巨驪 喬其驪　轎奇朝　頼牛堯	嶠奇小　刋巨小　僑巨夭 鰽奇兆　猺巨表	轎巨召　嶠巨肖
五（疑）		蟯魚小	虭牛召
子（精）	焦子姚　蕉子消　膲子遙 蟭子饒	剿子小	醮子召　噍子妙　醮子肖 穛子笑　湬子誚　釂子曜
七（清）	幧七消	悄七小	峭七肖　陗且醮　篍七肖
才（從）	劋才焦　樵昨焦　鷦自焦 譙慈焦 膲昨遙　釂在遙		誚才妙　噍才笑
思（心）	霄思姚　硝思焦　俏相焦 宵思搖　逍思遙　銷思樵 痟思樵　哨先焦　莦相遙		笑私召　鞘私妙　肖先醮 咲思曜　削思妙
似（邪）			
之（照）	釗之姚　盅諸姚　昭之遙 鵃止遙　招諸遙	沼之少　沼支紹	照之曜　詔諸曜
尺（穿）	弨尺遙　怊尺昭	麨充小　昭齒沼　欆赤沼 糙尺沼	覘昌召
式（審）	燒尸遙		少始曜
時（禪）	邵市招　韶視招　荍市昭 佋時昭　昭市遙	招市兆　紹市沼　覗時邊	劭上召　詔時召　㲋市照 邵是照　邵市照
於（影）	蟂於昭　要於宵　腰於消 褑烏消　喓於遙　妖乙嬌 訞於嬌　蔤於燒　祅於驪 箹餘昭	殀乙小　妖倚兆　夭於矯 芺乙矯	約於妙　要於笑
呼（曉）	獢許苗　嚻許朝　蟂許嬌 獢許驪　歊呼驪		
胡（匣）		歊胡沼	
于（為）			

余（喻）	銚弋昭　繇余昭　喠與昭 搖餘昭　姚弋招　鷂以招 軺余招　姚余招　繇與招 窯餘招　遙翼招　猷徐饒	劭羊少　濯弋沼　鷕以沼	燿弋照　論羊照　曜余照 鰩與照　筄餘照　趒弋笑 瀹余召　鷂以照　覴弋召
力（來）		嫽力小　憭力繞	療力劭　爒力照　尞力召 翏力要
如（日）	襓如招　蟯如消　饒如燒 蕘乳燒　橈如昭	繞而小　陾而沼　擾如紹	懷而照

效攝 4-4（開口細音）

韻目 切語下字 聲類	幺（蕭） 幺彫堯聊條凋蕭遼調雕迢	了（篠） 了鳥皎曉朓	弔（嘯） 弔叫嘯料
方（幫）	熛必堯　髟比聊　穮彼調	標必了	
普（滂）	摽孚堯		標匹叫
扶（並）	鄡毗聊		
莫（明）	錨眉遼		
丁（端）	蛁丁幺　裛鳥幺　凋丁聊 芀都聊	鳥丁了　朓敕了　蔦都了 朻丁皎　釣都朓	弔丁叫　瘹都叫　寫都料
他（透）	祧他幺　昕他凋　葆他彫 挑他堯　朓通堯　叨他調 桃廳聊	窱他了	糶他弔　佻他叫
徒（定）	蜩大幺　鹵徒幺　條徒彫 岧徒凋　調徒聊　鰷徒堯 迢徒遼	朓徒了　窕徒鳥	掉徒弔　藋徒叫　調大弔
奴（泥）		嫋奴了　磽乃了　撓乃鳥 嬲奴曉	
竹（知）			
丑（徹）	佻敕聊〔註85〕	朓敕了〔註86〕	朓丑弔〔註87〕
直（澄）		晁除了〔註88〕　肇直皎	
女（娘）			
古（見）	憿古幺　敦公幺　澆公堯 憿古堯　墝計堯　鴩作幺	噭公了　闄古了　恔吉了 恔古鳥　皎公鳥　傲居曉	叫公弔　警古弔　噭吉弔

〔註85〕佻，《廣韻》吐彫切，屬透母，此以舌上切舌頭。

〔註86〕朓，《廣韻》土了切，屬透母，此以舌上切舌頭。

〔註87〕朓，《廣韻》他弔切，屬透母，此以舌上切舌頭。

〔註88〕晁，《廣韻》徒了切，屬定母，此以舌上切舌頭。

口（溪）	鄡苦幺　郻輕彫　蹺去堯　宲口幺		竅口弔
巨（群）	藘祇堯　嶠渠堯	蹺巨皎	
五（疑）	垚五幺　嶤午幺　堯五彫　僥魚彫		臬牛弔　嗅五弔　虐魚弔　獟雅弔
子（精）		藻子了	
七（清）			
才（從）			
思（心）	蕭先幺　蛸思幺　颼蘇彫　蕭蘇條　籲思條　踃先聊　鰫先邀　貓相邀　箾蘇堯　撨先凋	魟先了　筱先鳥　謏思了	撨先弔　歔穌弔　嘯蘇弔
似（邪）			
於（影）	幺於條　邀於堯		突於弔
呼（曉）	宲火幺　膮呼幺　曉許幺　憢呼條　瘭火聊　膮虛聊　弨許堯	曉火了　嬈呼皎	
胡（匣）		澔戶了　皛胡了　芍下了	
于（為）			
余（喻）			
力（來）	趫落迢　遼力凋　聊力彫　憀力條　嫽旅條　嘹落蕭　蟟力雕　飂力幺	磟力皎　了力鳥　嫽來鳥　蟉呂鳥	憭力弔　尥落嘯
如（日）			

七、流　攝

流攝 2-1（開口洪音）

韻目／切語下字／聲類	侯（侯） 侯溝鉤兜婁牟句樓	口（后） 口后後苟走垢厚偶部狗斗	豆（候） 候豆遘奏漏姤寇透構鬥
方（幫）		探布垢　踣不後	
普（滂）	吥匹侯	㲹普口　剖普后　䯱匹部	䯒匹豆　赴孚豆
扶（並）	抔步侯　箁蒲侯　捊步溝　蔀步鉤　裒蒲溝　髻薄侯　鉎扶侯　裒扶溝　罞縛牟	蔀步口　部傍口　麳蒲口　犃步后　瓿蒲後　蓓步後　婄妨走　箁芳後	䏔蒲候　捊步候　轐扶豆

莫（明）	矛莫侯　牟亡侯	拇莫口　牡莫后　晦莫走 葉莫後　瞀莫厚　厶亡后	懋莫候　茂莫遘　貿亡候 戊亡寇
丁（端）	刟丁侯　兜當侯　瞗都侯 跓都婁	斗丁口　抖多口　陡當口 枓覩口　枓多後	
他（透）	婾他侯　偷吐侯	妵他口　鶔天口	
徒（定）	緰大侯　投徒侯　頭達侯 剅徒溝　庮徒樓	襠大口　鶔地口	薮徒構　竇徒候　豆徒關 脰徒姤　郖徒透　竇徒遘
奴（泥）	薷乃侯　曘奴侯　頭奴兜 糯奴溝	狃乃口　穀奴斗	槈奴豆　耨乃豆　獳乃候 滰奴候　檽奴遘
古（見）	觚公侯　句古侯	枸吉口　苟公后　狗古后 葢屫后　垢古偶　笱古後 耈皆後　屚苦後	彀古豆　佝公豆　姤古候 覯公候　遘古候　媾居候
口（溪）	慪口侯　夠苦侯　轉恪侯 苬苦婁　摳苦溝　斷枯婁	釦苦后　姁丘垢　訆空後 扣枯後　皲枯苟　口苦苟	袧口豆　戴苦豆　寇口候 寇苦候　漉枯漏
巨（群）			
五（疑）	䋁五侯　齵五溝	瓾牛口　耦午后　藕五後 偶吾苟　吽五苟	
子（精）	倣子句　陬子侯	走子后	丩子候　蹤則候　奏子漏 走子豆
七（清）	廀七侯	遳千后　趣菷后	湊青豆　楱且豆　輳倉豆 皻七漏　揍七奏　腠倉奏 噆倉候
才（從）			剩才候
思（心）	涑先侯　鞁速侯　毬素侯	聰先口　擻思口　藪蘇口 藪桑後　籔先后　窦蘇后 嗽蘇走	簌桑豆　嗽桑奏　漱思候 涑先候　嗽先奏
似（邪）			
側（莊）			
楚（初）	篘初婁	掫叉垢	
仕（床）			
所（疏）			鏉山逅〔註89〕
於（影）	嘔乙侯　謳於侯　鷗烏侯 剾於溝　頤烏鉤	甌烏口　歐於口　恘烏后 禍於部　瀠伊蚪〔註90〕	慪於候　欧烏候　欲於姤 恘烏遘

〔註89〕鏉，《廣韻》所祐切，屬宥韻，此侯韻去聲切尤韻去聲。

〔註90〕瀠，古文幽字，此侯韻切幽韻之例。

呼（曉）	齁火侯	蚼呼口　吽呼垢　犼呼呞	頜火豆　蔻呼候　豞呼逅 呞呼遘
胡（匣）	侯胡鉤　骺下溝　鯸戶溝 餱胡溝　猴乎溝	郈胡走　垕乎狗　厚胡苟 呞胡口	詬許遘　睺乎豆　郈胡豆 候胡遘　鍭乎遘
于（爲）			犹尤豆
余（喻）			
力（來）	膢力句　耬力兜　鞻力鉤 劃盧兜　婁力侯　數呂侯 熡勒侯　樓落侯　慺洛侯 瞜力頭	嘍力口　嶁力后　塿力狗	漏力豆　陋力候　蹁盧候 瘻力鬬　鏞力逅
如（日）			

流攝 2-2（開口細音）

聲類 ＼ 切語下字 ＼ 韻目	由（尤）	九（有）	救（宥）
	由周流尤牛鳩求幽州虯舟游丘浮秋休遊樛彪稠愁悠脩謀洲鄒訓柔	九久酉柳有負糾酒帚受黝手誘首丑缶	救又幼霤宥祐富呪究宙售舊授晃謬
方（幫）	彪悲虯　瀌甫休　鴀甫鳩 不府牛　驫風幽	否方九　紑甫九　不甫負 缶方負　妚方酉	弃方又　蕾甫又　鍑方宥 富甫霤
普（滂）	衃匹尤　飍匹周　蚄普流 鮃覆浮　熶孚訓　紑孚浮	棓芳九　紑孚負　雬芳酉	髫匹宥　愊孚救　覆府救 副芳富　豧芳又
扶（並）	淲皮留　艀父尤　浮扶尤 覫縛尤　蜉扶牛　枹縛謀 芣伏丘　琈扶留　罦扶游 涪扶鳩　瀌扶彪	颮裴負　裒步九　阜扶九 婦符九　負浮九　蝜扶久 蕦防久　萯房久　蝜扶缶 菩防誘	艆扶富　複扶又　䨰扶救
莫（明）	謀莫浮　繆眉鳩　堥莫柔 鷚莫彪		繆眉救　莓亡救
丁（端）	頔都留	鄒丁丑	奮多又
他（透）			
徒（定）			
奴（泥）			
竹（知）	譸竹尤　侜張牛　諦陟由 盩張流　輈竹留　噣陟流 妯敕流	疛知有　扭竹有　肘張柳	晝知又　咮竹救
丑（徹）	抽丑由　惆敕周	丑敕久　扭敕九	訔敕又　袖恥霤

直（澄）	䌷丈牛　籌除牛　鬌直由 飀丈流　儔直流　紬除留 綢直留　鵃丈留　雔除尤	幬除有　紂除柳　笍直柳 䠐除久　䩜直久	酎除又　怞丈又　胄直又 伷直宥
女（娘）		紐女九　沑尼九　狃女久 莥女紂	糅女救
古（見）	鳩九牛　朻居求　丩居周 勼居流　丮居稠　樛居秋 摎居由　疝居幽	九居有　玖舉有　久居柳 糾居黝　糺飢黝	救居又　究居舊　邀居祐 韵九右　究居宥　僇居幼
口（溪）	邱去牛　䓘欺求　北去留 搁去周　㱿去流	糗丘久　糗丘九 瓶丑口〔註 91〕	鼽丘救　䠓丘幼
巨（群）	毬巨尤　殏渠尤　艽勤牛 仇渠牛　蝨巨牛　虯奇樛 蛷巨由　銶奇休　球巨周 頄渠周　裘巨留　宩渠留 鯄巨鳩　逑渠鳩　觓奇幽	臼渠九　咎其九　麔巨九 齨渠柳	柩渠救　舊巨又　瘩巨右 趴渠幼
五（疑）	芊魚丘　汼魚休　牛魚留		鼽牛救　䠓牛幼
子（精）	揂子由　啾子脩	酒咨有	䋮子又　僦子祐　䜆子就
七（清）	鰍七由　篍七周　秋且周 鞧七流　萩且留　鞦七留 趥千牛		
才（從）	艏自尤　蝤疾尤　鬙字由 崷疾由　愮字秋　湭才周 酋疾流　醔自流　熘自流 遒疾流	愀在久　湫疾久	就才救
思（心）	艏思由　鏅宿由　餐思流 脩息流　羞思流　修胥遊 媝息遊	滫思酒　糔息酒	繡思又　秀思救　宿思宙
似（邪）	鮂似由　蕕祥由　殂詞由 怬寺周　泅似流　舠似秋 囚辝留　苬敘留　殰祀牛		岫似又　峀似救　牰徐救
側（莊）	緅仄尤　蝛側尤　鄒仄牛 掫阻由　齱側游　踃阻流 䮑仄留　菆阻留　騶側留 簉側鳩　陬側流　媰仄鳩	掫側九	縐仄又　腐仄究　甃側胄 皺側救　㵵莊救　㑳壯救

〔註 91〕瓶，唐宋以來字書韻書中，僅《類篇》收之，苦浩切，云「器名」，此義與今本《玉篇》釋作「瓶名」之義相當，疑此切語當作「口丑」切，屬尤豪二韻相通之例，尤豪二韻同樣來自古韻幽韻。

楚（初）	搊楚尤　棷楚愁	堬初九	簉叉又　犓初又　簉叉救　簉初救
仕（床）	愁仕尤　潹仕留	棸士久	驟仕救
所（疏）	螋所由　鎪師由　篼色求　搜色流　颼所流　蒐所留　醙使鄒	廋所柳　溲踈有	漱所又　漱所救
之（照）	鯛止尤　翢織牛　舟之由　鉼祝由　睭織由　周諸由　週職由　州止由　婤職流　淍之游	菷炙久　箒之有　帚之酉	詋職救　椆之幼
尺（穿）	犨尺由　讎齒由	醜尺久　醜昌久	溴尺又　臭赤又　殠齒售　醜充受
式（審）	收書尤　收式由　扌丩書由	手舒酉	獸式又　首書授
時（禪）	雔市由　讎視由　酬市周　讎視周　栦時游　㲉市流　鄯上留　詶時遊	受時酉　綬時帚　壽食酉	褔市救　壽食呪　售視祐　授時霤　啰熟臯
於（影）	纋一尤　憂於尤　鄾於牛　優郁牛　蘡一丘　嚘於求　瀀於留　怮於虯　幽伊虯	懮於九　禉於柳　𢆯伊誘　鑿餘九　琇餘受　黝於糾　泑伊糾	幼伊謬
呼（曉）	髹火尤　脙呼尤　烋虛尤　痳許尤　鵂許牛　貅況牛　髹許求　休虛鳩　庥許鳩　舊許流	朽虛柳　歹虛九	齅喜宥　琇許救　王欣救　畜許又　㑦休救
胡（匣）	腄胡求		
于（為）	杙于牛　沈禹牛　疣羽求　訧有求　蘛羽鳩　默于流　肬羽流　尤于留	友于九　有于久　栯禹九	佑于究　宥禹究　右于救　又有救　右禹救　疚尤呪
余（喻）	由弋州　莸余舟　遊余周　鑿餘周　蕕與周　禬以州　蝣弋留	羑以九　羑弋九　歃余九　媨羊久　醶與久　禬以久　道以手　誘余手　莠余受　酉弋帚　輶以帚　蜏弋久	柚羊宙　櫾余宙　鼬弋救　盍余救　歐以救　貁與呪　狖羊就
力（來）	硫力尤　劉力牛　鎏力由　謱洛由　粇力鳩　瀊力州　流呂州　橊力舟　籀力求　鰡力悠　瀏力周　留略周　飂呂洲　鏐力幽	鷚力久　蓹六久　柳力酒　嬼力受　泖力酉　茆閭酉　婔力首	塯力又　霤力救　翏力幼
如（日）	鄹人丘　騥而丘　蝚如由　鬊而由　腬爾由　渘而舟　媃如舟　蝚如周　柔如周　頪柔流　葇汝游	厹仁九　煣而久　稑人久　楺如酉　蹂仁柳	餜人又

第二節　陽聲韻及入聲韻

一、咸　攝

咸攝 14-1（開口洪音）

韻目 切語 下字 聲類	含（覃） 含耽南男貪函潭諳	感（感） 感坎禫	紺（勘） 紺暗憾
丁（端）	耽丁含　酖都含　妉多含 耽當含	黕丁感	箉肖紺
他（透）	貪他含	醓吐感　肗他感	儋他紺
徒（定）	覃大含　薝杜含　曇徒含 潭徒耽　檀大耽	噉徒感　榙達感	
奴（泥）	南奴含　㮈乃含	湳乃感　淰奴感　腩奴坎	媕奴紺
竹（知）			
丑（徹）	妉恥南	黮敕感〔註92〕	
直（澄）			
女（娘）	諵女函〔註93〕	嬭女感〔註94〕	
古（見）	蜬古含　淦古南　䋿公函 黔公含	感古坎　䪿古禫　贛公禫	歲古暗　紺古憾
口（溪）	龕苦含　㩫口含　㲊丘含 頜丘耽　㪍苦耽　嵁苦男	欿口感　坎苦感	勘苦紺　嵌空紺
巨（群）			
五（疑）	峹午含　嵓五男	顉牛感　嵁五感	
子（精）	簪子含　䐉子南	寁子感	趝子紺
七（清）	趝七含　參千含　驂倉含 㟼七耽　慘且含　厸七貪	慘七感　朁且感　黲倉感 噆錯感	謲千紺
才（從）	蠤才含　蠶在含　蟶自含 槧㯬含		
思（心）	毵先含	穇思感　糂息感　穎桑感	俕先紺
似（邪）			
側（莊）			

〔註92〕黮，《廣韻》他感切，屬透母，此舌上音切舌頭音之例。

〔註93〕諵，《廣韻》女咸切，屬咸韻，此以覃韻切咸韻。

〔註94〕嬭，《集韻》乃感切，屬泥母，此舌上音切舌頭音之例。

聲類			
楚（初）			
仕（床）			
所（疏）	摻山含〔註95〕		
於（影）	諳於含　庵烏含　醃於南	唵一感　揜於感　黤烏感　埯於坎	暗於紺
呼（曉）	憨火含　谽呼含　蚶呼南	顲火感	
胡（匣）	涵戶男　肣胡男　莟胡南　含戶耽　函胡耽　顄胡貪　鈐乎潭　椷胡譚	蜭乎坎　菡胡坎　頷戶感　撼胡感　頜下感	洽戶紺　憾胡紺
于（爲）			
余（喻）			
力（來）	嵐力含　婪力男　惏力南　啉力耽	壈力感　顲來感　㜕郎感	
如（日）			

咸攝 14-2（開口洪音）

韻目　切語下字　聲類	合（合）					
	合荅帀沓閣雜納匼					
丁（端）	荅都合					
他（透）	錔他合	嗒吐合	濌通合	詥通荅	鎉他荅	踏他帀
徒（定）	眔大合	遝徒合	蕩度合	誻達合	沓徒荅	䶀達荅　榙杜荅
奴（泥）	納奴荅					
竹（知）						
丑（徹）	䶩丑合〔註96〕					
直（澄）						
女（娘）						
古（見）	鴿公合	蛤古合	閣公荅	䶃古荅	鮯公帀	𨌦古沓
口（溪）	岾口合	㗇苦合	容口荅	榼苦閣〔註97〕		
巨（群）						

〔註95〕摻，《廣韻》作蘇含切，屬心母，此照二切照三之例。

〔註96〕《廣韻》他合切，「䶩」與「錔」同音，《王二》錔亦作他合切，《韻鏡》外轉三十九開，錔正置於端系一等的位置，知爲此爲舌上音切舌頭音之例。

〔註97〕《王二》「榼」，苦盍反，今本《玉篇》以合切盍。

五（疑）	礏午合　哈五合
子（精）	帀子合
七（清）	灘七雜　鰽倉合
才（從）	蘿才帀　礏才合　雜徂沓　籮殂匝〔註 98〕
思（心）	駁先合　颯思合　砬蘇合　趿先荅　鞁蘇納　鈒穌合
似（邪）	
之（照）	
尺（穿）	钂走合〔註 99〕
式（審）	
時（禪）	
於（影）	鞥於合　諳烏合　罨烏荅
呼（曉）	欱呼合
胡（匣）	齝胡帀　合胡荅　圅侯閤
于（爲）	
余（喻）	
力（來）	柆力合　菈洛合　拉力荅　齰呂合　歚盧合
如（日）	

咸攝 14-3（開口洪音）

韻目 / 切語下字 / 聲類	甘（談）	敢（敢）	濫（闞）
	甘三藍酣談	敢膽覽淡	濫暫啗蹔瞰
丁（端）	擔丁甘　儋丁談　聸丁藍	紞丁敢　鴠多敢　膽都敢	
他（透）	聃他甘　坍他藍　湴託藍	毯他敢	賧吐濫
徒（定）	錟大甘　談徒甘　蒳特甘	噉徒敢	澹達濫
奴（泥）	畘奴甘	醂奴敢	
古（見）	泔古三　筸古酣　疳居酣　甘古藍	澉古淡　誾故敢　敢古膽　橄古覽	鑑工暫
口（溪）	坩口甘	餂口敢　扻苦感	闞口濫　瞰苦暫

〔註 98〕今本《玉篇》領字無「匝」，此匝實與帀字同，張涌泉（1996）指出匝乃帀之後起字，俗字作迊，匝是帀變作迊的中間環節，《經典釋文》即作匝，子合反。《廣韻》、《集韻》均不存匝字，蓋匝字非宋代普遍使用的字體，而此籮字猶以匝字爲切語下字者，乃陳彭年輩因襲孫本之結果。

〔註 99〕《廣韻》徂合切，屬從母。

巨（群）			
五（疑）	傑五甘	顩五敢	
子（精）		黲子敢	
七（清）		黲千敢	暫才濫　蹔徂濫
才（從）	慙才三　慚昨酣　摲才甘	槧才敢　蹔徂敢	饀惡濫
思（心）	三思甘　彡蘇甘	糂思敢	
似（邪）			
側（莊）		黲俎敢	
楚（初）			
仕（床）			
所（疏）			
於（影）	黯於甘	黤於敢〔註100〕　黤烏敢	醃於陷〔註101〕
呼（曉）	蚶火甘　㘺呼甘	㰼呼覽	歁呼濫　虇盧暫
胡（匣）	澉乎三　酣胡甘　㪘戶甘　咁乎甘　𪒠紅談		鼸乎濫　譀戶濫　憾戶暫　涵下陷
于（爲）			
余（喻）			
力（來）	籃力三　藍力甘　𪏮來甘　𪒠魯甘　璼盧談	覽力敢　欖盧敢	纜力暫　爁力瞰　濫盧瞰
如（日）	𪒠而三　𪒠如甘〔註102〕		

咸攝 14-4（開口洪音）

聲類＼切語下字＼韻目	盍（盍）盍臘闔蠟塔榼		
丁（端）	耷丁盍　錔都盍　褡丁塔　跶都闔　嗒多臘　笚都臘		
他（透）	塔他盍　遢吐盍　㙮他臘　搨他蠟　鰨湯蠟		
徒（定）	蹋徒盍　蹹徒闔　闟徒臘		
奴（泥）	魶奴盍　魶奴臘		
竹（知）			
丑（徹）	榻恥臘〔註103〕　闒敕臘		

〔註100〕　黤，《王一》《王二》於檻反，屬檻韻。

〔註101〕醃，《廣韻》於陷切，此以談韻去聲切咸韻去聲。

〔註102〕𪒠、𪒠二字，《廣韻》那含切，屬泥母覃韻，此二字聲母泥日混用，韻母覃談混用。

直（澄）	𤡾直闔〔註 104〕
女（娘）	
古（見）	嗑公盍　𥝩古蠟　譗古盍
口（溪）	礚口盍
巨（群）	
五（疑）	碟午闔
子（精）	
七（清）	囃七盍
才（從）	𩀞在臘　磼才盍
思（心）	靸先盍　𩂷私盍　𠽖先榼　卅先闔
似（邪）	
於（影）	鰪於臘　𤺺於盍
呼（曉）	欱火盍
胡（匣）	闔戶臘　盍胡臘　䧻胡蠟
于（爲）	
余（喻）	
力（來）	𪘁力盍　擸呂盍　臘來盍　臘盧盍　蠟力闔　㧓呂闔
如（日）	鈉如盍〔註 105〕

咸攝 14-5（開口洪音）

韻目／切語下字／聲類		減（豏）	陷（陷）
		斬減湛	陷監
丁（端）			𪘀丁陷〔註 106〕
他（透）			
徒（定）			賺徒陷〔註 107〕　憺徒監〔註 108〕

〔註 103〕楬，《王一》、《王二》、《唐韻》、《廣韻》切語均作吐盍，屬透母，此舌上音切舌頭音之例。

〔註 104〕𤡾，《廣韻》及以前諸書均無，惟《集韻》、《類篇》有㺚字，敵盍切，義作「獸走皃」，釋義同今本《玉篇》，疑𤡾即㺚。則此亦舌上音切舌頭音之例。

〔註 105〕《廣韻》「鈉」而銳切，屬祭韻，釋作「銳鈉」，同樣音義，今本《玉篇》字形則作「鏋」，至於「鈉」，則另作如盍切，釋作「打鐵」之義，《集韻》的安排同今本《玉篇》，然切語作諾荅切，屬泥母，則此例乃泥日二母混用。

〔註 106〕𪘀，《集韻》作陟陷切，此舌頭音切舌上音之例。

聲類			
奴（泥）			霈乃監〔註109〕
竹（知）		黇竹減	
丑（徹）		岾丑減	
直（澄）		偡丈減　湛直斬	
女（娘）			
古（見）		減古斬　減佳斬	監公陷〔註110〕　譀古陷
口（溪）		槏去減　慳丘減	𫌀口陷
巨（群）			
五（疑）			
側（莊）		斬俎減　黤側減	蘸仄陷
楚（初）		臘初減	鰺初陷
仕（床）		瀺仕減　壌鉏減	鑱仕陷
所（疏）		搟山湛　摻所斬　鬖色減	
於（影）		黯烏減	猶於陷
呼（曉）		喊呼減	顣火陷
胡（匣）		𡝗戶斬　鹼胡斬　鹹胡減	陷乎監　鑑戶監　䐄胡監
于（爲）			
余（喻）			
力（來）		臉力減	
如（日）			

咸攝 14-6（開口洪音）

韻目 切語下字 聲類	洽（洽）
	夾洽
竹（知）	箚竹洽
丑（徹）	
直（澄）	
女（娘）	囡女洽

〔註107〕賺，《類篇》作直陷切，此舌頭音切舌上音之例。

〔註108〕憺，《廣韻》作徒濫切，屬闞韻。

〔註109〕霈，《類篇》作尼賺切，此舌頭音切舌上音之例。

〔註110〕今本《玉篇》「監」有公衫、公陷二切，原本《玉篇》公儳反，《名義》公衫反。《廣韻》格懺、古銜二切，《類篇》古銜、苦濫、居懺三切，可見除今本《玉篇》外，各本無公陷一切。唯陸德明《經典釋文》有古陷、工衫、工銜、古暫諸音，今本《玉篇》作公陷切或有所取於此。

古（見）	夾古洽　鞈公洽
口（溪）	揢口洽　恰苦洽
巨（群）	
五（疑）	
側（莊）	眨仄洽　吃阻洽
楚（初）	插初洽　㕭楚洽　䶲初夾
仕（床）	蓬士洽　渫仕洽　蓮乍洽
所（疏）	偛山洽　哈所洽
於（影）	潝於夾
呼（曉）	𤸪呼洽
胡（匣）	袷何夾　洽胡夾　陜諧夾
于（爲）	
余（喻）	

咸攝 14-7（開口洪音）

韻目　切語下字　聲類	咸（銜） 咸銜緘衫監讒巖杉㚋	檻（檻） 檻黤黲	鑑（鑑） 鑑鑒懺
方（幫）			
普（滂）			
扶（並）	㫰扶巖		湴蒲鑒
莫（明）			
竹（知）	詀竹咸　鵃知咸　詀陟咸		
丑（徹）			
直（澄）			
女（娘）	喃女銜		
古（見）	監公衫　緘古咸　㦬佳咸　礛耕讒		監耕懺　鑒古懺
口（溪）	嵌口銜　鵼口咸	撖口檻	
巨（群）			
五（疑）	巖午衫　㘁牛衫　齴牛銜　广顏監　掭午咸　礛五咸　碞牛咸　㚋宜咸		
子（精）			

七（清）			
才（從）	暫在咸〔註 111〕		
思（心）			
似（邪）			
側（莊）	閚側銜		霯阻懺　覽側鑒
楚（初）	纔初銜　攙楚銜　欃楚咸	醶叉檻	摲初鑒
仕（床）	巉士衫　鑱仕衫　讒士銜 攙仕銜　艬仕巖　欃仕衫 儳仕咸　嚵士咸　瞼助咸 鼸鋤咸　毚士喦 鼶仕緘〔註 112〕		鬖仕懺　儳仕鑒
所（疏）	縿所銜　芟所巖　獑山監 雭所咸〔註 113〕 睃所緘　嗲山咸	醦所檻　摲山檻	釤山鑒　剣所鑑
於（影）	猎於咸	黤烏檻	
呼（曉）	瞰火監　銜火銜　蝛火咸 醎呼咸	澉呼檻	儆許鑑　譀火鑑
胡（匣）	豏胡監　銜下監　鰔戶巖 咸胡讒　蠊胡緘　鹹乎緘 函胡緘	艦胡黤　檻下黤	獥胡鑑　溓含鑑
于（爲）			
余（喻）			

咸攝 14-8（開口洪音）

韻目 / 切語下字 / 聲類	甲（狎）
	甲狎
丁（端）	鞊丁甲〔註 114〕
他（透）	

〔註 111〕今本《玉篇》「暫」，在咸切，《廣韻》昨三切、《集韻》作三切、《類篇》作三切，當屬談韻。

〔註 112〕鼶，《廣韻》作士咸切，《類篇》作鋤咸切，則今本《玉篇》任緘切，上字任恐爲仕之形訛。

〔註 113〕雭，今本《玉篇》所感切，《名義》、《廣韻》均作所咸切，則今本《玉篇》切語下字感當咸之形訛。

〔註 114〕《王三》作丁篋反，《廣韻》作丁愜切，均屬怗韻。

徒（定）	
奴（泥）	
竹（知）	
丑（徹）	
直（澄）	喋丈甲
女（娘）	灄女狎〔註115〕
古（見）	甲古狎　囲假狎
口（溪）	狹苦甲〔註116〕
巨（群）	
五（疑）	
側（莊）	
楚（初）	
仕（床）	霅士甲〔註117〕
所（疏）	嬰山甲　啑所甲　趏山狎〔註118〕
之（照）	
尺（穿）	
式（審）	溹矢甲〔註119〕
時（禪）	
於（影）	闸乙甲　窄於甲　鴨烏甲
呼（曉）	呷呼甲
胡（匣）	狎下甲　恽戶甲　匣胡甲　囲乎甲
于（爲）	
余（喻）	
力（來）	鑞盧甲
如（日）	

〔註115〕灄，《集韻》作昵洽切，屬洽韻字。

〔註116〕狹，《集韻》作乞洽切，屬洽韻字。

〔註117〕霅，《集韻》作側洽切，屬洽韻字。

〔註118〕趏，《集韻》作色洽切，屬洽韻字。

〔註119〕溹，《集韻》作色洽切，屬洽韻疏母字。

咸攝 14-9（開口細音）

韻目／切語下字／聲類	廉（鹽）廉占鹽炎瞻淹詹尖沾霑閻纖	檢（琰）檢冉斂琰儉染漸閃撿剡儼奄	豔（豔）豔瞻驗焰殮窆
方（幫）	砭甫廉	㝬悲儉　貶俾檢　窆方檢	窆保驗
普（滂）			
扶（並）	溫扶淹		
莫（明）			
丁（端）			
他（透）			
徒（定）	萜徒廉〔註120〕		
奴（泥）			
竹（知）	霑知廉		
丑（徹）	㛎丑廉　覘敕廉　覘丑占　鉆敕淹	諂丑冉	貼敕驗　覘恥豔
直（澄）	霙直占		
女（娘）	黏女廉　黏女占　舑女鹽		
古（見）	蒹古廉　鬛居廉　䯏公廉　犍公炎	臉九儉　檢居儉　黔居奄　鹼公漸	鎌詰殮
口（溪）	慊丘廉　鼸詰廉	嗛丘檢	
巨（群）	鉆其沾　黔巨炎　鴿求炎　鉗奇炎　芩渠炎　拑渠廉　忴巨淹　聆奇廉　鈐巨廉	芡渠斂	鎵渠驗
五（疑）		顩五檢　儼宜檢　噞魚檢　嬐牛檢	驗牛窆　噞宜豔
子（精）	尖子廉　瀸作廉		
七（清）	籤七尖　臉七廉　僉且廉　䐿千廉	懺且冉	壍七豔
才（從）	蠞才廉　灊字廉　潛慈廉　灒昨鹽	鷣昨冉　蕲疾斂　漸慈斂　壍才冉	
思（心）	乡先廉　銛思廉　伮息廉　嬐桑廉		
似（邪）	燂似廉　檨囚廉　腈詳廉		

〔註120〕萜，《集韻》作徒兼切，屬添韻，此以鹽韻切添韻。

側（莊）			
楚（初）			
仕（床）		籃士冉〔註121〕	
所（疏）	襳所炎		
之（照）	蟾之廉　瞻諸廉　譫之閻　占之鹽		壥之豔
尺（穿）	襜尺占　跕昌占　痻齒占　韂尺廉　憸尺霑		贍尺焰
式（審）	苫舒鹽　痁始廉	睒式冉　婹失冉　閃式斂	
時（禪）	棎時占　撌視占		贍市豔　儃視豔
於（影）	稴於占　淹於炎　崦衣廉　懕於廉　萒倚廉　嬐烏廉　腌於瞻　嬰一鹽　猒於鹽	禮於琰　揜猗儉　捬衣撿　崦衣檢　嬿烏斂　掩於斂　閹於檢　奄倚檢　渰猗檢　厭於冉	魘於豔
呼（曉）		譣呼斂　㰤許檢　獫喜檢　險義檢　譣盧儉　獫盧檢	脅許驗
胡（匣）			
于（爲）	炎于詹		
余（喻）	鹽弋占　阽余占　燄弋廉　簷余廉		豔弋贍　焰以贍
力（來）	簾力占　㶾力沾　鎌力詹　廉力霑　搛力瞻　奩力鹽	斂力冉　撿良冉　瀲离冉　薟力檢　獫力檢	殮力贍　燆力焰　賺力豔　瀲力驗
如（日）	黏如占　髯汝占　袡如廉　冉而廉	冉而琰　染如琰　㜮而閃	染如豔

咸攝 14-10（開口細音）

聲類　切語下字　韻目	涉（葉） 涉葉輒獵接攝捷懾妾曄
方（幫）	鵖北涉
普（滂）	
扶（並）	
莫（明）	

〔註121〕籃，《集韻》作時染切，今本《玉篇》作土冉切，恐乃士冉切之誤，元刊本即作士冉切，當屬莊系切精系之例。

丁（端）	
他（透）	
徒（定）	攡徒獵
奴（泥）	
竹（知）	魿竹涉　耴豬涉　輒竹葉
丑（徹）	鍤丑涉
直（澄）	牒治輒　堞直輒
女（娘）	躡女涉　跊女輒　箑尼儡
古（見）	
口（溪）	
巨（群）	极其輒
五（疑）	鐷牛輒
子（精）	楼子捷　接子葉　睫災葉　婕即葉　渓子妾
七（清）	妾七接　櫼且接　渓七葉　蹀且獵
才（從）	嵼才接　逮疾接　捷疾葉　倢才獵
思（心）	曀思獵
似（邪）	縿似接　辻辭接
側（莊）	
楚（初）	趿策涉
仕（床）	妾士接
所（疏）	唼山涉
之（照）	囁之涉〔註122〕　讘章涉　讋章葉
尺（穿）	倢尺涉　詀叱涉　呫昌涉　謥充涉〔註123〕

〔註122〕表中「囁」字，今本《玉篇》本作「讘」，釋「多言也」，然《廣韻》「讘」字釋作「詀讘又孤讘，縣名，在清河。」與今本之釋義相去甚遠，並且今本音「之涉切」，《廣韻》音「而涉切」，也是相差很多的。今本「讘」字下又列一異體字「𠴲」，此字《廣韻》音之涉切，釋作「言疾」之義，與「多言」之義相當。而《廣韻》中「𠴲」有一同音字「囁」（又音而涉切），義作「口動」，與「多言」、「言疾」等義相當，因此我們懷疑今本《玉篇》「讘」乃「囁」之形訛。考今本《玉篇》口部「囁」字下注云：「之涉切，口無節亦私罵，又而涉切，囁嚅多言也。」正好印證了此番推想。唐人寫本如慧琳《一切經音義》的字體，有從口從言不分的情形，例子如「呪詛」，慧琳書作「呪咀」，可知今本《玉篇》「囁」作「讘」，正是保留唐人俗寫字的痕跡。

〔註123〕今本《玉篇》本作充陟切，《名義》充涉切，《廣韻》叱涉切，據《名義》改。

式（審）	鍱尸涉 攝書涉 啑式涉 歙尸葉
時（禪）	檪市葉 涉是葉 囁時葉 鉹時獵
於（影）	黶於葉 裛於曄 敜猗輒 猒於涉
呼（曉）	弰盧葉
胡（匣）	盍乎獵
于（爲）	曄于輒 曄爲輒
余（喻）	曅余涉 楪餘涉 鍱與涉 籱以獵 殜余攝 偞與攝 欀弋涉
力（來）	獵力涉 鼠閭涉 躐良涉 鬣力葉 儠理攝
如（日）	顳仁涉 灄而攝 聂如獵

咸攝 14-11（開口細音）

聲類 ＼ 韻目／切語下字	兼（添） 兼甜嫌佔恬謙	簟（忝） 簟忝點玷	念（掭） 念店坫
丁（端）	佔丁兼 战多兼	耆都忝 玷丁簟 鈷都簟	店丁念 坫都念
他（透）	添他兼	阽他玷 悿他點 忝聽簟	掭他念 盻天念
徒（定）	恬徒兼 餂達兼	簟徒點 橝大玷 居徒忝	磹徒念
奴（泥）	拈乃兼 薔奴佔	念奴玷	㤜奴店
古（見）	兼古甜 鰜公嫌		鮎公念 鶼居念
口（溪）	謙苦嫌	慊口玷 歉口簟 嗛苦簟	傔去念
巨（群）			
五（疑）	礃魚兼		
子（精）			僭子念
七（清）			
才（從）			
思（心）			礹先念
似（邪）			
於（影）		裿於忝 魘烏忝 黡於簟	
呼（曉）	忺呼恬 蒹呼兼 馦許兼 歞喜兼		
胡（匣）	嫌胡謙 稴胡兼	嗛胡簟 獩胡忝	
于（爲）			
余（喻）			豔羊念
力（來）	鬑力兼 濂里兼 㷠陵兼	稴力玷 濂里忝	
如（日）			

咸攝 14-12（開口細音）

韻目　切語下字　聲類	帖（怗） 帖協叶篋牒帖俠愜莢
丁（端）	笘丁帖　跕都牒　聑丁篋　霫丁帖
他（透）	貼天叶　呫他叶　鮎佗篋　怗他帖　聾他叶　跕他協
徒（定）	疊徒協　蹀徒篋　諜徒帖　鸓大帖　墊大叶　氍徒叶
奴（泥）	茶乃叶　捻乃協　麨乃帖　坳乃篋　敜乃帖　鑷奴帖　茶乃莢　蔜奴帖〔註124〕
竹（知）	
丑（徹）	
直（澄）	劓直叶
女（娘）	驫女帖〔註125〕
古（見）	莢公協　鋏古協　脥居協　頰居牒
口（溪）	篋口叶　瘱袪叶　痎丘協　愜苦協　医口帖　愜起帖
巨（群）	
五（疑）	
子（精）	浹子協
七（清）	
才（從）	捷慈叶
思（心）	屟先叶　韰思叶　艓蘇叶　燮思協　燮素協　躞蘇協　胶先協　藤思俠　屟先篋
似（邪）	
側（莊）	
楚（初）	
仕（床）	䶛士俠
所（疏）	蝶山帖
於（影）	魘於協　壓烏協
呼（曉）	暕火協

〔註124〕蔜，今本《玉篇》奴佔切，疑「佔」乃「帖」之形訛。《廣韻》奴協切，《集韻》諾叶切，均屬帖韻。

〔註125〕驫，《廣韻》尼輒切，屬葉韻，此《廣韻》添韻入聲切鹽韻入聲。

胡（匣）	叶胡牒　綊胡篋　協胡頰　鰈乎頰　挾戶頰　俠胡頰
于（爲）	
余（喻）	
力（來）	甄力頰
如（日）	

咸攝 14-13（合口細音）

韻目 切語下字 聲類	嚴（嚴） 嚴枚凡	鋄（范） 鋄犯范	劍（梵） 劍欠泛俺梵汎
方（幫）			
普（滂）	泛匹凡　詫方凡	釩芳犯	氾孚劍　汎孚梵　伣孚劍
扶（並）	凡扶嚴	犯扶鋄　范扶鋄　範防鋄　范扶鋄	䏶扶汎　梵扶泛
莫（明）	璏亡凡	鋄亡犯　妥亡范	菱亡泛
竹（知）		躝丑犯	
丑（徹）			
直（澄）	諵直嚴		
女（娘）			
古（見）			劍居欠
口（溪）	欿丘凡	凵口范　扫口犯	酓丘劍　猭去劍　欠丘劍
巨（群）	拎渠嚴	儉渠儼	
五（疑）	嚴魚枚		廞魚欠　庵魚俺
之（照）	广之嚴		
尺（穿）			
式（審）			
時（禪）			
於（影）	剑於嚴		俺於劍
呼（曉）	爁火嚴　枚許嚴		
胡（匣）			
于（爲）			
余（喻）			

咸攝 14-14（合口細音）

韻目 切語 下字 聲類	劫（乏） 劫業法怯乏
方（幫）	灋方業　佥甫劫　法甫乏
普（滂）	秨孚法
扶（並）	丑扶法　妶房法　疟符法
莫（明）	
古（見）	劫居業
口（溪）	怯去劫　猛去業
巨（群）	𣤘其劫　跲渠劫　伋巨業　㤼渠業
五（疑）	業魚劫　鄴魚怯
於（影）	腌於業　殗於劫
呼（曉）	嶍盧劫　𢙇許劫　脅盧業
胡（匣）	欿欣業
于（為）	鎧于劫
余（喻）	

二、深　攝

深攝 2-1（開口細音）

韻目 切語 下字 聲類	林（侵） 林今金心針深箴吟音 斟尋任岑欽諶任	甚（寢） 甚錦荏枕飲審稔衽	禁（沁） 禁鴆蔭賃浸
方（幫）		稟補錦	
普（滂）		品披錦	
扶（並）			
莫（明）			
丁（端）		黕都甚　黕丁甚	
他（透）			
徒（定）			

奴（泥）	繡乃心〔註126〕					
竹（知）	戡知今 鈂荳深	碪知林	棋豬金	戡竹甚		揕知鴆
丑（徹）	敕敕今 琹敕林	朜丑心	郴丑林	鍖丑甚	舰丑蔭	闖敕蔭
直（澄）	沈直林 茳除林	霃雉金 湛直林	忱直深	梣直荏	扰女甚	朕直錦
女（娘）	鶁女林				賃女禁	
古（見）	愻居吟	黔記林		錦几飲	硶居飲	襟居蔭　禁記鴆
口（溪）	衾丘林 嶔綺金	瘁口金	欽去金	頎丘飲	坅丘錦	
巨（群）	紟巨今 禽其林 琴奇金	疹渠今 琴巨林 捦渠林	檎其吟	噤巨錦	澿渠錦　頸距錦	衿巨禁　堻其禁　齡渠蔭
五（疑）	听宜今 唫牛金 仵魚音	吟牛今 崟宜金 趛牛欽	伓牛林 訡魚金 厂五今	願牛飲	傑牛錦	廞魚錦
子（精）	簪子心	鐕子林		僭子荏	崣茲錦	浸子賃 梫子禁	祲子鴆〔註127〕
七（清）	駸七林 鰠七尋	侵千金	鑔此金	寑且荏	寖且審	顉七錦	峜七浸　惢七鴆
才（從）	埁才心	梣昨今	鱏才箴	鱘才枕	蕈慈荏	
思（心）	沁先林	心思林	馫胥林	伈悉枕		
似（邪）	潯寺林 橝詞林	尋似林 薄辭林	撢徐林 鐔夕林			
側（莊）	兂仄林	簪側林	瑲仄金			譛莊賃
楚（初）	鬖楚今 慘初錦	墋楚岑	篸楚金	磣初甚	墋楚錦	讖楚蔭
仕（床）	岑士今 霠士林	岑仕今	岑士林	梣士荏		階士禁
所（疏）	森所今 槮史今	蔘所金	獟山林	瘮山錦	槮所錦	瘳所禁　渗色蔭　罧所禁

〔註126〕繡，《廣韻》女心切，與「誑」音同，《韻鏡》內轉三十八開，侵韻舌音三等娘母的
　　　　位置正作誑，此以舌頭音切舌上音。

〔註127〕今本《玉篇》「祲」，子鴆切，《名義》子鴆反，《廣韻》子鴆、子心二切，《類篇》
　　　　千尋、咨林、七稔、子鴆四切，疑《名義》切語下字「鴆」乃「鴆」之形訛。

聲類						
之（照）	葴至諶 鳹戠止深	鍼之林 斟止任	箴之深	枕之甚	顊諸甚	枕之質
尺（穿）				瀋充甚		
式（審）	窒式林	藡始音	深式針	諗尸枕 襜式荏 渗式稔	宋尸甚 嬋式袵	邯舒甚 沈式枕 深式鳩
時（禪）	痒是箴 諶恃林	煁市林 踸市金	忱時林 愖市任	甚市荏	甚市枕	椹時枕
於（影）	音於今 瘖於深	黔於林 愔於斟	暗於金	歃一錦	飲於錦	淥烏錦 窨一鳩 蔭於鳩 廕於禁
呼（曉）	訡呼今 鑫許金	歆羲今 嵌許今	厰欣金			諴火禁
胡（匣）						
于（爲）	吽于今					許于禁
余（喻）	宪由心 霪余林 鷣以箴 蟫弋針	醓余心 鄩與金 淫余箴	篁弋林 尤余針 鱏弋林			
力（來）	霖力今 箖力尋	林力金	臨力針	凜力甚	廩力荏	
如（日）	壬而林 任耳斟	紝如林	恁如針	稔如枕 棯而審	餁如甚 荏而錦	袵而甚 妊汝鳩

深攝 2-2（開口細音）

韻目 切語 下字 聲類	立（緝）		
	立及入急十拾習執戢級挹緝粒什		
方（幫）	鵖北及　皀方立		
普（滂）			
扶（並）	鵯皮及		
莫（明）			
丁（端）	䐈丁立　鈂得立		
他（透）			
徒（定）			
奴（泥）			

竹（知）	䁱竹立　罼知立
丑（徹）	澘丑入　霙丑立
直（澄）	
女（娘）	蒢女立　䖏尼立
古（見）	㓞公入　汲居及　級几立　急居立　㤝救立　疧荊立
口（溪）	湆去及　膈丘及　曥丘立　泣去急
巨（群）	及渠立　蓮渠級　笈奇立
五（疑）	岋魚及　妠宜及
子（精）	崕子入　湒子立　鍖祖立　緝子習
七（清）	葺七入　濮七立　緁且立
才（從）	輯秦入　計慈立　集秦立　楫才立　蕺疾立　葺慈緝
思（心）	卅先入　霅先立　趿私立　瘰私習
似（邪）	騽似入　習似立　雡徐立　㒒詞立　瘮詞什
側（莊）	澉壯立　哦阻立　戢組及　戢側立　膭俎立
楚（初）	福叉入　稫初立　届楚立　塸初戢
仕（床）	霵士立〔註128〕
所（疏）	鈒所及　翪所立　燊山立　譅色立　歰師立　唼所戢
之（照）	汁之入　秇朱立　蟄之立
尺（穿）	尳充入　蟄赤粒
式（審）	湦尸及　攝書入　什時立　渒時及　十是執
時（禪）	汁時立　拾時入
於（影）	揖伊入　挹於入　邑於及　餎猗及　浥於立　蕹伊立　邑於急
呼（曉）	吸許及　郤希及　潝盧及　歙呼及　闟呼急　傄許急
胡（匣）	
于（為）	
余（喻）	熠以立
力（來）	岦力入　笠力及　䪉呂及　苙闔及　立力急　䶖力拾　砬力執　粒良揖
如（日）	入如立　廾如拾

〔註128〕今本《玉篇》土立切，元刊本士立切，《龍龕手鑑》引《玉篇》、《切韻》皆作士立反，則今本《玉篇》切語上字「土」乃「士」之形訛。

三、山　攝

山攝 20-1（開口洪音）

韻目／切語下字／聲類	安（寒）	但（旱）	旦（翰）
	安丹干寒蘭般闌肝單榞槃盤難潘斕	但旱亶嬾坦笴	旦半旰汗爛岸案幹漢畔翰叛幔讚
方（幫）	逜布干　籡補丹　般北潘 蓜方丹〔註129〕 廝方安〔註130〕　芉方干		半布旦　駏博幔　絆補畔 𢬑補叛
普（滂）	瓵普安　彴普奸　瘢披盤 拌普槃　番普丹　潘普寒		泮普旦　頖剖半　判普半 姅匹半
扶（並）	磐步安　蟎薄安　婆蒲寒 跘步般　般步干　槃步干 盤薄干　番步丹		叛步旦　婆薄汗　澝蒲榞 畔蒲半　叛步旦　伴蒲旦
莫（明）	樠莫干　鰻莫安　瞞眉安 㦛莫蘭　謾莫般 數莫斕〔註131〕 鏝亡干〔註132〕 鬗亡肝〔註133〕　䵈亡安		縵莫旦　漫莫半 幔亡旦〔註134〕 數武旦〔註135〕
丁（端）	丹多安　單丁安　鄲都闌 萏都蘭　癉丁寒	笪丁但　亶都但　疸多但 刐得旱　癉都旱	狚丁旦　亶都旦　疽得案 昰得漢　旦多爛　舭丁爛
他（透）	鏬他干　灘他丹　痑吐安	壇他但　超他旱　坦他嬾	歎他旦　淡吐旦

〔註129〕蓜，《廣韻》作北番切，《韻鏡》外轉二十四合，桓韻一等唇音幫母的位置正作蓜，此輕唇切重唇。

〔註130〕廝，《廣韻》作普官切，與「潘」音同，《韻鏡》外轉二十四合，桓韻一等唇音滂母的位置正作潘，此輕唇切重唇。

〔註131〕數，《集韻》作莫官切，《類篇》謨官切，均屬桓韻明母字，此輕唇切重唇。

〔註132〕鏝，《廣韻》作母官切，與「瞞」音同，《韻鏡》外轉二十四合，桓韻一等唇音明母的位置正作瞞，此輕唇切重唇之例。

〔註133〕同註132。

〔註134〕幔，《廣韻》莫半切，與「縵」音同，《韻鏡》外轉二十四合，換韻一等唇音明母的位置正作縵，又今本《玉篇》已將《廣韻》換韻唇音字歸入翰韻，則此為輕唇切重唇之例。

〔註135〕同註134。

徒（定）	獾大丹　檀達丹　撣徒安 儃達安　藫徒闌　壇徒蘭 癉徒丹	誕徒旱　袒大亶　膻徒亶 但達亶　鞚大嬾　唌徒坦	僤大旦　憚徒旦　彈達旦 亶徒爛　儃達案
奴（泥）	難奴安　難奴丹　戁奴難		攤奴旦
竹（知）			
丑（徹）	嘆敕丹		嘆敕旦〔註 136〕
直（澄）			
女（娘）			
古（見）	干各丹　稚古丹　鳱古安 玵吉安　竿公安　邗古寒 肝居寒　乾柯丹	衦公但　奸古但　䅦姑但 稈古旱　簳各旱	杆公旦　旰古旦　矔光旦 幹柯旦　䵟各汗　骭居岸
口（溪）	刊口干　看苦安　栞口寒	侃口旱　槃空旱　㵎苦旱	衎口旦　㵎可旦　鶡苦汗 侃口汗　靬去汗　看苦案
巨（群）			
五（疑）	𡽀俄寒		岸午旦　豻五旦　婩午漢 喭魚吁
子（精）			鬢子旦　襸作旦　攢子幹
七（清）	餐七安		璨七旦　鬖千旦　粲且旦 妿青旦　濲七吁
才（從）	殘才丹　戔在安　殘昨安 㱚賊安　薞昨寒	瓚才但　趲藏但　襸昨坦	瓚才旦
思（心）	姍先干　跚先安　珊思安 筎蘇干	繖思但　饊先但　糤先旱 散蘇旱	傘先旦　散蘇旦　鐵息讚 帴思旦
似（邪）			
於（影）	盍於干　鞌惡丹　安於寒 侒烏蘭		案於旦　扞阿旦
呼（曉）	頇許安	暵呼但　罕呼旱　顜呼笴	厂呼旦　嚾荒旦　僕呼吁 漢呼岸　㺖呼爛
胡（匣）	韓何干　寒何丹　驜戶安 邯何安　垾胡肝　蕣何蘭 翰胡干	旱何但　草胡但	鼾下旦　翰乎旦　瀚何旦 悍胡旦　鶾胡幹　汗胡吁 蘚乎旦
于（爲）	峊禹安		
余（喻）			
力（來）	蘭力干　讕落干　攔力丹 囒呂干　躝六安　闌力安 籣力單　爛力寒	嬾力但　懶力旱　欗落旱	灡力旦　㯿力翰　爤郎吁
如（日）			

〔註 136〕嘆，《廣韻》作他旦切，與「炭」音同，《韻鏡》外轉二十三開，翰韻一等舌音透母的位置正作嘆，此乃舌上音切舌頭音之例。

山攝 20-2（開口洪音）

韻目 / 切語下字 / 聲類	達（曷）
	達葛末曷割撥缽獺剌
方（幫）	筏布達　橃補達　癶補葛　驋北末　襏布末　髮必末　迹博末　撥補末　缽補末
普（滂）	癹匹葛　潑蒲末　蹳普末　祓芳末
扶（並）	柭蒲葛　䮀皮達　废步達　茇蒲達　跋步末　胈蒲末　鈸蒲撥　炦步葛　軷蒲缽　馛扶末　炦扶葛　菲父末
莫（明）	末莫曷　昧莫割　抹莫葛　佅摩葛　眛莫達　苜亡達　眆亡撥
丁（端）	妲多剌　怛丁割　炟丁達　靼多達
他（透）	闥他曷　達佗割　躂他達
徒（定）	
奴（泥）	捺乃曷　瘵奴曷　蛆奴葛
竹（知）	
丑（徹）	汏敕達
直（澄）	
女（娘）	
古（見）	丐古曷　割柯曷　簋公達　葛功遏　駒居遏　活古末
口（溪）	嵑苦曷　濑可達　渴口遏　趨起遏
巨（群）	
五（疑）	擨五曷　髥五割　蘖魚割　轍午葛　哜五葛　啐魚葛　歹午達　屵牛割
子（精）	拶子葛　鬢子曷
七（清）	礤七曷
才（從）	囋才割　哜才曷　巀才葛
思（心）	縩思曷　㗊蘇曷　搬蘇割　橾先葛　檠先達
似（邪）	
於（影）	胺一曷　鶡烏曷　濶烏割　堨於割　遏於葛　頞惡葛　㬩烏達　閼於達　靄於曷
呼（曉）	眓呼達　餲呼曷　嗽火曷　顬呼割
胡（匣）	髶胡割　曷何葛　蝎胡葛　鶡胡達　楬胡獺
于（爲）	
余（喻）	蕩餘割
力（來）	廁力曷　棃力割　喇力葛　蠡盧葛　剌力達
如（日）	

山攝 20-3（合口洪音）

韻目 / 切語下字 / 聲類	丸（桓）	管（緩）	亂（換）
	丸官桓端完剸	管緩滿卵短夘款椀伴	亂換館玩喚煥貫段灌翫渙
方（幫）		粄補滿　䬳方滿〔註 137〕	
普（滂）			
扶（並）	瘢薄官　鬆薄桓　幋步丸	伴蒲滿	
莫（明）	䙛莫丸　䅼莫官 樠武官〔註 138〕 悗武桓〔註 139〕	䅸莫伴　鏋莫短　滿莫卵	
丁（端）	耑丁丸　端都丸　偳都官	斷丁管　攤都管	腶丁貫　掇丁亂　鍛多亂 碫都亂　踹都館
他（透）	煓他丸　䪛他官　湍他端	畽吐管　躖他卵	彖他亂
徒（定）	漙徒桓　鷒大丸　團徒丸 剸徒官	韍大卵　斷徒管	㛎大亂　段徒亂　椴大館 貒他畔
奴（泥）		煗乃管　餪奴管　暖奴短 暖奴卵	愞乃亂　䰀奴亂　稬乃喚 渜奴館
竹（知）			
丑（徹）		墥敕管〔註 140〕	
直（澄）			
女（娘）			
古（見）	莞古桓　毌公丸　官古丸 冠古完	脘古卵　管古短　琯古滿 錧公滿　盥公緩　痯古緩	贅古玩　瓘公玩　鑵古段 貫古亂　觀古換　雚公換 瓘古喚
口（溪）	髖口丸　寬苦完　髖苦官	撖苦卵　梡口管　歀苦管 款口緩　窾祛緩　稓苦椀	鏉口渙　鱉口換

〔註 137〕䬳，《廣韻》作博管切，與「粄」音同，《韻鏡》外轉二十四合，緩韻一等唇音幫母的位置正作粄。此輕唇切重唇之例。

〔註 138〕樠，《廣韻》母官切，與「瞞」音同，《韻鏡》外轉二十四合，桓韻一等唇音明母的位置正作瞞，此輕唇切重唇之例。

〔註 139〕悗，《廣韻》母官切，與「瞞」音同，《韻鏡》外轉二十四合，桓韻一等唇音明母的位置正作瞞，此輕唇切重唇之例。

〔註 140〕墥，《集韻》土緩切，屬透母，此舌上音切舌頭音之例。

巨（群）			
五（疑）	岏牛丸　刓五丸〔註141〕		玩五貫　𤬪午亂　忨五亂　妧五館
子（精）	𨏔子丸　𩍋子完	纘子卯　籫子短　儹子管　纂子綬	鑽子亂
七（清）	鋑七桓		竄玩葱　穳千喚　爨千亂
才（從）	欑昨官　穳在官　巑在丸　𢕼昨丸	穳在管	
思（心）	酸先丸　狻息丸	篹先管　算桑管	祘蘇換　筭蘇亂　𨕖息亂
似（邪）			
側（莊）			
楚（初）			𠠝叉亂〔註142〕
仕（床）			
所（疏）			
於（影）	婠一丸　剜於丸　眢於桓	盌於卯　椀於管　睕烏款　𤭛烏綬　埦烏管	腕烏段　堅烏灌　捥於煥
呼（曉）	鄻虎官　歡呼官　驩火丸　鳵呼丸	㺇火卯　㵀火管	秧火貫　䴉荒貫　煥呼換　喛呼亂　奐呼館
胡（匣）	萑後官　峘戶官　綄乎官　丸胡官　院胡官　桓胡端　完戶端	貆何滿　峼河滿　澣乎管　絙胡管　緩乎卯　捖胡款	肒胡玩　喚胡貫　換胡館　脕胡灌　垸胡𤬪　洹胡亂
于（爲）			
余（喻）			
力（來）	圞落官　羉力官　欒魯官　巒力丸　鑾力完　欒力桓	夘力管	亂力貫　𤔔力換　敽力館
如（日）			

〔註141〕今本《玉篇》「刓」，五元切，《名義》五丸反，元本《玉篇》五九切，九當爲丸之誤作。《廣韻》五丸切，《類篇》吾官切。又今本《玉篇》「园」，亦作刓，园，五丸切，可知今本《玉篇》誤作，據《名義》改作五丸切。

〔註142〕今本《玉篇》「𠠝」，叉亂、叉芮二切，《名義》叉割反，《廣韻》初刮、之芮二切，《集韻》充芮切，《類篇》初芮、楚快、芻萬、初轄、側劣、芻刮六切。元本《玉篇》叉乱、叉芮二切，疑乱即刮之誤，暫依今本《玉篇》切語置於表中，以示存疑。

山攝 20-4（合口洪音）

韻目／切語下字／聲類	活（末） 活括栝奪闊
方（幫）	鱍市活〔註 143〕
普（滂）	𪡋匹活　抪普活
扶（並）	秡蒲活　軷蒲缽
莫（明）	鮇莫括　𪀤莫栝　坺摩缽　沬亡活〔註 144〕
丁（端）	掇都活
他（透）	侻他活　捝兔奪　脫吐活
徒（定）	奪徒活　挩徒括
奴（泥）	
古（見）	括古奪　聒公活　萿古活　佸古闊　活古末
口（溪）	闊口活　跍苦活　筈口括
巨（群）	
五（疑）	
子（精）	緆子括　撮子活　濊子末
七（清）	黲七活　褐且括
才（從）	㯷徂活
思（心）	剸先活　趃相活
似（邪）	
側（莊）	
楚（初）	
仕（床）	撮士活
所（疏）	
於（影）	㫜一活　惋於活　濣烏活　𠬯烏括
呼（曉）	瀪火活　豁呼活　奯許活　泧呼括
胡（匣）	活戶括　髺胡括　頢戶活
于（爲）	
余（喻）	
力（來）	捋力括　黟力活　矔離活
如（日）	

〔註 143〕鱍，《廣韻》北末切，與「撥」音同，《韻鏡》外轉二十四合，末韻一等唇音幫母的位置正作撥。此乃輕唇切重唇。

〔註 144〕沬，《廣韻》莫撥切，與「末」音同，《韻鏡》外轉二十四合，末韻一等唇音明母的位置正作末。此乃輕唇切重唇。

山攝 20-5（開口洪音）

韻目 ＼ 切語下字 ＼ 聲類	閒（刪） 閒姦顏山閑艱	板（潸） 板限簡眼版產綰儭盞	諫（諫） 諫莧鴈晏辨晏慢澗
方（幫）	螌布姦　股補姦　辦補顏 斑補閒　煸方閒〔註145〕	板補簡　阪伯限　版布限 蛃百限　鈑布綰	姅博慢
普（滂）	攀普姦	販普板　屭匹限	瓣匹莧　盼普莧
扶（並）		販步板　坂蒲板　阪步坂	瓣白莧　辨皮莧　采蒲莧
莫（明）	蠻馬姦　鸞亡姦〔註146〕	矕馬板　蕡亡板〔註147〕 魜亡限〔註148〕	慢莫諫　嫚莫晏　撱莫辨 勉彌辨　謾馬諫　蔄亡莧 〔註149〕
竹（知）		豾中板	
丑（徹）			
直（澄）			袸除莧　袓除鴈
女（娘）	妠女閒	戁女板　赧女版	
古（見）	菅賈顏　姦古顏　艱居顏 擝九山　閒居閑	襉公限　暕古限　簡居限 瀱剛限　柬古眼	磵古晏　澗古鴈　諫柯鴈 衦古莧
口（溪）	䫎苦顏　慳口閑　鬜苦閑 掔卻閑　羥揩閑　蚙口閑 顅苦閒	限口限	
巨（群）			
五（疑）	顏吾姦　狠五閒　齴語閒 嘕魚艱	齗五板　眼五簡	贋五晏　鴈五諫　犴午晏 豻午諫
子（精）			
七（清）			
才（從）	壛才山〔註150〕		

〔註145〕煸，《廣韻》作布還切，與「班」音同，《韻鏡》外轉二十一開，山韻二等唇音幫母的位置正作煸。此輕唇切重唇。

〔註146〕鸞，《廣韻》作莫還切，與「蠻」音同，《韻鏡》外轉二十四合，刪韻二等唇音明母的位置正作蠻。此乃輕唇切重唇。

〔註147〕《集韻》母版切，屬明母，此輕唇切重唇。

〔註148〕《廣韻》武簡切，《集韻》亦作武簡切，皆屬微母。

〔註149〕蔄，今本《玉篇》方莧切，《名義》亡莧反，《唐韻》亡莧切，今本切語上字「方」乃「亡」之形訛，當據改。

思（心）			
似（邪）			
側（莊）		酢側板　醆仄限　盞壯限 觳莊限　琖側簡	
楚（初）		㺜初板　齷初產　㹰初眼 屪初簡　㦒叉限〔註151〕	籛初鴈
仕（床）	潺仕山　鏟仕閒	虥士板　棧仕板　轏仕僩 㺃士眼　孱士簡	谹士諫
所（疏）	刪所姦　籣所閒	霰所板　產所限　榴色盞 㹞史簡　潚所簡	訕所晏　汕所諫　疝山諫
之（照）			
尺（穿）	獋充山		
式（審）			
時（禪）			
於（影）	黰於顏　羥於閒	綰烏版	晏烏澗　隁烏鴈　姲於鴈 晏於諫
呼（曉）		皖華板　睆華綰	
胡（匣）	閑諧山　䴷下閒　憪戶閒 䟗乎閒　嫺胡閒　癇亥閒 姦馬諧閒	限諧眼　閒戶簡　䰄戶板 睆乎綰	骭何諫　鬜胡諫　骭遐諫 擐胡慢　睅下鴈　莧胡辨
于（爲）			鸑余諫
余（喻）			

山攝 20-6（開口洪音）

韻目 切語下字 聲類	點（點）
	點戛瞎鎋轄札殺結
方（幫）	駅布戛　球補戛　扒班戛　扒鄙殺
普（滂）	
扶（並）	
莫（明）	礣莫鎋
竹（知）	

〔註150〕壥，與今本《玉篇》相同的音切未見載錄，《廣韻》士山、昨閑二切，《龍龕》卷二土部士連、尺山二反，疑切語上字「才」乃「士」之形訛，唯無相當證據可證，音節表中仍列於從母之下。

〔註151〕㦒，今本《玉篇》又限切，《廣韻》初限切，疑「又」乃「叉」之形訛，元刊本即作叉限切，當據改。

丑（徹）	
直（澄）	
女（娘）	髻女鎋
古（見）	戛古札　鴰古黠　撀古鎋　楔革鎋
口（溪）	扢口黠　搳枯瞎　磍苦轄　竅口鎋
巨（群）	
五（疑）	聐儀黠　黊五鎋　髻五鎋　嚙魚轄
側（莊）	癷壯殺　蚻側轄
楚（初）	
仕（床）	剿仕鎋
所（疏）	殺所札　穧所戛　幦所黠
之（照）	扎州戛　〔註152〕
尺（穿）	
式（審）	
時（禪）	赦上黠
於（影）	軋於黠　貜烏黠　朹倚黠　閼於鎋
呼（曉）	瞎火轄　齛呼轄
胡（匣）	黠閑八　羬瞎戛　嗐胡戛　繕下戛　鎋下瞎　轄胡瞎
于（為）	
余（喻）	蘣余戛　〔註153〕

山攝 20-7（合口洪音）

韻目／切語下字／聲類	關（刪）		患（諫）
	關頑還環班鐶彎		患慣串宦
方（幫）	班布還		
普（滂）	販普班		攀普患
扶（並）			
莫（明）			

〔註152〕扎，《廣韻》側八切，與札音同，《韻鏡》外轉二十三開，黠韻二等齒音莊母的位置正作札。此以照三切照二。

〔註153〕蘣，《廣韻》胡八切，與「黠」音同，《韻鏡》外轉二十三開，黠韻二等喉音匣母的位置正作黠，此以喻母切匣母。

古（見）	絟古環　鰥古頑　關古鐶		悹古宦　慣古患　摜公患
口（溪）			
巨（群）			
五（疑）	頑五環		薍魚患
側（莊）			
楚（初）			篡初患
仕（床）			孱仕患
所（疏）	樎所還　潹所班		灒所患　孿齒患
於（影）	彎於關		惋烏慣
呼（曉）	懁火還		
胡（匣）	環下關　羦戶關　鍰乎關　還胡關		鬟胡彎　豢乎串　宦胡串　患戶慣　芀胡慣
于（爲）			環于串
余（喻）			

山攝 20-8（合口洪音）

聲類　切語下字　韻目	八（黠）
	八刮滑拔猾
方（幫）	朳兵拔　八博拔
普（滂）	拔蒲八
扶（並）	
莫（明）	傄莫刮　眣莫八　髍亡八
丁（端）	窡丁滑〔註154〕
他（透）	
徒（定）	
奴（泥）	
竹（知）	惙陟滑　窡竹滑　窫竹刮　鶛知刮
丑（徹）	涗頁丑刮
直（澄）	膌丈八
女（娘）	貀女滑　甀女刮
古（見）	薊古滑　刮古猾　骱古八　揅公八
口（溪）	刓口八　劼苦八　劓五刮　詽魚刮

〔註154〕窡，《集韻》張滑切，屬知母，此以舌頭音切舌上音之例。

巨（群）	
五（疑）	聉五滑　刖五括
側（莊）	𤆈側八　䓿側刮　茁側滑
楚（初）	剎初八　籑叉刮
仕（床）	
所（疏）	刷所刮
於（影）	穵乙八　𩵎於八　揠烏拔　猰烏八
呼（曉）	傄呼八　䀨火刮
胡（匣）	螖胡八　滑戶八　昏下刮　薈胡刮〔註 155〕
于（爲）	𪎭禹八　猾爲八
余（喻）	

山攝 20-9（開口細音）

韻目 / 切語下字 / 聲類	言（元）		建（願）
	言軒鞬		建獻堰
古（見）	睷古言　犍居言		建居堰
口（溪）	蹇丘言　䙴去言　𠑆祛言　赶渠言		
巨（群）			健渠建
五（疑）	𥫱語軒　言魚鞬　琂語鞬　筋巨言		𤮺牛建　諺魚建
於（影）			堰於建　䁍乙獻　郾於獻
呼（曉）	軒虛言　掀許言		獻許建
胡（匣）			
于（爲）			
余（喻）			

山攝 20-10（開口細音）

韻目 / 切語下字 / 聲類	謁（月）
	謁歇
古（見）	訐居謁
口（溪）	
巨（群）	𦍙巨謁

〔註 155〕薈，今本《玉篇》本作胡利切，《廣韻》胡瞎切，屬鎋母，則利恐爲刮字之形訛。

五（疑）	
於（影）	謁於歇
呼（曉）	蠍許謁　歇盧謁
胡（匣）	箞胡謁
于（爲）	
余（喻）	

山攝 20-11（合口細音）

韻目／切語下字／聲類	袁（元） 袁元園煩宣藩原璠塤暄	遠（遠） 遠阮晚	萬（願） 萬願万怨販勸
方（幫）	妟夫元　艭甫元　綣袄袁 璠方袁　鵷府袁　藩甫袁 鐇甫園　鱏甫煩	返甫晚　報方遠　反非遠 橎甫遠	販方万　娩方萬
普（滂）	翻孚元　潘孚袁　轓芳袁 旛妨園		奔匹萬　粞匹願　嬔孚万 㕤芳萬　㠹孚願
扶（並）	鼲父元　番扶元　煩父袁 礬扶袁　蘩輔袁　蕃縛袁 緐父園　煩扶園　頮防園 藩輔園　燔扶藩　璠房袁	飯扶晚　羍扶遠	繁扶万　箞扶願　飯符萬
莫（明）	糢亡原	晚莫遠〔註156〕　輓無阮 挽亡遠　娩無遠　鞔亡阮	蔓亡怨　曼亡販　万無販 萬亡願　轋無願　挽無怨
竹（知）			
丑（徹）			
直（澄）	椽馳宣	篅持晚　肶直遠	輇沉萬
女（娘）			
古（見）	蛋居袁　園古元	㩳居阮　捲九遠	搴九萬　蠻居願
口（溪）	鬈丘袁	綣口阮　藬丘遠	芬丘萬
巨（群）	穙渠元　蠸巨袁　鬈渠袁	査求阮	圐巨萬
五（疑）	元五袁　沅牛袁　榞魚袁 源語袁　原魚袁　諢魚園	阮牛遠　㰘魚遠　輐虞遠	願魚願　傆牛萬　愿娛萬
子（精）			
七（清）			
才（從）			

〔註156〕《廣韻》「晚」無遠切，此重唇切輕唇之例。

思（心）	宣思元〔註157〕		
似（邪）	還似宣　琁似宣		
於（影）	鴛於元　渶於袁　宛於原	腕一阮　宛於阮　苑於遠	訰於万　怨於願　畹於萬
呼（曉）	蠉許元　讙盧元　愋許袁 Ⅲ火袁　諠盧袁　煖火園 壎吁園　諼許園　暄許塤 塤吁園　䡇欣元	烜況遠　咺呼遠　愃許遠 暖況晚	鞾吁萬　諠盧願　楥許願
胡（匣）			
于（爲）	園于元　袁宇元　轅禹元 㳧于暄　垣禹煩　援禹璠	遠于阮　㩪雨阮	遠于勸
余（喻）	蕍悅宣		

山攝 20-12（合口細音）

聲類 ＼ 切語下字 ＼ 韻目	月（月） 月厥越發伐曰
方（幫）	髮府月　䭢甫月　沷府伐　發甫越
普（滂）	
扶（並）	閥扶月　伐扶厥　罰扶發　妭房越
莫（明）	袜亡月　韤亡伐　帓亡發
竹（知）	
丑（徹）	爡丑伐
直（澄）	
女（娘）	
古（見）	㨉公曰　孒九月　厥居月　撅居越　蕨俱越
口（溪）	
巨（群）	鷠巨月　蹶渠月　闕仇月
五（疑）	刖五厥　捐午厥　月魚厥　扤虞厥
於（影）	嬳於月　焥於伐
呼（曉）	狘許月　趹詡月
胡（匣）	泧胡厥
于（爲）	鉞于月　戉禹月　粵有月　越于厥
余（喻）	

〔註157〕宣，《廣韻》須緣切，屬仙韻合口。

山攝 20-13（開口細音）

韻目／切語下字／聲類	連（仙） 連延旃焉仙錢乾虔纏煎	善（獮） 善偃淺踐輦演翦展免蹇卷闡𢤱辯甗沔巘遣璉鄢件緬	戰（線） 戰箭扇賤面彥線膳弁羨繕
方（幫）	鯾卑連	扁補淺 鍽補輦 褊卑善 𢤱卑沔 辧畢沔 萹布緬 𥈏方辯 𣻜方免	
普（滂）	㴜匹仙 篇匹連	鶣匹免 揙甫善	騗匹扇 辧普面
扶（並）	便婢仙 𧍯婢沿 緶婢連 諞步連	辯皮免 翩扶件 輻符善 𩨮扶善	弁皮彥 忭皮面 便毗線
莫（明）	宀彌仙 矈彌連 芇亡延	勔彌淺 喕彌演 冕靡璉 緬彌善 免彌蹇 浼靡辯 鮸眉辯 愐彌遣 俛無辯 䤄亡善〔註 158〕 娩亡辯	面彌箭
丁（端）			
他（透）	䑙他連〔註 159〕		
徒（定）		紾徒展〔註 160〕	
奴（泥）			
竹（知）	鱣知連 邅張連	展知演 輾豬輦 㠭知輦 蟨知蹇	襢知彥 驏竹扇
丑（徹）	狿丑延 挻丑連	蒇敕展	鷃丑弁
直（澄）	傳儲攣 纏除連 瀍直連 壥遲連	搌丑善	
女（娘）		𧿄女展	
古（見）	甄居延	卷九免 謇居展 蹇羈展 𥢢几偃 搴羈演 撍紀善 湕居偃	
口（溪）	攐丘連 嗹去連 䇂綺虔 𧽜去虔 愆去乾 騫丘焉 褰起焉	篕口淺 𡑍祛輦 言丘善 遣去善 言去偃	韆去戰 譴詰戰

〔註 158〕《廣韻》作彌兗切，屬明母，此輕唇切重唇。

〔註 159〕䑙，《廣韻》他前切，屬先韻。

〔註 160〕紾，《廣韻》知演切，與「展」音同，《韻鏡》外轉二十三開，獮韻三等舌音知母的位置正作展。此舌頭音切舌上音。

巨（群）	乾_{巨焉}　乾_{奇焉}　虔_{渠焉} 鰬_{巨連}　鞬_{奇連}	件_{其輦}　圈_{懼免}　孏_{其展} 鍵_{奇蹇}　楗_{渠偃}　寋_{其偃}	
五（疑）		婞_{魚踐}　嶮_{魚蹇}　齴_{魚偃} 齴_{牛偃}　齗_{五偃}　言_{魚軩}	唁_{宜箭}　唫_{魚箭}　讞_{牛箭}
子（精）	煎_{子連}　嶥_{子延}	鬋_{子淺}　翦_{子踐}	箭_{子線}　箭_{子賤}
七（清）	嶼_{且延}　梭_{且泉}　櫏_{且連}	淺_{七演}　澗_{切輦}	蓑_{千面}
才（從）	鏇_{昨仙}　錢_{疾延}　欃_{自連}	餞_{疾淺}　衙_{疾演}　踐_{慈蹇} 餞_{自蹇}　諓_{疾蹇}	賤_{才箭}　諓_{疾箭}
思（心）	挦_{先全}　尋_{須全}　揎_{息全} 秈_{息延}　僊_{司連}　鮮_{思連} 鶱_{息連}　碰_{思煎}	獮_{思淺}　祿_{息淺}　燹_{先踐} 蘚_{先遣}　癬_{思踐}　散_{蘇蹇} 濮_{思蹇}	濺_{息面}　綫_{思箭}　愢_{私箭}
似（邪）	次_{徐仙}　唌_{似延}　涎_{似連}	𦈋_{徐蹇}	羨_{徐箭}　遝_{徐戰}
側（莊）		㠜_{莊善}	
楚（初）			
仕（床）	孱_{士連}　輚_{仕連}		
所（疏）			
之（照）	旃_{之延}　饘_{諸延}　栴_{章延}	嬗_{之善}　驙_{止善}　饘_{旨善}	戩_{者扇}　顫_{之扇}　戰_{之膳} 關_{之羨}　𠡠_{者線}
尺（穿）		繟_{充善}　燀_{尺善}　𤆯_{赤善} 闡_{昌善}　齴_{齒善}	
式（審）	轟_{式延}　挻_{式連}	然_{式善}	扇_{尸戰}　䄠_{式戰}　蟮_{舒戰}
時（禪）		蟺_{市衍}　蟮_{是演}　鮰_{市演} 善_{是闡}　僐_{時演}　墠_{常演} 單_{時闡}	繕_{市扇}　膳_{時扇}　禪_{市戰} 擅_{視戰}　偏_{舒繕}　嬗_{時戰}
於（影）	漹_{於虔}　蔫_{於焉}　焉_{於連} 鄢_{於乾}	㔾_{於蹇}　偃_{乙蹇}　堰_{於憶} 甗_{於齴}　鄢_{於齴}	
呼（曉）	㐫_{許延}　嫣_{許乾}　嗎_{許連}	幰_{許偃}　攇_{虛偃}	
胡（匣）	婱_{胡連}	穎_{乎善}	
于（爲）		𥡣_{于善}	
余（喻）	埏_{以旃}　延_{余旃}　郔_{與旃} 綖_{餘旃}	演_{弋展}　衍_{以淺}　噴_{余輦} 戭_{余淺}　沇_{惟沔}　㭌_{余闡} 黃_{余善}	筵_{以扇}　綎_{余戰}
力（來）	鏈_{力仙}　縺_{力延}　連_{力纏} 連_{力錢}　樏_{力煎}	輦_{力蹇}　僆_{里蹇}　璉_{力展} 潩_{力淺}　䡾_{力衍}　㙂_{力善} 嫡_{力沇}	
如（日）	㹣_{如延}　𥬮_{如旃}　肰_{而旃}	蝡_{而善}　然_{如善}	

山攝 20-14（開口細音）

聲類＼切語下字＼韻目	列（薛） 列折烈薛哲泄舌竭桀偈徹別傑裂熱孽
方（幫）	鷩必列 䇷兵列 莂彼列 ⿱蔽糸畢列 憋裨列 捌補列 ⿰大侖俾折 ⿱敝土卑哲 ⿱丿八補徹 ⿰冂鳥方列〔註 161〕
普（滂）	覕普列 丿普折 瞥匹烈
扶（並）	別蒲列
莫（明）	搣民烈
竹（知）	悊知列 蜇陟列 哲智列
丑（徹）	徹丑列 眣恥列 ⿰⻊徹癡列
直（澄）	澈直列 轍除列 屮雉列 ⿱徹力儲列
女（娘）	
古（見）	迼居列 孑居折 蘮居偈 ⿰禾曷居孽
口（溪）	堨丘列 稧羌列 藒去竭 揭起竭
巨（群）	竭巨列 碣其列 桀奇列 楬渠列 偈近烈 傑奇哲 杰渠薛
五（疑）	⿱辥言宜列 孽魚列 ⿰屰頁五舌 屵牛桀 讞魚烈 钀魚傑
子（精）	蠽子列
七（清）	
才（從）	孼疾列 ⿰扌截前薛
思（心）	⿱埶金先列 伳私列 肆思列 薛胥列 渫息列 疶思烈 偰相裂
似（邪）	
側（莊）	
楚（初）	
仕（床）	折士列〔註 162〕
所（疏）	
之（照）	浙之列 折之舌
尺（穿）	
式（審）	蔎舒列 設尸熱

〔註 161〕⿰冂鳥，《集韻》作必列切，屬幫母，此輕唇切重唇。

〔註 162〕折，今本《玉篇》士列、之舌二切，《名義》止烈反，《廣韻》旨熱、常列二切，分屬照、禪二母。

時（禪）	肵上列〔註163〕　舌時列　斯常列
於（影）	唱於列
呼（曉）	娎許列
胡（匣）	
于（爲）	
余（喻）	抴羊列　說余輟
力（來）	烈力折　夵力徹　裂力薛　列力泄　颲力哲　苅來桀
如（日）	熱如折

山攝 20-15（合口細音）

韻目 切語下字 聲類	緣（仙） 緣員然專全沿拳泉船 圓旋綿羶攣穿鞭權傳 蟬縣沿鉛川	兗（獮） 兗轉齴選耎喘篆	眷（線） 眷變媛院卷倦援卞
方（幫）	牑布然　鞭卑綿　貶卑縣		彭筆院　變碑媛
普（滂）	刷匹鉛〔註164〕　翩匹然 獮娉緣		
扶（並）	楩鼻綿　嫚蒲綿　墦扶員〔註165〕		抃皮援　卞皮變　笲蒲變 頩薄變　辡皮戀　猵皮眷
莫（明）	縣彌然　鼻眉然　瞑莫緣 蝒彌緣　棉彌羶　綿亡鞭	愐彌兗　湎亡兗	頖靡卷
竹（知）		轉知篆	
丑（徹）	剶丑全　猭丑船		豢丑院
直（澄）		篆直兗　瑑除兗　縳直轉 隊丈轉　瑑持轉	
女（娘）			
古（見）	勌居員　勬九員　絹居緣 覾吉緣	埢屬篆　蓴九輂　搴居輂 卷九轉　鬋居轉	桊居倦　喬記倦　羪金媛 羔居媛　罠俱媛　眷古援 輄居援　蜎居瑗　勬九媛
口（溪）	纏丘員　盫丘拳　蓍丘權 棬去權　弮去圓　卷渠圓		猭丘卞　牽苦希　䏌丘倦 稛丘院

〔註163〕肵，《集韻》作食列切，屬禪母。又《名義》上列切，疑今本《玉篇》切語上字土
　　　　乃上之誤作，當據改。

〔註164〕刷，《集韻》紕延切，屬仙韻開口。

〔註165〕墦，《廣韻》附袁切，屬元韻合口。

巨（群）	夏巨員　蜷奇員　權具員 顴距員　捲渠員　鑫渠圓	薗奇卷	陸其院　惓巨眷　倦渠眷
五（疑）			牮牛眷
子（精）	顲祖緣	雟子尭　騰子選	恮子眷
七（清）	硂七泉　詮七全　纂七然 抳次然　痊七緣　悛且緣 荃趣緣　遷且錢　筌且沇 譔此專	焌七選	
才（從）	琗絕緣　全疾緣　泉自緣	雟徂尭　瘑才尭	
思（心）	荋相然　亘思緣　團須緣 愃息緣	選先尭　覿思尭　置息欒 翼先卷　籛息卷	
似（邪）	淀似沿　欃徐沿　趣祀傳 璿似緣　旋徐緣　瞦辭緣 鏇徐專	腤徐尭	
側（莊）			
楚（初）			玔初卷
仕（床）		撰士尭　撰助欒　顜助轉 㠭仕轉　饌士卷　選仕卷	饌士眷
所（疏）	篡山員　栓山全		
之（照）	鸇之然　塼之緣　鄟諸緣 塼煮緣　㪉職緣　專之船 諯至緣	膞旨尭　䁔諸尭　磚之奭 關止尭	奔主倦
尺（穿）	穿充緣　巛齒緣	舛尺尭　喘充尭　蹢尺轉	
式（審）	羶式然　搧失然　脠始蟬		
時（禪）	圌市全　嬋市然　澶視然 船市專　遄視專	膞市尭　腨時尭　磚時奭 鱄市欒　歂視尭	
於（影）	娟於緣　囷烏緣　蜎於沿 蠵猗然　濴猗拳		鞙於院
呼（曉）	喧許員　趲呼泉　翾許緣 儇呼緣		
胡（匣）	貟胡拳		
于（爲）	圓于拳　圓爲拳		篿于眷　院王眷　援爲眷
余（喻）	鉛役川　櫞尹全　蜒以然 蝝惟船　緣余泉　阽余穿 㾼餘連　鳶以專　捐余專 鰁與專	阮余剸	
力（來）	孿力員　聯力然　鰱里然 攣力全		卷力媛
如（日）	礝仁全　然如旋　暚仁緣 暚而緣　擩如專　擩而專		栗仁眷

山攝 20-16（合口細音）

韻目 切語下字 聲類	劣（薛） 劣悅拙滅說絕輟雪鱉					
方（幫）	鼈卑滅	虌并滅	蟞俾滅			
普（滂）	撇普滅	獭芳滅				
扶（並）						
莫（明）	滅彌絕					
竹（知）	錣竹劣	畷知劣	掇豬劣	蹳徹劣	惙陟雪	啜陟劣　畷陟悅
丑（徹）						
直（澄）						
女（娘）						
古（見）	羪九劣	趏居劣	蹶己劣			
口（溪）	振口滅					
巨（群）						
五（疑）						
子（精）	蕝子悅	橇子絕				
七（清）	韄七絕	絟千劣				
才（從）	絕才悅	歠自雪				
思（心）	雪思悅					
似（邪）	撋寺劣					
之（照）	䂞職劣	頭之劣	綴只劣	梲之悅	拙之說	悅朱說
尺（穿）	啜昌悅					
式（審）	說始悅					
時（禪）	啜常悅	歠嘗悅				
側（莊）	茁側劣					
楚（初）						
仕（床）						
所（疏）	唪山劣	𪗆色劣	唰所劣			
於（影）						
呼（曉）	威許悅	映許劣	颲呼劣	昬火滅		
胡（匣）						
于（為）	隔為說					

余（喻）	兌鳥弋拙　悦余拙　閲余說　蒚餘繁
力（來）	跱呂絕　劣力拙　埒盧拙　枂力說　蚏呂說　蚭力輟　冽力滅
如（日）	熱而悦　呇如劣

山攝 20-17（開口細音）

韻目〈br〉切語下字〈br〉聲類	田（先）〈br〉田堅千賢年前先研顛肩蓮天妍弦餞憐燕眠	典（銑）〈br〉典殄顯繭現	見（霰）〈br〉見練徧鍊片殿蒨甸佃
方（幫）	蝙布田　躞邊布眠　稨博眠〈br〉邊補眠　邊布堅　籩補堅〈br〉傷博堅　鬜方千〔註166〕	區補典　編必典〈br〉惼方顯〔註167〕	徧甫見
普（滂）	猵普年	覸匹典	肵匹見　片普見　偏匹研
扶（並）	蹁步田　蹁蒲堅　駢部田〈br〉傷步堅　楄扶田〔註168〕	辮步殄　毞扶殄	
莫（明）	瞑眉田　瞑莫田　櫋彌堅〈br〉寴亡田〔註169〕　鬘亡先〔註170〕	芇亡典　丏亡殄	糪莫片　眄莫見　偭綿徧〈br〉麵亡見
丁（端）	顚丁千　滇丁田　巓多田〈br〉傎都田　蒘得田　駷丁年〈br〉趈都年　顚都堅　槇多蓮〈br〉瓄都賢	典丁殄	唸丁見　敠丁鍊
他（透）	天他前　矴他顯	琠他典　洟他殄　蚕天殄	瑱他見　趚他佃
徒（定）	佃同年　畋唐年　軥徒年〈br〉損達年　田徒堅　嗔達堅〈br〉鷆大堅　沺徒蓮　昀徒賢	蜓大典　殄徒典	奠大見　甸徒見　淀徒練〈br〉鈿徒鍊　竪古甸　屢大練〈br〉畋唐見　涎徒見
奴（泥）	年奴顯	撚乃殄　淰奴典	汈乃見　姩奴見
竹（知）			

〔註166〕鬜，《集韻》作卑縣切，屬幫母，此輕唇切重唇。

〔註167〕惼，《廣韻》方典切，與「編」音同，《韻鏡》外轉二十三開，銑韻四等唇音幫母的位置正作編。《廣韻》與今本《玉篇》均以輕唇切重唇。

〔註168〕楄，《廣韻》部田切，與「蹁」音同，《韻鏡》外轉二十三開，先韻四等唇音並母的位置正作蹁。此輕唇切重唇。

〔註169〕寴，《廣韻》莫賢切，與「眠」音同，《韻鏡》外轉二十三開，先韻四等唇音明母的位置正作眠。此輕唇切重唇。

〔註170〕參見「寴」字。

聲母			
丑（徹）			羝丑練
直（澄）			
女（娘）			
古（見）	駕居先　肩居妍　堅古田 豣公田　菺居賢　蜌甘田 枅結賢	蠈吉典　䫴公典　繭古典 薰干殄　蓳公殄　繭古殄	搕吉研　見吉薦
口（溪）	繂口田　汧苦田　岍口弦 撑去賢	狠口殄　窫口典	掔口見　欅口練　擎去見 倪苦見
巨（群）			
五（疑）	研午田　葥五田　开五堅 妍吾堅　俓牛燕	掔五殄　䃰魚典　馼研繭 䶲五典〔註171〕	硯午見　跰魚見
子（精）	逮子千　䮀子田　箋子堅 偂則前		薦子見　穳祖殿
七（清）	千且田　阡青田　芊七年 仟七堅　迁且堅	忏七典	箐七見　綪千見　倩此見 𥮾且見
才（從）	瀳才千　箈才田 前在先〔註172〕　蒨慈賤 媊昨千		俴才見　荐在見　袸疾見 闠在蒨
思（心）	頖思千　躚蘇田　先思賢	銑先典　筅穌典　䴽息典 跣蘇殄　毨先殄　䰐先顯	㪚先見　霰思見　籭蘇見
似（邪）	磶似千		
側（莊）			
楚（初）		厜初現	
仕（床）			
所（疏）			
於（影）	燃於堅　煙於賢　胭於田 咽於肩	懨於典　暥於顯　暖烏殄	宴於見　讌烏見
呼（曉）	屑火天　訐呼田	顯盧典　抮火典　蠠呼典 撮許繭　暴呼殄	轞呼見　夐霍見
胡（匣）	刻下千　蜆戶千　肱何千 趎胡千　賢下田　舷胡田 㢈胡先　䝙胡狷　痃胡堅 弦奚堅　弦後堅　愁何堅	現胡殄　睍戶繭　燃胡典 睍乎典　睍下顯　峴戶顯 蜆戶典	混胡見　礥下研　眩胡徧 賢下見

〔註171〕醫，今本《玉篇》二典切，圖書寮本同，元刊本五典切，他書未見。以日母一般只出現在三等韻，疑此今本切語上字「二」乃「五」之形訛，茲據元刊本改。

〔註172〕今本《玉篇》領字無「前」，然止部「𪞝」，在先切，「今作前」，於茲採以爲系聯。

于（爲）			
余（喻）			
力（來）	憐力田　譧力前　嗹閭前　蓮力堅	攣旅典	練力見　楝來見　鍊洛見　萊落見
如（日）			

山攝 20-18（開口細音）

韻目／切語下字／聲類	結（屑）
	結節屑蔑姪頡截鐵眣
方（幫）	㻸卑結　繂布結　勛方結〔註173〕　剭方蔑
普（滂）	酥匹結　氅普結　颰佈結　嫳匹蔑　絜普蔑
扶（並）	蚍步結　芯蒲結
莫（明）	蔑莫結　釀彌結　懹亡結〔註174〕
丁（端）	
他（透）	鐵他結
徒（定）	胅大結　姪徒結　耋達結
奴（泥）	捏乃結　涅奴結
古（見）	鎆古節　絜公節　䶡古頡　拮居鐵　結古姪　鵝古屑　桔居屑
口（溪）	闃苦屑　挈苦結　頡去結　契口結
巨（群）	
五（疑）	㙡五結　陧午結　齧魚結　霓吾結
子（精）	吔則屑　節子結　髻作結
七（清）	齛七結　竊千結　竊且結　切妻結
才（從）	巀才結　饐昨結　戳在節
思（心）	屑先結　泧桑結　㮰息節　偰桑截
似（邪）	
於（影）	噎於結　鈌於穴
呼（曉）	鞊火結　靬呼結　決呼抉
胡（匣）	擷胡眣　翓乎結　纈戶結　頁下結　纈胡結　擷何結　頡紅結　顉胡姪

〔註173〕勛，《集韻》必結切，屬幫母，此輕唇切重唇之例。

〔註174〕懹，《廣韻》莫結切，屬明母，此輕唇切重唇之例。

于（爲）	
余（喻）	
力（來）	唳力屑　蛚力結　挒呂結　迾旅結
如（日）	

山攝 20-19（合口細音）

韻目／切語下字／聲類	玄（先）	犬（銑）	絹（霰）
	玄涓蠲淵縣	犬泫畎	絹縣戀絢衒掾釧〔註175〕狷
方（幫）	甂補玄　編卑縣		
普（滂）	囨匹玄		
扶（並）	玭蒲蠲		
莫（明）			
竹（知）			囀知戀
丑（徹）			猭丑絹
直（澄）			傳儲戀
女（娘）			
古（見）	蠲古玄　肙公玄　稍公淵	詃古犬　く公泫　畎古泫	睊公縣　獧古縣　鄄故縣　榍吉戀　饋居戀　絹居掾
口（溪）		犬苦泫	
巨（群）			
五（疑）			
子（精）			
七（清）			縓七絹
才（從）			
思（心）			縼思縣　愞息戀　選先絹
似（邪）	梋辭玄		縼夕絹　掟囚絹　鏇徐釧
之（照）			
尺（穿）			諯尺絹　釧充絹　汌尺戀
式（審）			

〔註175〕掾絹戀釧四字，李榮《切韻音系》中屬線韻合口A類重紐字。

時（禪）			
於（影）	淵烏玄　彌於玄　纞於蠲	蜎於犬	嬽於縣　楄烏縣　昌烏衒
呼（曉）	弱火玄　瞨呼玄　駽火涓	盾火犬	謉呼縣　絢許縣
胡（匣）	縣戶涓　澴胡涓　玄胡淵 眩胡蠲　矏縣戶蠲	怰戶犬　鉉胡犬　贊乎犬〔註176〕 鞙胡畎	炫胡絢　罨穴絹　縣胡絹 怰戶絹
于（爲）			
余（喻）			掾與絹　緣余絹
力（來）			孌力絹
如（日）			鍓人絹

山攝 20-20（合口細音）

聲類 ＼ 韻目 切語下字	穴（屑） 穴決玦抉
古（見）	譎公穴　玦古穴　鐅吉穴　玦居穴
口（溪）	溪口決　缺祛決　趏苦決
巨（群）	
五（疑）	
於（影）	抉一穴　突於穴　暗一決　狷於決
呼（曉）	血呼穴　沇呼決　泬火決　苉許決
胡（匣）	蚗戶決　穴胡決　紋胡抉
于（爲）	
余（喻）	
力（來）	哷纞決
如（日）	

〔註176〕贊，今本《玉篇》平犬切，元刊本《玉篇》乎犬切，疑平乃乎之形訛。《名義》作胡犬反，《廣韻》胡畎，黃練二切，均匣母字，茲據元刊本《玉篇》作乎犬切。

四、臻　攝

臻攝 9-1（開口洪音）

韻目　切語下字　聲類	恩〔註177〕（痕） 恩根痕	很（很） 很懇墾	恨（恨） 恨艮
丁（端）			
他（透）	吞他恩　陌他根　黇他孫		
徒（定）	噋徒孫		
奴（泥）			
古（見）	峎古恩　根柯恩　斤居垠	詪古很　顡公很	詪古恨　䁖居恨　㫒故恨
口（溪）	報口恩	懇口很　墾苦很	
巨（群）			
五（疑）	垠五根	峎五很	誾五艮　皚五恨
子（精）			
七（清）	㰟且孫		
才（從）	捘才孫		
思（心）			
似（邪）			
於（影）	恩恩痕　熅於根	穩安很	㥯於恨
呼（曉）			
胡（匣）	報乎恩　痕戶恩　拫胡根	佷戶懇　很胡懇　䫳胡墾	恨胡艮
于（爲）			
余（喻）			

〔註177〕周祖謨（1980：353～354）在《名義》的韻類包含一個痕韻入聲紇韻，「紇」，《名義》音齕。周氏云：「齕，《名義》形結反，不讀此韻（紇韻）。但《經典釋文》又恨沒反，《廣韻》下沒、胡結二切，與《釋文》同，是紇字亦可讀作恨沒反。今《名義》以紇字所切之扢當在此韻。」其實此處成立紇韻的理由並不夠充分，即使認爲紇字讀作恨沒切，那麼也應當併入沒韻才是。其所以將痕韻入聲獨立出來，這主要恐怕還是受了曹憲的影響，如其又云「《廣雅‧釋蟲》齕下曹憲音亦云痕之入」（周祖謨，1980：386）。今本《玉篇》「紇」有戶結、下沒二切，亦與《經典釋文》及《廣韻》同，然《名義》中以紇爲切的扢字，在今本《玉篇》則音柯礙、何代二切，釋義均作「摩也」，其音切來源如何，尚待考察，惟所見《集韻》亦音戶代、居代二切，《類篇》不錄此二音。

臻攝 9-2（合口洪音）

聲類 \ 韻目 切語下字	昆（魂） 昆魂門孫溫昏敦奔渾	本（混） 本袞損混緄	困（慁） 困寸頓鈍悶異遁遜
方（幫）	䰄必昆　駢百昆　泍布昆 犇補門　賁布門　葐蒲昆	苯畢袞　本補袞	
普（滂）	歕普門　泍匹奔	吙匹本	噴普寸　湓丕寸　歕普悶
扶（並）	鶲步昆　盆步魂　嗑蒲門	䃺步本　笨蒲本	坌蒲頓　蔽蒲悶
莫（明）	門莫昆　䰢莫溫　䰨亡奔	㵃莫本　悶亡本	悶莫頓
丁（端）	惇丁昆　敦都昆		扽都困　頓都鈍
他（透）	涒他昆　蜳他敦　黁吐門	畽他本	
徒（定）	鐏大昆　忳徒昆　坉達昆 焞徒門	庉大本　囤徒本　坉徒混 潡徒損	
奴（泥）	㼆奴昆		炳乃困
古（見）	昴古昏　鯤古門　鰍公溫 莙公魂　昆古魂	袞古本　碅故本　錕公本 緄骨本　稛公混　輥古混	㴆公困　睔古遜
口（溪）	髡口昆　頤苦昆　坤苦魂 朡孔昆	綑口本　梱苦本　捆口袞 齫空袞	庫苦悶　困口鈍　涃苦頓 朱口頓　頤苦鈍
巨（群）			
五（疑）	僤五昆　䡾牛昆		諢五困　餽五寸
子（精）	尊子昆	劌子本　撙祖本　僔子損 蕁作緄	捘子寸　鬕子困　晬祖困 燇子異
七（清）	村千昆　潡七昆	忖倉本　刌怱混	鑹七鈍　寸千鈍
才（從）	存在昆　踷在魂	唹祖本　鱒慈損	濽才寸　鐏在困　莘祖悶 踳才遁
思（心）	孫思昆　蓀息魂　飧蘇昆	膡蘇本　損孫本　膥桑袞	巽先寸　㩦息寸　潠蘇困 遜先困
似（邪）	昀徐均		
於（影）	韞於昆　鄔烏昆　榅於渾 溫於魂	穩於本	饂於寸　搵烏困
呼（曉）	昏呼昆　殙呼溫	睧火袞	惛火困
胡（匣）	琿戶昆　渾後昆　魂胡昆	倱戶本　混胡本　掍侯本 醞下袞　鯶乎袞　諢戶袞 曉胡緄　渾後袞	慁戶困　圂胡困〔註178〕

〔註178〕今本《玉篇》「圂」作胡囷切，《王一》、《王二》、《唐韻》均作胡困反，元刊本亦
　　　　作胡囷切，囷乃困之形訛，當據改。

于（爲）		顝有衰	
余（喻）			
力（來）	掄力昆	怨力本　腀盧本	論力困
如（日）			

臻攝 9-3（合口洪音）

聲類 ＼ 切語下字 ＼ 韻目	骨（沒） 骨沒忽兀突鶻歿勃						
方（幫）							
普（滂）	莖匹沒　朏普骨						
扶（並）	浡蒲沒　浡蒲忽　鵓步忽　悖蒲突　胇蒲骨　桲蒲鶻　誖步沒　坺扶滑〔註179〕						
莫（明）	歿莫勃　沒莫突　殳莫骨						
丁（端）	咄丁骨　𪐴都骨　柮當骨　黜都忽						
他（透）	迍他沒　葵他忽　凸他骨						
徒（定）	捽徒兀　鶟徒忽　突徒骨　捹達骨　鈯徒鶻						
奴（泥）	抐乃兀　臬奴沒　吶奴骨						
古（見）	崛古兀　骨古沒　滑古忽　䏱故歿　𦚢古突　稛居物　趉古滑　蓇居滑						
口（溪）	刐苦兀　窟口沒　䫻苦沒　搃苦忽　壈口忽　窟口骨　腒苦骨						
巨（群）							
五（疑）	𤴡魚沒　兀五忽　脆午忽　𪗉五骨　扤午骨						
子（精）	捽子骨　卒作沒						
七（清）	焠七沒　猝且沒　䊷七忽　卒千忽						
才（從）	䚡在兀　捽存兀　髮昨沒　椊昨骨　齰在骨						
思（心）	𪇹先兀　蟀索沒　窣桑沒　麵先忽　窣蘇骨						
似（邪）							
於（影）	凮於沒　殟烏歿　𪗉於骨　膃乙骨　榲於勃　膃烏沒						
呼（曉）	忽呼沒　疢盧沒　釛呼突　笏呼骨　㗌呼滑						
胡（匣）	搰乎沒　䶂下沒　搰胡沒　齀痕沒　鶻乎忽　搰胡骨　核戶骨						
于（爲）							
余（喻）							
力（來）	捽力沒　硉郎兀						
如（日）	朏若骨						

〔註179〕坺，《集韻》作房越切，屬月韻合口。

臻攝 9-4（開口細音）

韻目 切語下字 聲類	仁（真） 仁巾人真斤鄰民賓陳珍因貧銀臻筠申臣身勤詵彬䫻辰津秦新旻殷珉辛紳斌伩垠	忍（軫） 忍隕謹隱近引軫殞閔敏愍盡	刃（震） 刃振進鎮吝信覲僅震仞印晉磷殯燼陣釁靳
方（幫）	飆必人　顮神仁　賓卑民　懫畢民　臗必民　鑌必申　矉神身　濱補辰　邠悲貧　彬鄙陳　份彼陳　汃彼銀　邠補珉　玢方貧　𰒲方巾	牑必忍	鬢卑刃　殯俾刃　擯卑振
普（滂）	繽匹仁　穦匹民　闐匹賓　懫匹人	砏匹忍	朩匹刃
扶（並）	瀕蒲民　嬪白民　嬪毗民　貧皮旻　芬皮彬　頻毗賓　獱婢賓　玭蒲賓　響符眞　𰒲扶人	牝毗忍　髕蒲忍	
莫（明）	旻眉巾　忞莫巾　䨣彌民　民彌申　旼莫彬　呡莫貧　閩冒貧　鈱莫斌　銀莫賓　瞖彌賓　鷭彌䫻　珉麋䫻　罠亡巾　岷武巾	箷亡忍　䨢武忍　泯彌忍　刡莫忍　潤莫殞　民惡眉殞　敏眉隕	憫眉殯
竹（知）	珍張陳　駗知鄰		鎮知刃
丑（徹）	縥丑人　繽丑仁　歜丑申　狪丑珍	搹丑忍	疢恥刃　趁丑刃
直（澄）	塵除仁　䵤雉珍　陳直珍　陳除珍　陳直鄰	紖直忍　朕丈忍	紾除刃　霣直吝　傳直信　陣直鎮　陳丈刃
女（娘）	紉女巾		紉女鎮
古（見）	麇几筠　巾几銀　筋居勤	樫吉忍　緊居忍　謹居近　謹居隱　㮳几隱	勁居僅　靳居覲　抐九釁　攜居燼
口（溪）	硍丘貧　螾去筠　欪去斤	嘌丘引　螼丘忍　趣去忍　麇丘隕　傾口窘　劤去近　㰖丘謹	鼓丘刃　歖去靳
巨（群）	槿渠巾　坈渠銀　趣巨人　勤渠斤　懃巨斤	窘求敏　螼巨隕　菌奇隕　𦯬其隕　脳渠隕　瘽渠謹　岵巨謹　近其謹	殣奇吝　饉奇振　僅巨鎮　瑾奇鎮　近其靳　覲奇靳
五（疑）	闇魚巾　泿牛巾　誾宜巾　𤞤五秦　䚐彥陳　垠五巾　鄞五斤　狺牛斤	釿牛引　輑牛隕　狺魚近　听魚隱	㹷牛僅　憖魚覲　垽五靳

子（精）	捿子人　芽子仁　珒子新 津子鄰　雕將鄰	檯子忍　盡即忍	蟠即刃　晉子刃　枸子吝 進子信　繪子爐
七（清）	親且仁　親且因	笉七忍　親且僅	儭千刃　瀙且進
才（從）	秦疾津　蓁疾陳　蝾疾鄰 桑昨鄰	盡疾引　濜慈忍	賮才刃　瑱疾刃　燼才進
思（心）	新思人　薪息秦		信思刃　䇲思進　凶先進 玑息進　仞私進
似（邪）			
側（莊）	臻側巾　濷側銀　訊側侁 榛側詵	縥阻近	
楚（初）		齔叉謹	礯初磷　襯初覲　櫬楚鎮 儭初吝　齔初齔
仕（床）	榛仕銀	盡助謹	
所（疏）	籸山人　莘所巾　屾所因 詵所陳　椊所銀　侁所臻 嫀色臻	庞所近	閲所進　阠所陣
之（照）	唇之人　眞之仁　甄諸身 誆之神　畛諸鄰　甄至神 鷟之鄰	姬章引　畛諸引　㐱之忍 胗章忍	震之刃　軹章刃　鴲職刃 侲之仞
尺（穿）	䫸尺人　膹充人　瞋昌仁 瞋昌眞		
式（審）	麹始人　娠失人　鞝尸仁 胂舒仁　軟舒臣　紳式眞 申式神　柛始神　呻舒神 身式鄰　伸舒鄰		眒書刃
時（禪）	臣時人　神市人　晨是人 辰時仁　宸時眞　辰市眞 辰石鄰	蜄市忍　腎是忍　祳時忍 震市軫	脣市刃　脣食刃　鋠食振 愼市振
於（影）	駰一人　因於人　嚚於巾 茵於仁　捆於身　欼一辛 梱於眞　湮於神　蝹於筠 瘑猗筠　洇於鄰　殷乙斤 慇於斤	迎於忍　隱於謹　癮於近 鷖衣近	鄄一刃　印伊刃　霪於刃 氤於進　擯於覲　䨞於齔
呼（曉）	昕許斤　忻喜斤　欣盧殷 烌許勤　訢許殷	遙許忍	肸盧鎮　焮許齔　臍香齔
胡（匣）			
于（為）	囩于巾　筠有旻　縜於貧	殞為閔　隕為愍　惲于敏	韻為鎮

余（喻）	龡弋人　膍余眞　黃餘紳 寅以眞　藿移鄰	蝹弋忍　引余忍　弘羊忍 劧移軫　肕餘忍　笉余軫	釰羊刃　戵余刃　濱餘刃 輘弋振　靮余振　引以振
力（來）	豂力人　魿力巾　鱗力仁 膌力民　鱗力因　鄰力臣 瞵力辰　剢力珍　潾力眞 璘力神　轔力陳	僯力軫　麟來軫　橉力盡 嶙力忍	燐力刃　簡力印　瞵力振 蹸呂振　遴旅振　磷力鎭 吝力進　藺旅進　甐力震
如（日）	人而眞　枛如神	忍如軫	靭如吝　刃如振　認而振

臻攝 9-5（開口細音）

韻目／切語下字／聲類	栗（質）						
	栗乙吉質逸一日必乞訖秩悉室失溢瑟迄佶疾七桎慄實櫛						
方（幫）	繘必一	鮅卑吉	鷝比吉	必俾吉	蹕比栗	鷝賓栗	鷝卑溢　覕補日
普（滂）	趣卑逸	潷俾逸	嫓卑溢	筆布質	楅俾質		
扶（並）	呹普必	肶普栗	坒毗栗	佖頻必	虙房七		
莫（明）	蜜毗必	泌步必	怭蒲必	盆彌必	蟊彌吉	蜜冥栗	謐亡一〔註180〕 否亡乙〔註181〕　蟁亡吉〔註182〕
竹（知）	咥陟栗	窒知栗	挃竹栗	茁竹乞			
丑（徹）	膣丑一	眣丑乙	抶丑栗				
直（澄）	帙除乙	袠除失	泆直失	秩除室	紩持栗	𧥄雉栗	載雉慄　䄯除栗　柣馳栗　鐡 持桎
女（娘）	䵞女乙	暱女栗	衵女秩				
古（見）	吉居一	䫂居質	欯居乞	訖居迄			
口（溪）	䭈丘一	气去乙	耛袪乙	詰溪吉	蛣去吉	赾起逸	艺去訖
巨（群）	𪗸巨乙	姞渠乙	咭巨吉	佶其吉	鮚巨栗	趌其乞	𪗔巨迄
五（疑）	兀牛乙	屹魚乙	齕牛吉	𡎾魚佶	疙魚乞	圪語訖	
子（精）	扱子一	唧子栗	喞子悉	崒資悉	櫛子力		
七（清）	梊千栗	柒且栗	鵗次栗	莝此栗	七親吉	鰶親悉	
才（從）	崒才一	蒺慈栗	疾才栗	誄自栗	嫉秦栗	喉秦悉	
思（心）	畢雖一	䰄桑日	哦息必	悉思栗	膝思疾	䀜先筆	
似（邪）							

〔註180〕謐，《廣韻》彌畢切，屬明母，此輕唇切重唇。

〔註181〕否，《集韻》莫筆切，屬明母，此輕唇切重唇。

〔註182〕蟁，《集韻》覓畢切，屬明母，此輕唇切重唇。

聲類	
之（照）	旺之日　旺眞日　銍之一
尺（穿）	姃昌逸　叱齒逸
式（審）	實時質　嬉食質　失舒逸　屖式質
時（禪）	
側（莊）	稤阻瑟　櫛側瑟　嚰仄瑟　捌阻栗
楚（初）	沏初乙　刿楚乙
仕（床）	齜士乙
所（疏）	蝨所乙　玴踈逸　瑟所櫛
於（影）	壹於逸　壹伊日　嬯於吉　乙猗室　乙於秩　欹倚秩
呼（曉）	欯火一　釳許乙　迄呼乙　獝許必　恄許吉　咥盧吉　汔許訖　肸許乞　肸呼乞
胡（匣）	
于（爲）	矞禹乙　抰于筆
余（喻）	泆余質　佾餘質　溢弋質　鎰羊質　逸以一　佚余一　鴪余日　軼夷秩　駃弋吉 趀夷質
力（來）	栗力質　䫻力一　壈力日　溧理吉　颲力吉　轥鄰吉
如（日）	日如逸　駏而逸　舩人質　銍而吉

臻攝 9-6（合口細音）

韻目 切語下字 聲類	倫（諄） 倫均旬遵純迍勻巡屯荀輪囷鈞	尹（準） 尹允準蠢窘	稕（稕） 稕俊峻徇舜潤殉迅
方（幫）	霦碧倫〔註183〕		
普（滂）			
扶（並）			
莫（明）			
竹（知）	屯陟倫　迍張倫　窀豬倫 賰豬旬		
丑（徹）	椿丑倫　杶敕倫	蠢敕尹	
直（澄）	肫丈旬		
女（娘）			
古（見）	袀居純　鈞古純　覠吉倫 勻九倫　均居迍		呁九峻　䞈居俊
口（溪）	囷丘倫	䁗口窘	

〔註183〕今本《玉篇》「霦」碧倫切，廣韻府巾切，此重唇切輕唇。

巨（群）		窘群尹	
五（疑）		𦓐臥尹	
子（精）	遵子倫　僎將倫		睃子迅　俊子峻　晙祖峻 餕子殉　駿子徇　焌子閏
七（清）	墫七旬　逡且旬　夋七倫 踆且遵　𡖖且倫		
才（從）	緧自遵		
思（心）	姰息匀　珣思旬　洵相均 㰬息均　昀蘇均　恂思巡 荀相倫　揗息倫　郇相倫 峋思遵　詢息遵	筍先尹　隼思尹	䝼司俊　峻思俊　稄息俊 䁍思徇　浚思閏　迅綏閏 鞍私潤
似（邪）	䖲似匀　旬似均　巡似倫 杊詞倫　紃囚遵　循似遵 嵤詳遵		殉詞俊　殉辭峻　徇似閏
之（照）	淳之純　肫之春　諄之淳	准之允　準之尹	稕之閏
尺（穿）	䳗齒旬　春尺均	蠢尺尹　䐏昌尹　䞐充允 萶齒允　踳姝允	
式（審）	媋式匀	賰式尹	舜尸閏　瞚式閏　鬊舒閏
時（禪）	純市均　醇時均　漘視均 蓴食均　槆時春　辜市倫 蒪常倫　脣食倫　錞殊倫 淳是倫	吮食允　楯時允　揗食尹 盾殊尹	順食潤
側（莊）			
楚（初）			
仕（床）	䣞士倫〔註 184〕		
所（疏）			蕣師閏〔註 185〕
於（影）	贇於倫	䡓於尹	
呼（曉）			
胡（匣）	𨥎乎均		
于（為）		尹于準	
余（喻）	匀弋旬　桲以荀　昀羊倫	狁余準　允惟蠢　玧以蠢	
力（來）	錀力屯　侖力旬　輪力均 棆理均	埨力尹	
如（日）	瞤如倫　犉而純	噸而尹　甤人尹　毴而允	閏如舜

〔註 184〕䣞，《廣韻》常倫切，屬禪母。

〔註 185〕蕣，《集韻》輸閏切，屬審母。

臻攝 9-7（合口細音）

韻目 / 切語下字 / 聲類	律（質） 律出聿筆密謐畢述橘蜜恤遹
方（幫）	⿰⻊筆彼律　⿰王筆彬律　熚卑出　⿰革必皮畢　罼卑蜜　⿰畢攴畢蜜　⿱卄十俾蜜　畢俾謐　匹普謐　鉍彼密　筆碑密　⿰魚畢布密　蓽補密　⿰言畢卑密　⿰扌筆彬密
普（滂）	⿰月八普密
扶（並）	彿皮律　佛皮密　⿱弗心皮筆　滵莫筆　抋扶畢
莫（明）	蜜明畢　鴓美畢　⿰目密摩筆　蔤美筆　密眉筆　宓明筆
丁（端）	窋丁律〔註 186〕
他（透）	
徒（定）	
奴（泥）	
竹（知）	⿰忄出竹律　泏知律
丑（徹）	炪丑出　黜丑律　怵恥律　跊褚律
直（澄）	⿰火朮丈出　⿰魚朮直律　⿱艹朮儲律
女（娘）	
古（見）	⿱艹矞九出　橘規述　繘居律　蹫圭律　⿱冏絲古遹　⿺走矞居聿　⿺走夐九聿
口（溪）	⿰風出祛律　⿰金屈區律
巨（群）	⿰矞鬼巨聿　屈巨律　⿰酉矞巨出　僪渠出
五（疑）	
子（精）	⿰歹卒子律
七（清）	焌倉聿
才（從）	崒才律　踤財律　箤才恤
思（心）	訹思聿　戌思律　鉞辛律　欰私律　⿰貝血先筆
似（邪）	
之（照）	⿰糸十之聿　⿰出頁之出
尺（穿）	出尺述
式（審）	絀式出　⿰禾出式聿
時（禪）	朮時聿　術食聿　⿰虫矞市律　述視律　鉥時橘　⿰矞鳥時律

〔註 186〕窋，《集韻》作竹律切，屬知母，此舌頭音切舌上音。

側（莊）	𡢃側律			
楚（初）	刾又律			
仕（床）				
所（疏）	率山律	㖡所律	㷛疏聿	璷所蜜
於（影）	鬱於律			
呼（曉）	颰呼出	獝許出	矎呼聿	越許聿	忥許律	喬況出
胡（匣）				
于（爲）	鞙右律	汩爲聿	起爲筆	颶于筆
余（喻）	逮余述	驈余橘	聿以出	喬余出	颱余律	鷸餘律	欥由律	芛惟畢
力（來）	律力出	葎陵出	㿖力述	等呂恤	葎呂橘	㙜來密
如（日）				

臻攝 9-8（合口細音）

聲類＼韻目切語下字	云（文） 云軍分文君雲墳芬蘊		粉（吻） 粉吻忿刎憤	問（問） 問運慍糞奮訓郡
方（幫）	㯏筆云〔註187〕 氈方云 饋甫云 䬚府文 分甫墳 氛夫云		鱝府吻 捹方刎 黺方憤	糞方問 糞夫問 坌甫問 奮方慍 僨甫運
普（滂）	芬孚云 岎芳云 棻妨云 闋撫文 雰孚雲		粉甫憤 忿孚粉	噴匹問
扶（並）	焚父云 墳扶云 鐼扶分 濆扶文		鱝防吻 膹扶吻 憤房吻 牘扶忿 憤扶粉 扮伏粉 鲂逢粉 犢扶刎	粉扶問
莫（明）	䟔密云〔註188〕 蚊亡云 聞武云 文亡分 閔武分 芠無分		膗莫粉〔註189〕 刎亡粉 吻武粉 蟁無粉	紊亡慍 汶亡運 璺亡奮 問亡糞
古（見）	君居云 莙九文 芸古軍 軍九云 莙俱云		麏居吻	
口（溪）	歅丘云		趣丘忿	

〔註187〕 㯏，《集韻》敷文切，屬敷母，此重唇切輕唇。

〔註188〕 䟔，《廣韻》武盡切，屬微母，此重唇切輕唇。

〔註189〕 膗，《廣韻》武粉切，屬微母，此重唇切輕唇。

巨（群）	群巨云　瘒渠軍　宭仇文		郡求慍
五（疑）		齳午忿　峜魚吻	
子（精）			
七（清）			
才（從）			
思（心）			
似（邪）			牰似訓〔註190〕
於（影）	氲於云　穩紆云　熅於文　蘊紆文　壹於芬	縕於忿　薀於粉　惲紆憤	醞於運　訓許運　慍於問
呼（曉）	勳許云　焄詡云　蕫呼云　薰許軍　焄詡軍　臐吁雲		
胡（匣）	魂乎軍		
于（爲）	篔王分　紜于分　雲于君　耘禹軍　沄有軍　櫄于軍　溳于墳　貟于蘊	顐云粉　抎于粉　磒尤粉	暉于郡　宥尤問　餫于問　貟王問　運于慍　暈有慍　韗禹慍　鄆爲慍
余（喻）			

臻攝 9-9（合口細音）

韻目／切語下字／聲類	勿（物）				
	勿物弗屈詘				
方（幫）	翇分勿	汥方勿	弗甫勿	咈甫物	黻方物
普（滂）	佛孚勿	髴芳勿	拂撫勿	茀敷勿	祓孚物　刜孚弗
扶（並）	怫扶勿	鮒浮勿	刜扶弗	坲扶物	佛符弗
莫（明）	沕亡弗	勿無弗	物亡屈	笏文屈	劤武弗
古（見）	鶌九勿	欨古勿	𡲬九物		
口（溪）	屈丘勿	䶡區勿	詘丘物		
巨（群）	倔巨勿	掘渠勿	㴶渠物	𧼞渠詘	堀求物　𡲬衢物
五（疑）	崛魚勿				
於（影）	黦於勿	鬱於屈	爩於物	黦紆弗	熨紆物

〔註190〕今本《玉篇》「牰」，似訓切，《名義》辭遵反，《廣韻》食倫、詳遵二切，《集韻》
松倫切，《類篇》船倫、松倫二切，此以《廣韻》文韻去聲切諄韻平聲。

呼（曉）	欻許勿　欻呼物
胡（匣）	
于（爲）	矞有勿　潏于勿　𥛬于屈
余（喻）	

五、梗　攝

梗攝 11-1（開口洪音）

聲類 ＼ 韻目·切語下字	庚（庚） 庚行衡彭更莖	猛（梗） 猛杏梗獷哽	孟（敬） 孟更硬
方（幫）	絣布庚　榜補庚　騯百庚 嫲博盲　螃方莖		趽補孟
普（滂）	怦普行　橕普庚　磅匹庚		
扶（並）	膨蒲行　憉步行　殏蒲行 殅蒲盲　㧊泊盲　輷步盲 篣步庚　棚蒲庚　鼙步庚 彭蒲衡　䡤薄庚　棚皮莖		
莫（明）	蝱莫庚　蛗陌庚　䖯亡庚 〔註191〕	艋莫梗　猛麻獷　蟒莫哽	孟莫更
竹（知）	禎徵庚　趟竹庚　紅陟庚		趟竹孟
丑（徹）	瞠丑庚　雽敕庚	瑒雉杏	撑丑孟
直（澄）	盯直庚　根宅行　瞪丈莖		鋥直孟
女（娘）	䫻狃庚　氋女庚		
古（見）	粳柯彭　羹柯行　賡古行 夏古衡〔註192〕　　庚假衡 耕古莖	埂古杏　梗柯杏　腰居杏 哽柯猛　礦古猛　獷鉤猛	夏古孟〔註193〕
口（溪）	坑苦庚　劥口庚　䧿苦莖 誙口莖	䂀鉤猛	
巨（群）			
五（疑）			硬五更　鞕牛更
側（莊）			

〔註191〕䖯，《名義》亡庚反，《切三》《王一》《王二》武庚反，今本《玉篇》音讀同。

〔註192〕今本《玉篇》夏，「今作更」，有古孟、古衡二切。

〔註193〕同註191。

聲類			
楚（初）	搶初庚　鎗楚庚		
仕（床）	傖仕衡　騂士行　髣助庚　衡仕庚		
所（疏）	甥所庚	瓵山梗	
於（影）	罌於庚　甖烏莖	甇烏猛	
呼（曉）	脝許庚　殸呼庚	澋戶猛　杏胡梗　苘何梗	啈許更　誵許孟
胡（匣）	珩下庚　喤胡彭　揘胡盲　蘅胡庚　鴴戶庚　衡乎庚		絎胡硬　絎行孟　鵆戶孟　誵下孟　橫胡孟
于（爲）			
余（喻）	莖余更〔註194〕		

梗攝 11-2（開口洪音）

聲類 ＼ 韻目・切語下字	格（陌） 格白百伯額陌額虢客
方（幫）	伯博陌　百補格　皀布格　栢補白
普（滂）	
扶（並）	白步陌　皛傍伯　帛步百
莫（明）	鉑莫伯　佰莫白　驀明白　駱莫百　貊盲百　貘莫格　嘆亡格　夢亡客　蛨亡百
丁（端）	柸丁格〔註195〕
他（透）	
徒（定）	
奴（泥）	
竹（知）	舴陟格　矺竹格　虴竹百
丑（徹）	坼恥格　趗丑格
直（澄）	擇儲格　宅除格　澤直格　韄直白　侘池陌
女（娘）	
古（見）	挌柯額　膈古額　骼居額　鮥更白　格柯額　鬲古額　頟庚伯　敋古伯
口（溪）	客口格
巨（群）	
五（疑）	額雅格　詻魚格　輵牛格　峉五百　崿五百

〔註194〕莖，《切三》戶耕反，屬匣母耕韻。

〔註195〕柸，《廣韻》陟格切，屬知母，此以舌頭切舌上。

聲類	切語
側（莊）	窄側格　蚱莊額　猎側白　迮阻格
楚（初）	簎初格　柵楚格　猎叉白
仕（床）	岼士百
所（疏）	溹所格　趀山格
之（照）	
尺（穿）	
式（審）	索式白〔註196〕
時（禪）	
於（影）	轚於白　歡於伯　啞烏格　韉於虢
呼（曉）	赥呼格　挧呼虢　謋虎伯　矍呼伯
胡（匣）	垎胡格　綌何格　輅戶格　赾胡白　歡胡陌
于（爲）	囒于白
余（喻）	

梗攝 11-3（開口細音）

韻目 切語下字 聲類	京（庚） 京兵明迎英榮卿生貞荊呈兄	景（梗） 景永影丙皿	命（敬） 命慶敬映竟競詠柄病
方（幫）	兵彼榮	炳彼皿　昞筆皿　丙兵皿　窉筆永　秉布永　怲兵永　昺碑景　邴彼景　抦悲景	病補命　柄必命　鈵彼病　邴彼命
普（滂）		眪孚皿	
扶（並）	憑皮明〔註197〕　坙蒲京　平皮并　枰皮兵　洴白明		評皮柄　病皮命
莫（明）	鳴莫兵　明靡兵　盟靡京	蜢莫永　皿明丙　盟眉景	命靡競
竹（知）	貞知京		
丑（徹）	牚丑貞　檉敕貞		偵恥慶
直（澄）	裎除貞　酲陳貞　珵除荊　捏丈生		
女（娘）			
古（見）	京居英　獍九卿　麠几英　荊景貞	璄居影　境矚影　撖居景　憬几永　礮俱永　景莫永　暅久永　憬居永　螫居丙	竟几慶　敬居慶　竸居競　獍居命　裛居詠　鏡居映

〔註196〕索，《廣韻》山戟切，《集韻》色窄切，屬疏母，此以照系切莊系。

〔註197〕憑，《切三》、《王二》皆扶冰反，《廣韻》扶冰切，皆蒸韻字，今本《玉篇》則以庚韻字切之。

聲類			
口（溪）	卿去京		慶丘映
巨（群）	擎渠京　黥巨京		誩渠竟　競渠慶　暻巨命　倞渠命
五（疑）	迎宜京		
側（莊）	郰阻生		
楚（初）	頳初貞		
仕（床）			
所（疏）	笙所京　牲史京	眚所景	齛所敬　眰山敬
於（影）	瑛於京　英猗京　縈猗明　鍈於卿　䁤於迎　䀹於明	影於景　饐乙景	攖乙慶　䁓於竟　映於敬
呼（曉）	兄詡榮　詗呼榮	𤷾許永	怲況命
胡（匣）			
于（爲）	𤲒永兵　嶸于兄　榮爲明	永于丙	詠爲命　𧭛于命
余（喻）			
力（來）	䃘力京〔註198〕		
如（日）			

梗攝 11-4（開口細音）

聲類 ＼ 切語下字 ＼ 韻目	戟（陌）戟逆隙
方（幫）	
普（滂）	
扶（並）	欂弼戟
莫（明）	
竹（知）	
丑（徹）	
直（澄）	擿䖗戟
女（娘）	
古（見）	戟居逆　㦸紀逆
口（溪）	郤去戟　隙丘戟　綌去逆
巨（群）	𡰥渠戟　劇巨戟　㵋渠逆　𢴤巨逆　歈奇逆
五（疑）	㘁魚隙　逆魚戟　繲宜戟

〔註198〕䃘，《集韻》離貞切，屬清韻。

側（莊）	
楚（初）	
仕（床）	
所（疏）	硙所戴
於（影）	
呼（曉）	覤許逆　虢許隙
胡（匣）	
于（爲）	
余（喻）	

梗攝 11–5（合口洪音）

聲類＼韻目切語下字	耕（耕） 耕萌觥橫宏盲紘泓爭繃閎	幸（耿） 幸耿倖	迸（諍） 迸諍
方（幫）	迸補耕　弸必耕　綳必萌　繃彼萌　抨力方萌	迸補幸　絣方幸	迸彼諍
普（滂）	伻普萌　砰披萌　硼匹耕　怦普耕	眅普幸	
扶（並）	榜蒲萌　輣扶萌	廬步幸　倗蒲倖	
莫（明）	盲莫耕〔註199〕	黽眉耿　瞢亡幸　蝱亡耿	
丁（端）			
他（透）			
徒（定）	瞪杜萌		
奴（泥）	鐣奴耕		
竹（知）	搄竹萌　丁竹耕		諍陟迸
丑（徹）	瞪直耕		
直（澄）	掁宅耕　橙除耕　骳丈耕　瞳丈莖		
女（娘）	儜女耕　蘖狃耕		
古（見）	耕古萌　耕古莖　橆公閎　鐄口觥　咣古橫　罞公盲〔註200〕	蔽公幸　董古幸	

〔註199〕盲，《名義》莫庚反、《切三》武庚切，皆庚韻字，此以耕韻切庚韻。

〔註200〕今本《玉篇》「罞」，本作公育切，育字可能是盲字之形訛。

聲類			
口（溪）	摼苦耕　鏗口耕　誙口莖		
巨（群）			
五（疑）	硜牛耕　娙五耕		
子（精）			
七（清）	殸七萌		
才（從）			
思（心）			
似（邪）			
側（莊）	箏側耕　爭菹耕　鯙壯耕		諍側迸　爭菹迸
楚（初）	琤楚耕　棖叉耕		
仕（床）	埩仕耕　鐳仕萌		
所（疏）	甥色爭		
於（影）	甖烏莖　嚶於耕　泓於紘 吰烏橫		櫻烏併
呼（曉）	訇呼宏　轟呼萌　嚝火橫 諻呼橫　渹盧觥　鍧呼觥		砉許迸
胡（匣）	宏胡萌　耾侯萌　嶸戶萌 翃胡泓　鏗胡耕　謍駭耕 橫胡觥　鑅乎觥	倖胡耿　幸戶耿	
于（為）	瑒禹萌　紘為萌		
余（喻）			

梗攝 11-6（合口洪音）

韻目 切語下字 聲類	革（麥）
	革麥責獲厄核戹隔諽覈核讁謫
方（幫）	檗補革　擘譜革
普（滂）	擂普麥　䴵普革　拍匹革
扶（並）	辮步革
莫（明）	麥莫革　蟇莫獲　霡亡馘〔註201〕
丁（端）	摘多革〔註202〕

〔註201〕今本《玉篇》「霡」，亡馘切，元刊本亡馘切，疑「馘」即「馘」之形訛，據元刊本改。

〔註202〕摘，《廣韻》陟革切，屬知母，此以舌頭切舌上。

他（透）	
徒（定）	檡徒革
奴（泥）	
竹（知）	謫知革　黐竹革　𢳞陟革　窡陟厄　乇竹厄
丑（徹）	晿丑厄　粏丑厄　疻丑革
直（澄）	蕐池革　襗除革　澺直謫
女（娘）	鷖女厄　庀女厄　觭女隔　榻尼革　㧺女革
古（見）	𩙿古核　革居核　謫公核　譁柯核　摑古獲　𢦏古獲　鹹古獲　鐀古麥　臓戈麥　鞞柯覈　睭耕賾　橜居賾　㦂公翮　愊公厄　嗝古厄　隔几厄
口（溪）	磬口革　礊口獲
巨（群）	
五（疑）	鵬五革　彄五賾
子（精）	
七（清）	
才（從）	
思（心）	愬斯革　䨮合麥
似（邪）	
側（莊）	瞔爭革　責壯革　幘側革
楚（初）	揀初革　齰叉革　策楚革　冊楚賾　㩅初賾
仕（床）	䐱仕革　蹟助革
所（疏）	楝山革　鎙所革　韃所賾　霹色麥　索山賾
於（影）	戹倚革　厄於革　擖於賾　虎於隔　擭乙獲
呼（曉）	爧呼麥　㦞火麥　颲呼獲
胡（匣）	覈胡革　涸下革　翮諧革　劃乎麥　嗝胡麥
于（為）	核為革　獲為麥
余（喻）	
力（來）	砳力麥
如（日）	

梗攝 11-7（開口細音）

韻目 切語下字 聲類	盈（清） 盈成征并名精聲征清	井（靜） 井頂冷迥領鼎郢穎茗 整頃穎省挺打餅	政（勁） 政盛性正姓聖聘鄭淨
方（幫）	并俾盈　枡俾名　䶕博名 屏卑并	併補郢　餅卑井　麭博領 鉼畢領　齘必茗　鞞布頂	摒必政　併必姓
普（滂）	聠匹名	眐匹頂　頩普冷	騁匹政　聘匹正

扶（並）		竝毗茗	
莫（明）	名彌成　粆莫井　洺武盈	愵彌井　昭彌頂　茗冥頂　酩莫迥　瞑眉冷〔註203〕　嵾亡頂　娛亡鼎	詺名聘
丁（端）		頂丁領　町都領　瀞的領　酊多領　鼎丁冷　耵都冷　屌丁挺　葶都挺	
他（透）		壬他井　頲他領　珽他鼎　艼禿鼎　圢他頂	
徒（定）		脡徒領　町徒頂　梃達頂　挺達鼎　艇徒鼎　涏徒冷　霆大冷　訂唐頂	
奴（泥）		蕑奴領　聹乃頂　顜奴頂　蠳乃冷	
竹（知）			
丑（徹）	頳丑盈	睈丑郢　騁丑領　裎敕領　脡敕鼎	遉丑聖　靗丑鄭〔註204〕
直（澄）	郢直盈	浧丈井	鄭直政　甄除政
女（娘）			
古（見）		熲吉潁　頸吉郢　潁古迥　烱公迥〔註205〕　熲古頂　瞥古冷	勁吉聖　勁居政　勁古政
口（溪）	鑋丘井　輕起盈	高空井　頃去潁　擷恪潁　苘口潁　細口迥　褧苦迥　漿口冷　謦枯鼎	輕丘盛　淨求性　輕去政
巨（群）	鯹巨成　睘衢井　勍其聲	痙渠井　涇巨井	
五（疑）		脛五冷　妖牙冷　醒五鼎	
子（精）	晴子盈　藉借清	邢子省　窘積省　井子郢	
七（清）	清且盈　埥七盈　精七精	請且井　晴七井	清七性
才（從）	情疾盈	靜疾井　窘慈井　靖疾郢	婧財姓　穎在姓　蜻疾性　敍才正　靘才性

〔註203〕瞑，《廣韻》武幸切，屬耿韻合口二等。

〔註204〕靗，今本《玉篇》亦作「偵」，恥慶切。然不得據此視爲敬勁二韻通用之例，因二字釋義不同，如先部「靗」字釋作「覘也，譯也」，人部「偵」字下注云：「候也，東觀使先登偵之。」且《廣韻》「偵」字即分居敬、勁二韻。

〔註205〕瞥，《廣韻》古幸切，屬耿韻合口二等。

思（心）	騂思營　埕息營	省思井　醒思領　睲息頂　箵先鼎	姓思政　性思淨
似（邪）	晴似盈	彭徐井	
之（照）	征之成　眰之盈　臑諸盈　餚止盈	整之郢	政之盛　簉之聖
尺（穿）			
式（審）	聲書盈		聖舒政
時（禪）	成市征　薣時征　誠是征　峸示征　珹時盈　郕食盈　竷時聲		壚食政　晟是政　盛時正
於（影）	瓔於盈　嬰一盈　纓於成　櫻伊成　灐益精　廔於井	臀於井　怏乙井　㼄於郢　濚烏迴　竛於迴　嶸烏頂	
呼（曉）	胸火營	詗火迴	敻詡政　詗呼政
胡（匣）		洞乎頃　緈胡冷　淬乎冷　迥胡頂　鏗下冷　巠後鼎　烱戶頂	
于（爲）	覍于井		
余（喻）	盈余成　篹弋成　瀛與成　楹餘成　膡餘聲　鍂余傾　營弋瓊　營余瓊　嬴藥征　癚役征　嬴余征　嘗唯井	郢以井　湦弋井　樗以整　穎役餅　穎餘頃	
力（來）	跉力呈	領良郢　伶力郢　徎力整　嶺力井　汀盧打	令力政
如（日）			

梗攝 11-8（開口細音）

韻目／切語下字／聲類	亦（昔）					
	亦石隻赤役昔益辟積席尺易惜奕炙					
方（幫）	璧俾亦	辟補赤	彈比益	襞必益	襞卜役	綼必役　辟卑益
普（滂）	僻匹亦	癖匹辟	劈普辟	欂妨亦		
扶（並）	擗脾役	鷿蒲益	闢步役	辟婢亦		
莫（明）	簚莫辟					
丁（端）						
他（透）						
徒（定）	籺徒亦					

聲類	切語
奴（泥）	
竹（知）	
丑（徹）	彳丑亦
直（澄）	蹢丈隻　㳠直赤　樀直炙
女（娘）	
古（見）	莊古隻　䙕吉役
口（溪）	䠊丘役
巨（群）	
五（疑）	
子（精）	借子亦　踖子石　跡子昔　鶺子席
七（清）	覰七亦　㠯七役　碏七席　㯉且席　趀千尺
才（從）	䕛慈夕　措慈昔　嗻秦昔　躤在亦　耤才亦　藉牆亦　猎秦亦　籍疾奕
思（心）	昔思亦　鴶思積　惜私積
似（邪）	穸辭赤　席似赤　蓆祥亦　夕辭積　㚰詞惜
之（照）	隻之石　炙之亦
尺（穿）	尺齒亦　蚇蚩亦　拆齒隻　鹵昌石
式（審）	檡舒亦　適尸亦　釋式亦　㢸詩亦　適舒赤　睪式赤　醳尸石　郝舒石
時（禪）	石市亦　秳視亦　祏殊亦　碩市易　躲時益　祏殊亦
於（影）	益於亦　謚伊昔
呼（曉）	瞁許役　膜呼役
胡（匣）	
于（爲）	
余（喻）	亦以石　睪余石　帟余石　懌羊石　譯餘石　奕弋石　醳夷石　易余赤　瘍羊赤　𧼝余隻　𦆲羊隻　役營隻　腋羊益　焂唯辟
力（來）	㽞郎石
如（日）	

梗攝 11-9（合口細音）

韻目　切語　下字　聲類	營（清）營坰熒螢瓊扃傾坣駉		
古（見）	坰圭營　𦕁圭熒　駫公熒　絅古營　冋古螢　扃古熒　坰圭營		
口（溪）	傾口營　陳丘營　硱苦扃		
巨（群）	瓊渠營　㜪巨營　惸葵營　檾瞿營　煢具營　趜揆扃		

聲類			
五（疑）			
於（影）	瀠烏營　帯紆䕣　瑩於坰		
呼（曉）	䘔火營		
胡（匣）	熒胡坰		
于（為）	嫈于扃		
余（喻）			

梗攝 11-10（開口細音）

韻目 切語下字 聲類	丁（青） 丁經庭苓廳廷形零鈴冥靈青屏星寧亭霝		定（徑） 定佞聽徑甯逕
方（幫）	箳卑星		
普（滂）	傽普丁　謥匹丁　頩普經		
扶（並）	跰蒲丁　萍部丁　荓薄丁　軿步丁 軯步靈　洴毗名　郱蒲經　屏蒲冥 瓶蒲并　伻扶形　塀扶丁		偋步定
莫（明）	冥莫庭　䳲莫丁　覭莫靈　銘莫經 猽莫屏　莵亡丁　榠亡靈		冥莫定　嫇亡定
丁（端）	玎都廷　叮都苓　灯的庭　丁多庭		頱都定　酊丁定　箏滴佞　顁多佞
他（透）	汀他丁　𨐔剔鈴　芅禿霝		聽他定
徒（定）	朾徒丁　渟達丁　莛特丁　亭大丁 邒徒苓　婷徒寧　廷徒廳　聤達零		矴迪甯
奴（泥）	寧奴庭　郳奴經　嚀奴丁　寗乃丁		甯乃定　佞奴定
竹（知）			
丑（徹）	䤕丑丁　虰丑經		
直（澄）	篟直經		
女（娘）			
古（見）	巠古庭　鵛古形　經古丁		徑古定　逕吉定　剄工定　勁公定
口（溪）	罄口丁		窒口定　罄可定
巨（群）			
五（疑）			
子（精）	晶子丁　頱子庭		
七（清）	青千丁　鯖倉經		靘千定　婧且定
才（從）			

聲類			
思（心）	腥桑丁 皇蘇丁 星先丁 惺桑經 醒思廷		
似（邪）			
於（影）	晴伊青		瑩烏定
呼（曉）	鋞呼丁 馨盧廷 蜆呼鈴		
胡（匣）	形戶經 鏗胡經 鉶何經 陘下丁 刑戶丁 邢胡丁 䇢胡亭		
于（為）			
余（喻）			
力（來）	笭力丁 砱魯丁 苓郎丁 欞力庭 齡呂經 玲力經		
如（日）			

梗攝 11–11（開口細音）

韻目 / 切語下字 / 聲類	的（錫）
	的狄歷激覓壁擊闃迪敵靂笛寂
方（幫）	壁補歷 鐴補狄 鷿布覓 繴北激
普（滂）	憵普狄 霹普的
扶（並）	殏蒲狄 甓並的 驚步覓 綼步狄 煏符歷〔註206〕
莫（明）	塓莫歷 覓莫狄 糸亡狄
丁（端）	墑丁歷 滴都歷 玓典歷 鏑丁狄 弔都狄 的丁激
他（透）	悐他歷 趯廳歷 逖託歷 倜他激 惕他的 趯他狄 蓨他笛 折天靂
徒（定）	覿達寂 踧達的 敵大的
奴（泥）	
竹（知）	
丑（徹）	禰丑歷
直（澄）	
女（娘）	惄奴歷 怒乃歷 惄奴的
古（見）	墼居的 憨古的 激公的 雞古覓 摑公覓 郹古闃 湨古壁 薂公狄 擊經歷
口（溪）	喫去擊 潏去的 欯輕歷 闃苦壁
巨（群）	
五（疑）	檷牛狄 虉魚狄 倪午的 鷁魚激
子（精）	績子狄
七（清）	戚千的 慼且的 皵七狄 親且狄 蒛千歷 瞁七歷

〔註206〕 煏，《廣韻》必益切，屬幫母昔韻。

才（從）	嘁前歷　詠疾歷　崇前的　堉情迪　覞才歷
思（心）	惢先歷　扗星歷　緆先狄　析思狄　蜤先的　錫思的　菥思擊　淅桑激
似（邪）	汐辭歷
於（影）	
呼（曉）	鬩呼狄　欥許狄　荋呼歷　篖呼擊　舌呼覓　昊呼闃　矜呼的　赥許迪　殈況壁
胡（匣）	覡胡的　驚乎的　蔽胡激　橄戶狄
于（爲）	
余（喻）	耦盈歷　鈠營歷　督營歷　垼唯壁　疫俞壁
力（來）	歷郎的　瓅力的　躒令的　櫟來的　鎘盧的　瓅郎敵　轣郎擊　藶良激　曆郎狄
如（日）	

六、曾　攝

曾攝 6-1（開口細音）

韻目／切語下字／聲類	陵（蒸）	拯（拯）	證（證）
	陵升繩冰矜徵承丞膺蒸乘凝仍兢蠅	拯	證孕應甑
方（幫）	弸悲矜　掤祕矜　丫鄙凌　冰卑膺		柲彼孕
普（滂）	砅普冰　豐芳馮		淜匹孕
扶（並）	馮皮冰　瀀蒲冰　淜備矜		凭皮證
莫（明）			艋尾孕
丁（端）	磴都陵		
他（透）			
徒（定）			掭徒證
奴（泥）			
竹（知）	鄧知升　癥知陵　徵陟陵		
丑（徹）		庲丑拯　庱恥拯	孖丑證
直（澄）	懲直陵		
女（娘）			
古（見）	齡几陵　矜居陵　兢冀徵		
口（溪）	硱口冰		欨口孕
巨（群）	殑巨升		
五（疑）	臏魚矜　冰魚膺〔註207〕		

〔註207〕冰，今本《玉篇》卑膺切，又云「今筆凌切」。按今本《玉篇》之例，凡一字下

子（精）			甀子孕
七（清）			彰七孕
才（從）	騲才陵　鄫在陵　嶒疾陵		
思（心）			
似（邪）	繪似陵		
側（莊）			
楚（初）			
仕（床）	磳仕冰		
所（疏）	殏色兢		
之（照）	脊之仍　簬之升　臕之丞　烝之承　徰諸膺	軽〔註208〕	證諸孕　烝之孕
尺（穿）	冄齒陵　秤昌蠅　俌齒繩	悷尺拯	稱齒證　冄尺證
式（審）	昇式陵　勝舒陵　升舒承		蒢詩證　勝舒證
時（禪）	椉是升　繩市升　艖時升　澠市陵　諨視陵　愢食陵　丞侍陵　承署陵		剩時證　朕實證　椉是證
於（影）	膺於仍　應於陵　蠅於凝		膺於甀
呼（曉）	鄭欣陵　嫐欣陵　興盧凝		臏許證　興許應
胡（匣）			
于（爲）			
余（喻）	蠅余蠅		孕弋證　朕以證　俙餘證　倭余證
力（來）	陵力升　凌力丞　綾力承　襛力矜　夌力蒸　淩力徵　磢呂升		餕力甀
如（日）	陾耳升　鹵如乘　礽而凝　仍如陵　扔人蒸		荕而證

列有數音者，皆異讀，然「卑膺切」與「筆凌切」音實同。疑卑字乃魚字之形訛。《說文・冫部》「冰」段注云：「《詩》『膚如凝脂』，本作冰脂，以冰代仌，乃別製凝字，經典凡凝字皆冰之變也。」可知冰乃凝之本字，今本《玉篇》「凝」正作「魚膺切」。又《廣碑別字》魚字有作魚（魏張玄墓誌）、作魚（唐正議大夫使持節相州諸軍事守相州刺史上柱國河南賀蘭山務溫墓誌）等，則魚之字體極有可能與卑字相混。

〔註208〕軽，今本《玉篇》音拯，然「拯」歷來乏其切語，《切韻》《王一》皆云：「無反語，取蒸之上聲」，故本表於拯韻照母的位置，但列其字，切語則闕如。

曾攝 6-2（開口細音）

韻目　切語　下字　聲類	力（職）　　力逼職弋域棘式翼直側識陟色翌極憶織洫食					
方（幫）	逼碑棘	颮冰力	図彼力	偪鄙力		
普（滂）	稫丕力	踾普力	畐普逼	猵芳逼		
扶（並）	馥皮逼	愎蒲逼	頔扶力	輻符逼		
莫（明）	睿眉力					
竹（知）	偖知力	稙竹力	陟知直	詀知陟		
丑（徹）	敕丑力	飭恥力				
直（澄）	稟池力	直除力				
女（娘）	匿女力	慝女直				
古（見）	棘几力	颩居力	嶇紀力			
口（溪）						
巨（群）	極渠憶					
五（疑）	嶷牛力	嶷魚力				
子（精）	稷子力	昃兹力	㶅子弋	堲子翌		
七（清）						
才（從）	堲在力	崱秦力	堲才即			
思（心）	薏私力	息思力	熄相力	穑胥弋	寒先側	
似（邪）						
側（莊）	昃壯力	萴阻力	捌阻色	側莊色		
楚（初）	遫初側	薂叉力	㥼初力	測楚力	稄楚棘	
仕（床）	瀷士力	崱仕力				
所（疏）	嗇使力	穡所力	色師力			
之（照）	織之力	職支力	軄諸翼			
尺（穿）	軾尺弋	瞮充陟				
式（審）	飾尸食	式尸力	鎴舒力	識詩力		
時（禪）	飾舒弋	拭書翌	寔時弋	殖時力	食是力	湜視力　箈常式　植時職
於（影）	億於力	㐆於直	抑於陟	癔於識	卬乙棘	
呼（曉）	淢呼逼	艵許力	洫呼域	髹火域	閾況域	

聲類	切語下字
胡（匣）	洫許域　衾麾域　黬許極　洉戶式　棫胡逼
于（爲）	緎于力　域于洫　馘于逼　域爲逼　緎禹逼　闑雨逼
余（喻）	趯移力　衭以力　弋夷力　杙余力　爗與力　匵羊式　笟余織　杙羊職　芅餘職　冀與職
力（來）	仂六翼　力呂職
如（日）	姪而力

曾攝 6-3（開口洪音）

聲類 ＼ 切語下字 / 韻目	登（登） 登曾稜棱縢朋騰崩恆能僧增層	等（等） 等肯	鄧（嶝） 鄧亙鐙贈
方（幫）	鬸布朋　霜北朋　絣北騰　絣方登		埲補鄧
普（滂）		倗匹肯	鯯匹亙
扶（並）	踼步登　鵬步崩　棚部登	陪步等	
莫（明）	瞢莫登　䁐墨登　鱙武登　蠵武稜		鋩莫鄧　䲨亡亙　鱙武亙　䀆亡鄧
丁（端）	氉都能　奟多曾　燈得棱　登都稜　簦都縢　璒得縢　燈都騰	䁎多肯　等都肯	磴丁鄧　鐙多鄧　嶝都鄧
他（透）	鼟他登　䦗他曾　䠭天登		䴩他鄧
徒（定）	䲢大曾　䲢徒曾　䲢達曾　藤徒稜　蟛徒登　縢大登		隥大亙　蹬徒亙
奴（泥）	能奴登	㿗乃等	
古（見）	緪公曾　絙古登　觠公登　竑古弘		揯公鄧　搄古鄧　㮳古鐙　觠公贈
口（溪）		肯口等	
巨（群）			
五（疑）			
子（精）	譄子恆　曾子登　增作登　增則僧　熷子棱	䁮子等	
七（清）	䝑七曾		蹭七亙
才（從）	曾徂曾　層自登　蹭慈稜　曾才登		贈在鄧

聲類			
思（心）	僧悉層		䚄思鄧
似（邪）	繪似登		
於（影）			
呼（曉）			
胡（匣）	恆胡登		
于（為）			
余（喻）			
力（來）	倰力曾　楞力登　薐勒登　簾梨登　稜盧登　踜魯登　棱力增		騋力亙　輘魯鄧　薐魯鐙
如（日）			

曾攝 6-4（開口洪音）

聲類　切語下字　韻目	得（德）
	得北勒則德祴刻特墨
方（幫）	北布墨
普（滂）	
扶（並）	匐步北　蔔傍北　罷蒲北　服蒲特　僰平勒
莫（明）	墨莫北　冪莫勒　墨亡北
丁（端）	蹖多則　得都勒　㝵丁勒
他（透）	聽他則　忒他得　㨃他德
徒（定）	特徒得
奴（泥）	䘌乃北
古（見）	祴古得　禣古祴
口（溪）	刻苦則　克口勒　勊枯勒　尅口得
巨（群）	
五（疑）	
子（精）	則子得
七（清）	
才（從）	賊在則　賊昨則　蔽狙勒　鰂疾得
思（心）	塞先則　塞蘇得
似（邪）	
於（影）	餩於北

呼（曉）	歄呼勒　黑訶得　㶆呼得
胡（匣）	魊乎北　釛胡刻　劾胡勒
于（爲）	
余（喻）	
力（來）	泐力得　阞來得　泐郎得　扐旅得　勒理得　扐陵得　朸魯得　勒盧得　㻬力德
如（日）	

曾攝 6-5（合口洪音）

韻目 切語下字 聲類	肱（登） 肱薨弘		
古（見）	肱古薨　鞃革薨		
口（溪）			
巨（群）			
五（疑）			
於（影）			
呼（曉）	薨呼肱　薨頩霍肱		
胡（匣）	弘胡肱		
于（爲）			
余（喻）			

曾攝 6-6（合口洪音）

韻目 切語下字 聲類	或（德） 或國惑		
古（見）	國古或		
口（溪）			
巨（群）			
五（疑）			
於（影）			
呼（曉）	幗火或　瞀火惑		
胡（匣）	或胡國		
于（爲）			
余（喻）			

七、宕　攝

宕攝 8-1（開口洪音）

韻目／切語下字／聲類	郎（唐）	朗（蕩）	浪（宕）
	郎當唐堂忙剛桑昂廊囊狼旁	朗黨莽蕩儻曭	浪盎謗宕曠閬壙
方（幫）	鞤布剛　搒博忙	牓普朗　螃北朗　鬃補蕩　𪏆布莽	嫎補曠　謗補浪
普（滂）	鎊普忙　雱普唐　霶普郎　𦫵匹郎	髈浦朗　䠙普朗	䧛步浪
扶（並）	磅平忙　㝑步忙　傍蒲郎　旁步郎　𥠶步唐　蹄蒲唐　傍蒲當　𦫵薄郎	覫蒲朗	行平浪　傍蒲盎
莫（明）	茫莫郎　茫莫唐　邙莫旁　㠃莫桑　宋莫當　蘉武郎	蟒暮黨　莽莫黨　漭莫朗	
丁（端）	蟷多郎　當都郎　璫多郎　𤬪丁郎　甑丁桑　儅丁堂	郶丁莽　黨丁朗　欓多朗	儅丁盎　擋丁浪　當都浪
他（透）	鏜他當　湯他郎　殤吐郎　鄌徒郎　鼞他堂	儻他朗　傷他莽	揚他浪
徒（定）	螗大當　堂徒當　唐達當　螳徒郎　棠達郎	蕩達朗　圵徒朗　愓杜朗　婸地朗　盪徒黨	碭大浪　逷徒浪　宕達浪　菪徒閬
奴（泥）		曩奴朗	儾奴浪
竹（知）			
丑（徹）	蝪恥郎　瞠丑郎		
直（澄）			
女（娘）			
古（見）	罡公盲　剛古昂　洸古皇　岡古郎　笐姑郎　㣴古唐　桄古黃　侊公黃	𩞈各黨　䀪古莽　䟘公朗	㶼古浪　廣古曠
口（溪）	鄺苦昂　糠口郎　漮苦郎　䁢丘郎　𩣡口岡　歑苦岡　砊口唐　𥗽苦廊〔註209〕	軒口莽　慷苦莽　骯口朗	曠苦浪　閌格浪　抗可浪　𩓥口浪　伉去浪　阬口盎　壙苦謗
巨（群）			
五（疑）	䩕午唐　茚五唐　昂五郎	駠五黨　馭五朗	枊五浪
子（精）	臟作郎　臧則郎　牂子唐　牫子郎	髒子朗	葬子浪

〔註209〕𥗽，音康，然今本《玉篇》領字無「康」，茲據原本《玉篇》作苦廊切。

七（清）				槍七浪	
才（從）			奘昨朗	藏才浪　藏慈浪	
思（心）	驦先郎　桑思郎　磉先囊　匷思唐		顙先朗　纇蘇朗	喪思浪	
似（邪）					
於（影）	狹乙郎　鴦烏郎　佒於郎　坱烏堂		泱於黨　坱烏朗　笯於莽　映於朗	盎於浪　姎烏浪	
呼（曉）	魒火郎		酐火朗　慌呼幌〔註210〕		
胡（匣）	頏戶郎　迒胡郎　杭胡剛　忼戶剛　荒胡唐　航何唐　亢戶唐　胻戶當　行胡岡			愰胡壙　筑胡浪　吭戶浪　潢胡曠	
于（爲）					
余（喻）					
力（來）	簊力桑　廊力唐　踉呂唐　髒魯唐　郎力當　劻魯當　欨來當　甌勒當　䑗魯唐		㝗力蕩　悢力黨　朗力儻	誏郎宕　閬盧宕　撞力宕　䕢力盎	
如（日）					

宕攝 8-2（開口洪音）

聲類 ＼ 切語下字 ＼ 韻目	各（鐸） 各洛莫落閣作索涸博惡鄂鶴						
方（幫）							
普（滂）	膊普各　蕈匹各　蒦普莫						
扶（並）	餺蒲莫　亳步莫　泊步各　鉑蒲各　鎛旁各　箔蒲涸　鱄扶各						
莫（明）	圚暮各　漠摩各　鏌靡各　膜密各　瘼謨洛　暯忙落　莫無各　幕亡各						
丁（端）							
他（透）	驒他圚　託他各　𨨞他落　檡他洛　踱田各						
徒（定）	蠌大各　侘徒各　劇達各　澤大洛　鐸達洛　頋徒落						
奴（泥）	諾那各						
竹（知）	厇竹各　魠豬博						
丑（徹）	侂恥各						
直（澄）							

〔註210〕慌，今本《玉篇》呼幌切，《名義》呼晃反，《廣韻》呼晃切，疑今本《玉篇》切語上字「幌」乃「幌」之形訛，唐寫卷子中多見有从忄从巾不分之例。

女（娘）	
古（見）	誳古洛　胳公洛　各柯洛　擴古莫　閣公鄂
口（溪）	恪口各　廓苦莫　鞹去郭　劇口郭　篅枯鑊
巨（群）	
五（疑）	鄂五各　鱷午各　噩魚各
子（精）	趏則各　作子各
七（清）	䟈䜣各　錯七各　縒且各　剒且落
才（從）	鑿在各　醋才各　怍疾各　莋慈作　柞才落　斮才惡　鈼俎鶴
思（心）	蟋先各　索蘇各　㴠素各　藃桑落　㴠桑各
似（邪）	柞徐各
側（莊）	䪴爭索
楚（初）	
仕（床）	
所（疏）	
於（影）	惡於各　堊烏洛　惡烏路
呼（曉）	郝呼各　殼火各　鄗許各　嗃呼洛　謞火各
胡（匣）	貉胡各　佫下各　涸乎各　㗊胡閣　部侯閣　輅何格
于（為）	
余（喻）	
力（來）	晞來各　洛力各　珞郎各　轣盧各　落郎閣
如（日）	

宕攝 8-3（合口洪音）

韻目 切語下字 聲類	光（唐） 光黃皇肓	廣（蕩） 廣晃幌	
方（幫）			
普（滂）			
扶（並）	彷薄光		
莫（明）			
古（見）		廣古晃	
口（溪）	骱苦光　轥口光		
巨（群）			
五（疑）			
於（影）	汪烏光	㳸於晃	
呼（曉）	㶋火光　肓呼光　詤盧光　荒呼黃	恍火廣　㤴呼晃	

胡（匣）	黃胡光　隍乎光　潢後光　簧戶光	軖下朗　幌戶廣　晃乎廣　攩胡廣　沆何廣	
于（為）			
余（喻）			

宕攝 8-4（合口洪音）

切語下字 聲類　韻目	郭（鐸） 郭霍穫鑊
古（見）	嶧古穫　䂂古霍　彉古鑊
口（溪）	
巨（群）	
五（疑）	
子（精）	㝟祖郭
七（清）	
才（從）	
思（心）	
似（邪）	
於（影）	膜烏郭
呼（曉）	霍呼郭　攉火郭　劐呼鑊
胡（匣）	穫胡郭　雘乎郭
于（為）	
余（喻）	

宕攝 8-5（開口細音）

切語下字 聲類　韻目	羊（陽） 羊良章方王將陽揚莊楊彊姜狂亡芒涼央防床漿量裳常昌梁薑香匡	兩（養） 兩掌往養丈倣仰罔爽鞅繦奬昉紡	亮（漾） 尚向匠亮讓攘障諒上帳醬釀仗
方（幫）	坊甫良　枋甫亡　匚甫王 方甫芒　牥甫防　肪府防	瓬方往　昉甫往　倣甫罔	
普（滂）	滂普方〔註211〕　芳孚方 澇孚羊　仿孚亡	仿芳往　紡孚往	妨孚放

〔註211〕《廣韻》普郎切，屬唐韻，此以陽韻切唐韻。

扶（並）	膀步方〔註212〕　　防扶方	驦毗兩　迈防罔	
莫（明）	芒罔良　忙武姜　望無方 亾武方　忘無方　莣罔方	蝄武兩　網無兩　魍亡兩 芒無鞅　輞亡往　調無紡 皇無防　网無倣	
竹（知）	張陟良　糧徵良　餦豬良	漲陟兩　長知兩	帳知亮　脹豬亮　痕知釀
丑（徹）	倀史良　饕丑良　遑丑羊 瓵除香	鋹丑兩　昶恥兩	暢丑亮　㲯敕亮　蔨恥亮 畼敕向　䅷丑向
直（澄）	場治陽　長直良　萇除良 踉丈良　䟶雉良	丈除兩　痑治兩	韔持亮　仗直亮　瓵除向 長除亮
女（娘）	娘女良　鑲女羊	孃女兩	釀女亮　釀女帳
古（見）	姜居羊　畺記良　橿寄良 僵舉良　疆居良　曀九良 玒古方	繦居兩　膙記兩　絴古兩	
口（溪）	羌口羊　蜣丘良　䟒去良 匡去王　恇曲王　羌去央 軖丘方　框去狂　洭壚狂	硈丘仰	唴丘尙　纊丘向
巨（群）	強巨羊　弜渠良　彊巨章 狂具王　惶巨王　軖懼王	彊其兩	誆巨妄　強巨亮　弶巨尙 倞渠向　㾪巨望
五（疑）		卬魚兩　茚語兩　仰魚掌	軻牛向　䚴魚向
子（精）	將子羊	獎子養　獎子兩	醬子匠
七（清）	斨且羊　蹡七羊　槍千羊 鏘七良　嗆七相　瑲且楊		獎阻亮　將子匠　蹩次養 簽七養
才（從）	檣才羊　墻疾羊　牆疾將 嬙在梁　薔才良　戕在良 艢疾良		趏慈㨾　鴝才亮
思（心）	纕思羊　相先羊　葙蘇將 瘬思將　瓖息將　湘思量 襄思良　鄃息羊	想息兩　廂息獎	纕思亮　㶹息諒　相先亮
似（邪）	場徐良　翔似良　庠徐章 祥似羊　䄀徐羊　䀹寺羊	襐似丈　象似養　遼寺兩 像似兩　鐌徐兩　薞夕兩	匠似亮
側（莊）	裝俎良　妝阻良　莊阻陽 糚側牀		焋仄亮　壯阻亮　泚側亮
楚（初）	創楚良　瘡楚羊	俍叉丈　滄初兩　磢測兩	愴楚亮　刱楚向　誯初障

仕（床）	床仕莊　牀仕良　涔仕床	顡又兩〔註213〕		狀仕亮
所（疏）	鵝所良　霜所張　孀所莊 繻色莊　㹴史床	爽所兩　䯉史養　㯇色養		
之（照）	樟之揚　璋之陽　璋之楊 韔旨羊　憧之羊　彰諸羊 漳至裳　墇止揚	仉之養　怴之爽　掌諸養 菐之兩		墇正讓　廧之讓　障之尚 瘴之亮
尺（穿）	昌尺羊　倡齒羊　菖尺良 猖尺章　鯧齒揚	廠尺兩　氅昌兩　敞昌掌 惝尺掌　憌尺養		鯧充尚　唱充向
式（審）	湯式章　傷舒羊　螪尸楊 賣尸羊　觴式羊　塲始羊 商舒羊　殤詩羊　楊書羊 湯始陽	鑕舒養　賞尸掌　屇書掌 餘式掌		釀式尚　蠍尸尚　恦尸攘 餉式亮　傷式諒　蠰詩尚 向舒尚
時（禪）	裳市羊　徜食羊　瑺時羊 甞市揚	上市掌		尙時攘　償市亮　上市讓
於（影）	秧於疆　央於良	妧於丈　鞅於兩　抰於掌 餕於仰　牧烏往　枉紆往		泱於亮　詇於仗
呼（曉）	香許良　薌許羊　𦜕盧羊			鄉許尚　向許亮　貺訥誑 況許證　箵盧証　脫盧放 睍許眈
胡（匣）				
于（爲）	王禹方　魠于匡　徍羽狂	迬禹兩〔註214〕　往禹傲		
余（喻）	筜余良　莘與良　洋以涼 易弋章　瘍以章　烊亦章 楊余章　揚與章　鍚餘章	蛘弋掌　瀁余掌　養似掌 劷余兩　痒餘兩		羕弋上　眻餘向　煬易尚 樣餘亮　恙余亮　餤餘障 颺弋尚
力（來）	梁力羊　量力姜　椋力將 良力張　澢力章　涼力漿 糧力疆　悢力薑　寏魯堂 灢力昌	兩力纆　兩力掌　脼良仰		剆力向　醂力醬　哴理尚 亮力尚　涼力匠　飆力讓
如（日）	穰如羊　躟仁羊　儴爾羊 禳而羊　儴爾羊　戁汝羊 簑如張　纕如章　瀼而章 孃如常　襄汝羊　瓤汝陽	壤如掌　爙如養　穰人丈 躟仁養		㯽人向　讓如尚　攘仁尚

〔註213〕**顡**，今本《玉篇》又兩切，《廣韻》初丈切，疑今本上字「又」乃「叉」之形訛。

〔註214〕**迬**，古文往。

宕攝 8-6（開口細音）

韻目／切語下字／聲類	灼（藥）灼略藥若約虐酌雀卻斫弱爵削			
竹（知）	楮陟略	礿知略	撯竹略	傽張略
丑（徹）	婼丑略			
直（澄）	著馳略			
女（娘）	逽女略			
古（見）	擽記卻	屩居略	腳紀略	
口（溪）	𧮫去虐	卻去略		
巨（群）	𤜪巨略	噱渠略	𧪡其虐	
五（疑）	虐魚約	瘧魚略		
子（精）	爵子削	燋子藥	雀子略	㸌咨略
七（清）	踖且略	䲡七略	鵲七雀	趞且藥
才（從）	嚼疾略	皭在爵		
思（心）	削思略			
似（邪）				
側（莊）	斮莊略	斫側略		
楚（初）				
仕（床）				
所（疏）				
之（照）	彴之約	斫之若	灼之藥	糕之弱
尺（穿）	綽齒灼	碏赤略	婼齒約	𣤧尺約
式（審）	睒舒灼	爍式灼	獡式略	
時（禪）	勺時灼	杓市若		
於（影）	約於略			
呼（曉）	謔虛虐			
胡（匣）	皭胡灼			
于（為）				
余（喻）	爚弋灼　籥以灼　躍余灼　藥與灼　礿餘灼　鸙以斫　䠯弋約　龠余酌			
力（來）	繁力若　略力灼　𦞦力卻　𣜜來灼　掠力酌			
如（日）	叒而灼　若如灼　弱如藥　爇如酌			

宕攝 8-7（合口細音）

聲類 \ 切語下字 韻目			放（漾） 放誆況望妄眖
方（幫）			䰍甫誆　舫府望　放甫望
普（滂）			訪孚望
扶（並）			
莫（明）			𧕑武放　望無放　謹勿放　妄武況
古（見）			䡇居況　恇九放　誆俱放
口（溪）			
巨（群）			俇渠往　迋具往　狂巨往　䕬渠兩　劇巨兩　㵂巨仰　誩虔仰
五（疑）			
於（影）			
呼（曉）			況吁放
胡（匣）			
于（為）			眖羽向　眖于況　旺王放　迂尤放
余（喻）			

宕攝 8-8（合口細音）

聲類 \ 切語下字 韻目	縛（藥） 縛戄
方（幫）	
普（滂）	
扶（並）	縛扶戄
莫（明）	
古（見）	戄九縛　戄居縛　趯几縛
口（溪）	𤲶苦縛　躩丘縛
巨（群）	戄具縛
五（疑）	
於（影）	蠖於縛　蒦紆縛　嬳乙縛　艧烏縛
呼（曉）	懼許縛
胡（匣）	
于（為）	籰于縛　籰王縛　護許縛
余（喻）	

八、江　攝

江攝 2-1（開口洪音）

韻目 切語下字 聲類	江（江） 江雙尨邦缸腔窻	項（講） 項講	巷（絳） 巷絳降
方（幫）	梆必尨　埲博尨　邦補江　峀祕江	琲布講	
普（滂）	胖普江		胖普降
扶（並）	胮薄江　龐步江	蚌步項	
莫（明）	厖莫江　頬莫邦　厐亡江	侮母項　鷭莫項　厐亡項	
丁（端）			
他（透）			
徒（定）	撞徒江		
奴（泥）			
竹（知）	椿陟江		戇陟絳
丑（徹）	惷丑江		覘丑巷
直（澄）	謼宅江　幢直江　噇直雙		戀直絳　憧直巷
女（娘）	㺜女江		
古（見）	玒古邦　矼古缸　扛古尨　江古雙	備公項　講古項	絳古巷
口（溪）	羫口江　腔去江　跫苦江		風風可降
巨（群）			
五（疑）	峮五江		
側（莊）			
楚（初）	囱楚江　窻初雙　㩥楚雙	傯初講	
仕（床）	牕仕江		
所（疏）	蠮色江　雙所江　樬踈窻		
之（照）			
尺（穿）			
式（審）	雙戌江		
時（禪）			
於（影）	倱烏江	傶於項　愴烏項	
呼（曉）	舡火江　肛呼江　啌火腔	摃火講　膹呼講	

胡（匣）	桻下江　瓨戶江　缸胡江	項胡講		衖胡絳　蕻胡降
于（爲）	稬叉江〔註215〕			
余（喻）				

江攝 2-2（開口洪音）

韻目 切語下字 聲類	角（覺）						
	角卓學朔岳剝握渥樂捉琢殼						
方（幫）	剝北角	駮布角	嚗必角	箁伯角	㯡補角	肑伯卓	駮甫角	豹方卓
普（滂）	髆匹角	朴普角	攵匹卓	扑普剝			
扶（並）	爆步角	渳蒲角	瓟蒲卓	礐蒲剝	鮑平剝	皰扶卓	仢扶握
莫（明）	靤莫角	瞐莫剝	藐亡角	邈亡卓			
丁（端）	啄丁角	椓都角					
他（透）							
徒（定）	擢達角	鸐徒角					
奴（泥）							
竹（知）	觸竹角	涿豬角	倬知角	劅貞角	琢陟角	啅陟握	豚睹朔	捉知朔
丑（徹）	歠丑角	逴敕角	踔敕卓				
直（澄）	濁直角	鐲丈角	擢仗卓	蠗丈卓	籗池卓	靇直卓	玀除卓
女（娘）	搙女角	捌女卓					
古（見）	塸降角	較古學	筊江學	榷吉學	斠古琢	覺古樂	角古岳	潅公渥
口（溪）	確口角	㱿空角	推苦角	毃苦卓	岢口握		
巨（群）	嶨巨角						
五（疑）	玃五角	鸑午角	岳牛角	扼吳角			
側（莊）	捉側角	蔾莊卓	穱日角〔註216〕				
楚（初）	簇楚角	轟初角	齪測角	笍又卓	齱又渥〔註217〕		

〔註215〕稬，今本《玉篇》又江切，《廣韻》楚江切，元刊本亦楚江切，則今本上字「又」當「叉」之形訛。

〔註216〕穱，今本《玉篇》日角切，元刊本仄角切，《切三》、《王一》、《王二》、《廣韻》等，切語均作「側角」，可知此字當屬莊母字。今本《玉篇》中莊、日二母混切僅見此例，疑「日」字恐怕是「戾」字之誤，偶脫「仄」之部件所致。

〔註217〕齱，今本《玉篇》又渥切，《名義》又握反，《廣韻》測角切，均初母字，則今本上字「又」當「叉」之形訛。

仕（床）	齺士角　驕仕角　捔助角　鎈仕朔
所（疏）	掣色角　朔所角　箾山卓
之（照）	
尺（穿）	
式（審）	蒴始卓〔註218〕
時（禪）	
於（影）	握於角　喔乙角　渥烏角　鶯猗角　箹於卓　菔乙卓　嶨乙學
呼（曉）	謞火角　殼呼角　滈許角
胡（匣）	嶨乎角　㓇乎殼　确胡角
于（爲）	學爲角
余（喻）	
力（來）	犖力角
如（日）	

九、通　攝

通攝 8-1（開口洪音）

韻目／切語下字　聲類	公（東）公紅東工聲同洪籠功空攻蒙	孔（董）孔董動桶緫揔蠓蓊	貢（送）貢弄棟宋洞送凍綜統
方（幫）	楓甫紅	琫布孔　俸補孔　鞛必孔　菶補動　湗府孔　絜方孔	髼府貢
普（滂）	僼孚公		
扶（並）	髼部公　䕵薄公　驡步公　蓬薄紅　貛步紅　芃步同	唪薄孔　菶蒲蠓	
莫（明）	蒙莫公　嫩莫紅　霥莫聲	朦莫孔　懵牟孔　夢莫貢　蠓亡孔	雺莫洞
丁（端）	東德紅　狢得紅　巄德洪　蕫得洪　凍都聲　䗖都籠	涷丁動　硩多動　董德孔　蝀丁孔　朣多桶　箽都緫	親多貢　棟都貢　腖都弄　瓨丁弄　凍都洞　湩都統
他（透）	峒他紅　蓪他公　侗吐公　恫他東　通替東　通禿聲	垌他孔　桶他董	痛聽棟　甯他弄　鼜它綜　統他綜
徒（定）	峒徒紅　潼大紅　曈徒公　硐大公　朣徒聲　同徒籠　峒徒工	動徒孔　峒大孔　洞達孔　酮徒董	慟徒貢　洞達貢　駧大貢　胴徒棟　䡢徒凍　峒徒弄

〔註218〕蒴，《廣韻》所角切，屬疏母，此照系切莊系。

奴（泥）	齈奴東　濃乃東　膿乃公	鬞乃董　㺜奴孔	癑乃送
竹（知）			
丑（徹）	痌敕公　賟丑攻	侗敕動	
直（澄）			
女（娘）	齈女紅		
古（見）	公古紅　功古同	鞲古孔	貢公送　贛古送　槓公棟 筻古弄　湩古洞
口（溪）	空口公　控苦公　稞口東 硿苦東　莖苦聾	孔口董	鞚口送　倥口貢　羫口弄 控枯洞　悾空弄
巨（群）	𢁋渠公		
五（疑）	峂五東		
子（精）	葼子公　䑋祖公　鬷子紅 椶子蒙　糉祖東　緵即空	摠子孔　嵸即孔　鬆作孔	䗌子弄　熧祖弄　傯子貢 綜子宋
七（清）	璁倉公　膠七公　蔥且公 忽千公　輕倉紅　認七紅		怱七弄　蔥千弄　認且送
才（從）	嵏柞紅　藂在紅　欑殂紅 叢在公		
思（心）	熜蘇公　蓯先公　狲息工	㮤先孔　㪔先孔　𥴩先摠	送蘇貢　宋蘇洞
似（邪）			
側（莊）	椶菹聾		
楚（初）			
仕（床）			
所（疏）		𢂿所蓑	
於（影）	翁於公　蓊鳥公　顆於紅 滃鳥紅	塕鳥孔　滃於孔	齆鳥貢　埯鳥弄　瓮於貢
呼（曉）	颽香公　烘許公　叿火紅 箜呼紅　舡呼工	嗊呼孔　渢火孔	瞋火貢
胡（匣）	㟏胡公　谼戶公　洪胡工 灪戶工　葓胡功　粠胡同 仜胡東　烽戶東　鉷胡聾	澒胡動　㖦胡孔　汞戶孔	嗊胡貢　瓨戶宋
于（爲）			
余（喻）			
力（來）	曨力公　聾力東　攏力同 龓盧功　朧魯紅　韃盧紅 籠力空	朧力董　儱盧董　籠力孔	弄良棟　槤力棟　咚力凍 鞚力綜
如（日）			

通攝 8-2（開口洪音）

韻目／切語下字／聲類	木（屋）木卜谷鹿祿穀屋斛族督瀆哭							
方（幫）	蹼補木	襆布木	復風木	濮補祿				
普（滂）	扑普卜	醭匹卜	撲普鹿	苝普木				
扶（並）	樸蒲木	暴步木〔註219〕	庝蒲卜	僕步穀	樸步卜	椖扶木	箙符木	復防斛
	猷扶卜							
莫（明）	莯莫屋	沬母卜	莈莫卜	蓼莫祿	杒莫鹿	沐亡谷	鞪亡斛	
丁（端）	督都谷	斀多木	啄丁木					
他（透）	捔他谷	鵚天谷	禿吐木	詫他鹿	梀他祿			
徒（定）	櫝徒穀	犢徒谷	髑徒木	韣徒卜	獨大卜			
奴（泥）								
古（見）								
口（溪）	穀苦谷	哭口木	嚳空木	犞枯督	鏖枯鹿〔註220〕			
巨（群）								
五（疑）								
子（精）	鏃宗祿	呝子潦	鏃子木					
七（清）	瘯且谷	蔟青木	磩千木	族徂鹿	莡才卜	簇七木		
才（從）								
思（心）	警先斛	餗思穀	速思鹿	蔌桑鹿	殊思祿	錬蘇祿	萩桑卜	涑先卜 槮桑屋
似（邪）								
側（莊）								
楚（初）								
仕（床）								
所（疏）	㲋所祿	蹜所陸						
於（影）	屋於鹿	篢烏谷	稶烏祿					

〔註219〕「暴」，今本《玉篇》步十、蒲報二切，《廣韻》蒲木切，《龍龕手鑑》卷三日部蒲木、蒲報二反，可知今本《玉篇》「步十」一切有誤，切語下字「十」當爲「木」之形訛。

〔註220〕鏖，今本《玉篇》本作古鹿切，《名義》枯鹿反，《廣韻》空谷切，疑今本古字乃枯字偶脫之誤。

呼（曉）	鼜呼谷　焅火哭　縠呼木　縠許卜
胡（匣）	縠胡木　縠乎木　觷胡谷　鷇胡鹿　斛胡縠　縠胡族
于（爲）	熭于屋
余（喻）	
力（來）	祿力木　㯡力谷　睩盧谷　麗郎谷　親來卜　擽力縠　盝力瀆
如（日）	

通攝 8-3（開口細音）

韻目 切語下字 聲類	弓（東）		鳳（送）
	弓中隆戎雄融終充躬風宮馮沖忠		鳳諷仲眾
方（幫）	蟲甫弓　猦府隆　風甫融		諷方鳳　熛非鳳
普（滂）	覅孚弓　霻孚雄　霻孚隆　䟓芳充		賵孚鳳　覹芳鳳
扶（並）	馮負弓　颯房中　梵扶風　芃扶戎		鳳浮諷
莫（明）	夢莫忠　䴔莫中		薨莫仲
丁（端）			中丁仲
他（透）			
徒（定）			
奴（泥）			
竹（知）			
丑（徹）	忡丑中　笁恥中　笭丑弓		
直（澄）	蟲遟隆　盅除隆　种直中　蟲除中　苗直隆		㯡除諷　仲直眾
女（娘）			
古（見）	弓居雄　渹居隆		
口（溪）	悾去宮　穹丘弓　芎去弓　銎去中　硿丘中		齈去風　㤜去仲　焪丘仲
巨（群）	窮渠雄　窮渠躬　藭巨弓		
五（疑）			岍牛仲
子（精）			
七（清）			趣且仲
才（從）			
思（心）	娀息弓　鬆息隆　菘思雄　崧思融		
似（邪）			
側（莊）			
楚（初）			

仕（床）	剿仕弓　崇士隆　漴柴融		
所（疏）			
之（照）	霥職隆　終之戎　蔠職戎　蔠祝融		眾之仲　銃尺仲
尺（穿）	齤齒隆　鬷之弓　忱齒終　闖叱終　洗昌戎　充齒戎		
式（審）			
時（禪）			
於（影）	硈於宮		
呼（曉）			趪香仲
胡（匣）			
于（為）	雄有弓　熊于弓　蛹羽弓		
余（喻）	肜余弓　融余終　瀜弋終　蛹與弓		
力（來）	隆力弓　癃力中		
如（日）	駷而弓　雒人中　戎如終　狨如充		

通攝 8-4（開口細音）

韻目 切語下字 聲類	六（屋）							
	六竹鞠福陸育目腹伏叔鞠復牧粥菊熟服							
方（幫）	髮補牧　鞿補目　福方伏　腹弗鞠　葍甫鞠　箙甫六　鵩方六　蝠甫服　複方復							
普（滂）	髻匹育　蔋孚陸　覆孚六　蠼　芳伏							
扶（並）	復父六　復符六　輹房六　堀扶目　栿符目　蔇扶菊　伏扶腹　菔扶福　慮浮福　畐扶六　轐房福							
莫（明）	目莫六							
丁（端）								
他（透）	苖他六							
徒（定）	顕達祿　讀徒鹿　鸀徒屋							
奴（泥）	聴奴陸							
竹（知）	築徵六　竹知六　筑張六　篧豬六　籅中六　竺豬鞠　魏陟目							
丑（徹）	愵丑六　叔丑叔　蓫抽陸							
直（澄）	妯直六　逐除六　沆池六　濁仲六							
女（娘）	衄鼻紐六　朒尼六　忸女六　衄女鞠							
古（見）	鞠居六　趜九六　鬼公六　掬九陸　鼓居陸　鞫居竹							
口（溪）	麹丘竹　繗丘六							

巨（群）	[illegible]渠六　[illegible]巨六　鞠巨竹　踘其六
五（疑）	砡牛六
子（精）	[illegible]子六　摵子育　蹙子陸
七（清）	蹴七六　殧千六
才（從）	[illegible]才六
思（心）	肅思六　橚息六　蓿私六　[illegible]思育　潚桑郁
似（邪）	[illegible]序六
之（照）	祝之六　[illegible]支六　粥之育
尺（穿）	琡齒育　埱充叔　俶尺竹　[illegible]充祝　柷昌六
式（審）	[illegible]舒育　叔舒六　[illegible]式六　菽升六　尗書六　鮇尺六　翛尸祝　儵尸育
時（禪）	熟市六　孰示六　淑時六　塾殊鞠
側（莊）	[illegible]側六
楚（初）	珿初六
仕（床）	
所（疏）	縮所六　[illegible]所育
於（影）	郁於六　噢乙六　稶於鞠
呼（曉）	畜許六
胡（匣）	魧乎郁
于（爲）	[illegible]禹六　[illegible]又六　囿于六　[illegible]于目
余（喻）	育余六　喅由六　[illegible]與六　鬻羊六　[illegible]以六　[illegible]庚鞠　[illegible]與鞠　昱由鞠　[illegible]弋粥 淯余熟　[illegible]余祝　儥餘祝
力（來）	坴力竹　勠呂竹　蓼力鞠　[illegible]力六　淕力鞠
如（日）	肉如六　[illegible]如叔

通攝 8-5（合口洪音）

韻目 切語下字 聲類	冬（冬）		
	冬宗彤琮農		
丁（端）	苳丁彤　[illegible]丁宗　笗都宗　冬都農		
他（透）	炵他冬		
徒（定）	[illegible]大冬　彤徒冬　[illegible]達冬　[illegible]大宗		
奴（泥）	農奴冬		
竹（知）			
丑（徹）			

聲類	切語		
直（澄）			
女（娘）	𪡰女多		
古（見）	昇俱多		
口（溪）			
巨（群）			
五（疑）			
子（精）	鬆子宗　倧祖多　宗子彤　礛祖琮		
七（清）			
才（從）	琮才宗　淙在宗　悰昨宗　㮇粗多　𪪠殂多		
思（心）			
似（邪）			
於（影）			
呼（曉）			
胡（匣）	颶戶多　嘍胡多		
于（爲）			
余（喻）			
力（來）	礱力多　蠬盧多　䃧力宗		
如（日）			

通攝 8-6（合口洪音）

韻目 切語下字 聲類	篤（沃） 篤沃毒酷鵠梏薦告
方（幫）	
普（滂）	
扶（並）	僕薄沃　鏷步梏　轐步篤　跑蒲篤
莫（明）	蝐莫沃
丁（端）	竺丁沃　篤都沃　篤丁毒　䔲多毒　鋈都毒　襡都鵠　裻都梏
他（透）	
徒（定）	蹋徒沃　𧝓徒篤　𧰼徒酷
奴（泥）	㑢奴篤
古（見）	齰古沃　梏古篤　牿公篤
口（溪）	嚳口沃　酷口梏　𥋆口篤　搰苦篤
巨（群）	𩨬巨篤

五（疑）	玀五沃
子（精）	捭子篤
七（清）	
才（從）	
思（心）	涮先篤　 裻先鵠
似（邪）	
於（影）	沃於酷　 臂烏酷　 鋈烏篤
呼（曉）	嚛火沃　 熇許酷　 槀呼篤
胡（匣）	雈乎沃　 焴戶沃　 熀胡沃　 鵠胡篤
于（爲）	
余（喻）	
力（來）	噪力篤
如（日）	

通攝 8-7（合口細音）

韻目 切語下字 聲類	容（鍾） 容恭龍鍾庸凶封逢顒縱蹤肣茸邛	勇（腫） 勇隴冢種奉拱腫恐竦鞏壟重	用（用） 用共
方（幫）	葑匪庸　 䒺府逢　 封甫龍　 犎甫容　 對府容	鞼方奉　 蜀方腫	
普（滂）	半孚恭　 夆赴恭　 妦孚庸　 鋒孚逢　 峯芳容	拌芳隴　 捧孚勇	
扶（並）	韸扶封　 逢扶恭　 漨扶龍　 襚符容　 捀扶容	奉扶拱　 懞莫奉	俸房用　 捀扶用　 縫符用
莫（明）			
丁（端）			
他（透）		痛他重	
徒（定）			
奴（泥）			
竹（知）		冢知隴　 喠知勇	
丑（徹）	䡪丑凶〔註221〕　 傭恥恭　 舯敕龍　 膧丑容	寵丑冢	

〔註221〕䡪，今本《玉篇》及元刊本皆作五凶切，然《廣韻》作丑凶切，《集韻》癡凶切，疑今本及元刊本皆誤，五乃丑之形訛。

直（澄）	蝩丈恭　橦除恭　襱除龍 𪇰雉容　重直龍	重直冢　鮦直隴　神直勇	
女（娘）	髻女邛　鬞女龍　禯尼龍 醲女容		
古（見）	邛居顒　恭居庸　龔紀庸 龔居龍　珙居容	㭬居奉　㳟記奉　拱記冢 栱居冢　收居悚　鞏居壟 覓居隴　蛊古勇　𢀖居勇 𨵿古宂	供居用
口（溪）	銎去恭　簅去龍	恐去拱	惥去用　恐丘用
巨（群）	㤂巨凶　倛渠凶　軝巨恭 邛渠恭　樑顒龍　㲧渠顒 髭渠匂　闉巨容　駏渠容		共巨用
五（疑）	顒牛凶　喁魚凶　鰅魚容 鰅娛容		
子（精）	𪔗子凶　樅子庸　㷏子從 蹤子龍　縱子容　㡮即容 墫咨容		瘲子用
七（清）	摐七凶　瑽七恭　磫千龍 岇倉龍	帩且勇	從才用
才（從）	鏦才恭　从疾龍　苁自容 鷀在容　從在蹤		
思（心）	鬆先凶　蚣先恭　鍶司龍 淞相龍　松蘇容	䕬須奉　悚息拱　從先壟 竦息隴　愯息勇　㨫先勇	
似（邪）	淞似龍　苁辭龍　訟似縱 松除容		誦徐用　頌似用
之（照）	蹱職凶　笅之恭　鍾之容 鐘職容　帩職茸	煄之隴　腫之勇	胑支用　偅章用　種之用
尺（穿）	衝尺龍　幢尺庸　罿尺容 幢昌容　種尺鍾	憽尺隴　雝充壟　頌尺勇	
式（審）	舂舒庸　鵏式容　舂尸容 椿書容		
時（禪）	𤏻市庸　禈市容　䲆蜀容 慵是容　鱅市恭	牅市腫　瘇時腫	
於（影）	饔於恭　邕於龍　雍於容	㘈於勇	灉紆用
呼（曉）	恟許邛　凶許恭　詾詡恭 鑫呼龍　𣦣虛顒　匈盰容 銎許顒	洶許拱　兇許壟	
胡（匣）			
于（爲）			

余（喻）	髳余封　嵧與封　榕以恭 庸余恭　鷛羊恭　俗與恭 鱅餘恭　鰫弋恭　慵弋龍 鏞弋鍾　槦余鍾　容俞鍾	踊俞冢　塎餘冢　悥與恐 甬余隴　戜余種　勇俞種 蛹與種　闬余腫	用余共
力（來）	龍力恭　躘呂恭　蘢力容 竜力鍾	坴力奉　隴力冢　壟力竦	儱力用　籠良用
如（日）	褥如容　茸而容　髶人鍾 笴如鍾	辱如隴　繠而冢　宂如勇 城而勇　肭如腫	臞人用　緛如用

通攝 8-8（合口細音）

韻目 切語下字 聲類	玉（燭） 玉欲足錄燭屬蜀囑曲束綠渌辱浴局贖
方（幫）	
普（滂）	
扶（並）	幞扶足
莫（明）	
丁（端）	䐁丁玉〔註222〕
他（透）	
徒（定）	
奴（泥）	
竹（知）	孎知玉　瘃陟玉
丑（徹）	瘃丑玉　楝丑足
直（澄）	霅丈浴　躅馳錄
女（娘）	
古（見）	韤居玉　輂君玉　梮居錄　臩俱錄　欘紀錄　㝵几足　挶居足　㷀居辱
口（溪）	曲丘玉　䐥去玉
巨（群）	局其玉　耚渠錄　跼渠足
五（疑）	赶魚曲　鈺五錄　玉魚錄　獄牛欲　顒魚欲
子（精）	足子玉
七（清）	諫且錄　促且足　㲋且欲　楝七足
才（從）	

〔註222〕䐁，今本《玉篇》丁丑切，圖書寮本同，元刊本丁玉切，《類篇》作朱玉切，疑今本切語下字「丑」乃「玉」之形訛，茲據元刊本改。

思（心）	䚆先錄　槀思錄　慄西足
似（邪）	賣似玉　續似錄　俗似足　䞯松贖
之（照）	趣之玉　鼓之錄　燭之欲
尺（穿）	㧜昌欲　胸幽欲　歜尺燭　觸昌燭　鸈尺欲
式（審）	束舒欲　㑤舒綠
時（禪）	豎市玉　擉時束　襡市欲　屬時欲　蜀市燭　欘時燭　钃時囑　襡上局
於（影）	
呼（曉）	旭呼玉　頊盧玉
胡（匣）	
于（爲）	
余（喻）	浴余玉　輍弋足　峪余蜀　欲余燭　蠵弋屬
力（來）	錄力玉　綠力足　菉閭燭　膔力囑　逯力屬
如（日）	褥而欲　縟如欲　鄏如蜀　辱如燭　溽如屬　蓐乳屬